Après des études de lettres et d'histoire de l'art, ***Corinne Javelaud*** *s'est tournée vers l'écriture. Originaire du Limousin, elle est l'auteure d'une dizaine de romans qui ont connu un succès croissant. Elle est membre du jury du prix des romancières remis chaque année au Forum du livre de Saint-Louis en Alsace.*

Un été d'orage

Du même auteur

Aux éditions De Borée

L'oubliée de la ferme des brumes

Autres éditeurs

L'Odyssée de Clarence
Alix de Rochechouart
L'appel des rizières
L'insoumise de Carennac
L'ombre de Rose-May
La dame de Courbépine
La dame de la villa saphir
La demoiselle du mas du roule
La perle de Naples
Le petit prince de Rome
Les amants maudits de Venise, prix Belles lettres et Beaux Arts Pays de Caux 2009
Les petits papiers de Marie-Lou
Les sœurs de Biscarosse

TERRE DE POCHE
45, rue du Clos-Four – 63056 Clermont-Ferrand cedex 2

Corinne Javelaud

Un été d'orage

de Borée
TERRE DE POCHE

Le courage est le prix que la vie exige
pour accorder la paix

Amélia Earhart,
Aviatrice américaine (1898-1937)

Le cri du sentiment
est toujours absurde ;
mais il est sublime,
parce qu'il est absurde

Charles Baudelaire

Première partie

I

3 mars 1942

UN ÉCLAIR DE TERREUR traversa le regard d'Eulalie Fontanel face à cette vision apocalyptique du paysage de Boulogne-Billancourt qui s'étendait de toutes parts. La panique la gagnait comme une fièvre. Affalée dans la remorque du vélo-taxi parisien qui l'avait raccompagnée jusqu'à son domicile, la belle aurait voulu gémir mais aucun son ne sortait de sa bouche. Ses longues jambes encombrantes repliées sous elle dans une position inconfortable, ses bras croisés contre sa taille enserrée par la ceinture de sa gabardine, elle restait figée dans cette attitude de repli.

Une fumée encore suffocante s'élevait en volutes, au milieu des décombres de bâtiments, tandis que les équipages de la Croix-Rouge apportaient les premiers soins aux survivants noirs de fumée, aidés des sapeurs-pompiers qui avaient toujours du mal à maîtriser le feu. Quartier de la Saussière à deux pas de la citadelle industrielle des usines Renault, on avait vécu l'enfer. Une bouffée d'air vicié brûlait encore ses poumons, aussi comprima-t-elle sa respiration en dépit des larmes qui la faisaient suffoquer. Les bombardements avaient soufflé des façades en béton aux ossatures métalliques, le lieu était méconnaissable sous ce ciel tourmenté de soufre où, seul, au petit matin, un oiseau trouvait encore la force de gazouiller en dépit des visages gagnés par l'épouvante.

— J'vous laisse là ? s'enquit le chauffeur de taxi qui avait eu du mal à s'approcher jusqu'à l'angle du carrefour tant le dispositif de protection limitait l'accès.

Sanglée dans l'effroi, le regard fixe, Eulalie mit un long moment avant d'être en état de répondre.

Prête à défaillir en désignant les gravats d'une main chancelante, elle articula un « non », et d'ajouter :

— Ma maison n'a pas résisté au pilonnage… J'ai perdu ma maison !

L'amoncellement de pierres du quartier à l'agonie lui arracha un cri de désespoir alors que, quelques minutes plus tôt, ses lèvres fredonnaient encore une chanson de Maurice Chevalier, l'un des numéros des Folies Bergère où elle s'imposait parmi les girls du spectacle *Trois millions,* qui remportait un succès fou dans ce Paris occupé.

— Conduisez-moi boulevard Jean-Jaurès, au 41, supplia-t-elle à mi-voix.

— Y a-t-il quelqu'un pour vous accueillir ? s'inquiéta le chauffeur, conscient de ce qu'elle endurait.

— Oui, hoqueta Eulalie, les lèvres tremblantes, l'expression accablée, si pâle qu'elle en était méconnaissable.

Dans les rues de la ville, le bruit commençait à courir parmi les Boulonnais que les avions allemands étaient responsables de ce pilonnage, même si chacun gardait à l'esprit que les aviateurs de la Royal Air Force tenaient pour cible les usines Renault voisines, engagées dans la fabrication de blindés, de moteurs d'avion et de camions pour l'ennemi, depuis le début de la collaboration. Pour preuve, les bâtiments réquisitionnés avaient pris des allures de fourmilière depuis qu'on les avait estimés en capacité de fournir toutes les commandes de guerre allemande. Quand bien même les alliés menaçaient-ils de les détruire, aucune alerte n'avait été donnée ces derniers jours, la défense antiaérienne allemande positionnée sur le toit de l'hôtel de ville n'avait pas tiré. Aussi la confusion des esprits régnait-elle depuis que la nouvelle avait ébranlé le Tout-Paris, et Eulalie ne pouvait que redouter l'avenir.

— Mon Dieu, faites que ma fille soit saine et sauve ! Ma petite Beata… murmura la jeune femme dans une plainte monocorde.

Le chauffeur déposa sa passagère en bas de l'immeuble à la façade soignée du boulevard Jean-Jaurès où demeurait la nourrice de Beata. Lorsque la jeune mère eut gravi les deux étages, déboussolée, le visage inondé de larmes, balayé par ses cheveux noir de jais qui affichaient une coupe au carré brouillon, elle s'effondra dans les bras de Berthe Vandman, qui était sortie sur son palier. Eulalie peina à articuler une phrase, la voix entrecoupée de spasmes, soutenue par cette créature courtaude dans son chandail en laine, dont les petits yeux enfouis derrière des lunettes à double foyer semblaient ahuris de douleur.

— Est-ce que ma petite Beata…

— Rassure-toi… Ta fille dort, elle va bien.

Quand la mère eut constaté le sommeil paisible de son enfant dans la pénombre de la chambre, le visage à demi enfoui sous la couverture, le pouce dans la bouche, bien à l'abri du cataclysme qui venait de s'abattre sur le quartier des usines, elle put quitter la pièce sur la pointe des pieds en laissant échapper un soupir de soulagement. Ses dernières forces l'abandonnaient et, tout en succombant aux larmes, elle s'affala sur le tabouret de la cuisine près du poêle Gaudin. Le désordre régnait de plus belle dans sa tête. Berthe, bien consciente du désœuvrement de son amie, n'avait pas de remède pour pallier cet abîme de désespoir. Aucun mot n'était suffisamment fort pour décrire ce qu'elles ressentaient l'une et l'autre.

— La maison de mon père représentait le seul souvenir de notre famille ! S'il voit ça de là-haut, tu te rends compte ? lui qui s'est saigné aux quatre veines pour la construire de ses mains ! Que vais-je devenir ? Je ne possède plus rien, se lamentait en claquant des dents celle qui ne disposait en poche que de son dernier cachet des Folies Bergère et de quelques arriérés…

Elle s'interrompit un instant, avant de reprendre, dévastée par ses pensées :

— Dire que nous avons été épargnés lors de la vaste opération mobilière qui a rasé une partie du quartier de Billancourt, pour nous faire rattraper par cette collaboration économique avec l'Allemagne. Cette série d'humiliations va-t-elle s'arrêter ?

— Il est certain qu'entre les ateliers Fiat remis en route pour la réparation des tanks et l'implication des usines Renault au côté de l'ennemi, nous devions bien finir par en payer les conséquences, soupira Berthe, tandis que la haine faisait briller son regard sombre.

— Dire que papa et Lazare ont travaillé tant d'années dans ces usines ; j'y vois presque une ironie du sort !

Les petits yeux tristes et compatissants de Berthe se baissèrent malgré elle. Elle réprima un frisson de dégoût, puis elle serra fort Eulalie dans ses bras en puisant du courage dans cette étreinte. Ce n'était pas le moment de flancher, la jeune mère avait trop besoin de soutien.

— Des malheureux ont péri cette nuit, écrasés sous les décombres de leurs immeubles rue de Paris et rue de Solférino, nous aurions pu en être ! Si l'alerte avait été donnée, il est probable qu'ils se seraient abrités dans le métro ou dans les tranchées du parc Henri-Barbusse, mais tout est arrivé si vite… rappela-t-elle à juste titre, avant de leur préparer une décoction de glands pilés en guise de café.

Son visage poupin et couperosé contrastait avec la pureté de celui d'Eulalie dont les longs cils mouillés magnifiaient les yeux bleu lagon. Même dans le malheur, la beauté mystérieuse de la jeune danseuse resplendissait encore. Pour l'heure, l'angoisse et la fébrilité y avaient pourtant gravé leurs stigmates, prenant leurs sources dans plusieurs marais.

Depuis un an que la belle dansait au théâtre des Folies Bergère, si son corps aux courbes gracieuses avait pris des allures sculpturales, son regard se perdait plus souvent dans des brumes indéchiffrables. Il faut dire que tout paraissait sombre dans ce Paris occupé, où la faim et la suspicion étaient considérées comme les plus grands des fléaux. À peine trouvait-elle le temps de s'occuper de sa petite Beata, qu'elle confiait de nuit à mademoiselle Vandman, devenue son amie la plus proche par la force des événements.

Comme toutes les villes occupées par la Wehrmacht, Boulogne-Billancourt n'échappait pas à la dure loi du couvre-feu, ni à celle des panneaux de signalisation en allemand et des bannières noir-blanc-rouge hérissées dans ses quartiers depuis que Paris avait été déclaré ville ouverte. Elle dépendait désormais de la Kommandantur de Montrouge, où la plupart des services allemands s'étaient approprié les beaux quartiers, comme les villas du Parc des Princes. Le château Rothschild, base d'une station de brouillage, était, quant à lui, chasse gardée des gradés, qui se donnaient des airs de riches propriétaires fonciers. Boulevard Jean-Jaurès, un service de placement avait ouvert ses portes dès la fin 1940, recrutant des volontaires pour les usines du Reich. Et à l'automne de cette même année, entre les commerces juifs mis sous séquestre en raison de l'ordonnance allemande du régime de Vichy et la plupart des boutiques qui avaient transféré leurs marchandises comestibles à la mairie, les avenues plongées dans une noirceur fantomatique attisaient la peur du passant qui appréhendait de se retrouver, à chaque carrefour, face à des militaires en terrain conquis. Pour couronner le tout, les sirènes poussaient régulièrement les autochtones à se réfugier dans les caves en raison de fréquentes alertes à l'attaque aérienne. Dans un premier temps désorientées et effrayées, Eulalie et Berthe prirent conscience du danger auquel elles ne trouvaient exposées et ne rechignèrent plus à rejoindre l'abri en priant pour leur survie. Le sol tremblait lorsque l'onde explosive déchirait leurs tympans, on voyait clair comme en plein jour dans cette petite fin du monde…

Cependant, la solidarité entre voisins n'avait jamais été aussi palpable qu'en ce 3 mars 1942, où les sinistrés du tragique bombardement recevaient une assistance immédiate, ignorant encore à cet instant-là que l'aviation anglaise était à l'origine de la série d'obus piquant bas à plus de sept cents bombes visant Renault, au prix d'innocentes victimes et endommageant plus d'un millier de logements.

Après cet épisode dramatique, Berthe proposa spontanément à Eulalie de s'installer chez elle. Les lendemains n'étaient pas près de chanter, mais à deux, elles partageraient les frais, ce qui représentait une aubaine pour la propriétaire de l'appartement, en prise avec les difficultés matérielles. Au quotidien, elle remaillait les bas, faisait la queue pendant des heures devant des épiceries peu achalandées pour se procurer quelques denrées alimentaires, munie de sa carte nominative contenant dix coupons amovibles afin de récupérer, chaque mois, la ration de pain, de matières grasses, de viande, de pâtes, à la place de ceux qui n'avaient pas le temps de s'y consacrer. Ce genre de petits boulots constituait le lot commun de femmes condamnées à vivre de peu dans une situation qui n'était pas près de s'améliorer.

II

Depuis quelque temps, l'existence d'Eulalie Fontanel n'était pas un lit de roses. La mobilisation d'août 1939 avait mis en marche une série de malheurs dont elle ne voyait plus la fin. Tout avait débuté avec le départ sous les drapeaux de Lazare Fontanel, son jeune époux, qui l'avait laissée seule avec une enfant de deux ans. Peu après, Eulalie avait dû faire face au décès de son père, emporté par la tuberculose. Cela lui donnait le sentiment d'un immense gâchis où l'acharnement du destin ne lui avait rien épargné. Une mère aurait pu la soutenir, mais la sienne, qu'elle n'avait connue que percluse d'abominables douleurs aux reins, s'en était allée bien trop tôt, des suites de l'une de ces virulentes maladies dont souffrent les blanchisseuses du front de Seine. Le contact avec des linges de sujets contagieux lui avait été fatal.

Au gré du martellement de ces épreuves, Eulalie s'était déjà forgé une carapace. Malgré tout, dans ce Paris allemand que l'on ralliait aisément depuis Boulogne-Billancourt grâce au métro Pont de Sèvres, un jour poussait l'autre au pays des larmes…

Au cours de l'automne de 1940, un jour qu'elle s'extirpait d'un wagon bondé à la station Porte Dauphine, le moral en chute libre, un homme de haute taille la suivit dans l'avenue Foch où circulaient des voitures allemandes. Les becs de gaz affublés de pancartes germaniques fléchées blanches avec leurs lettres noires qui dirigeaient les soldats vers les casernements en disaient long sur la mainmise de l'envahisseur sur la vie parisienne, alors que conseils et propagandes fleurissaient à tout va. Sans doute l'homme avait-il été attiré par le joli minois et la démarche chaloupée de la séduisante brunette au corps longiligne ? Toujours est-il qu'il avait abordé Eulalie avec douceur à la hauteur de l'hôtel de Breteuil, au moment où elle s'apprêtait à rendre visite à une vieille connaissance qui habitait le quartier. Ce n'était pas la première fois qu'un homme l'accostait dans les rues de Paris, mais si d'ordinaire elle se montrait méfiante, elle fut saisie par l'éclat joyeux de ses yeux minuscules. Le costume croisé de flanelle gris et la lavallière à pois du quinquagénaire grisonnant le classaient assurément dans une bonne catégorie sociale, un peu à part des hommes ordinaires, ce qui titilla sa curiosité et la convainquit de l'écouter. D'un geste sûr, il dégaina aussitôt sa carte de visite, comme un tour de prestidigitation.

ANDRÉ DOLITOR
RÉGISSEUR AU THÉÂTRE DES FOLIES BERGÈRE
TEL : MAILLOT 2638

Perplexe, elle leva les yeux sur son propriétaire qui la dévisageait en affichant le sourire de satisfaction de celui qui détaille une jolie femme. Ce jeu l'incommoda, mais, pire encore que d'être livrée au jugement de ce séducteur, la terre se mit à gronder sous le martèlement des bottes des vert-de-gris de la Wehrmacht qui se rapprochaient de la station de métro. Dans la grisaille du ciel de Paris, elle frissonna, démunie. Elle n'était pas suffisamment couverte et la peur lui donnait froid.

— Je ne peux pas m'y habituer… murmura-t-elle en remisant la carte de visite dans une poche de son imperméable entrouvert, qui laissait entrevoir une jupe plissée écossaise et un chemisier blanc impeccable.

André perçut, dans la fraîche élégance de sa tenue propice aux nouveaux rituels de la bicyclette, une femme audacieuse portée par l'envie de plaire et de se distinguer. L'Occupation ne lui avait pas fait perdre sa coquetterie…

— N'ayez crainte, Mademoiselle… dit-il en passant outre l'escouade de soldats qui défilait au pas.

— Mademoiselle comment ?

— Madame ! rectifia-t-elle dans un demi-sourire, madame Fontanel.

— Eh bien, Madame Fontanel, permettez-moi d'être honnête avec vous. Mon attitude peut vous paraître discutable, mais, quand une idée me trotte dans la tête, j'éprouve aussitôt le besoin de l'exprimer. Si je vous ai si spontanément tendu ma carte, c'est que vous auriez précisément le profil, assura-t-il avec la certitude des connaisseurs.

— Le profil ?

— Oui ! fit-il remarquer joyeux. Vous réunissez les principales qualités qui pourraient faire de vous une danseuse ! Croyez-moi, je sais de quoi je parle puisque je fais passer les auditions au théâtre des Folies Bergère. Des aspirantes danseuses pour ce prestigieux établissement, j'en vois défiler tous les jours sous mes yeux !

— Ah... s'étonna celle qui était tout à fait étrangère à l'univers de cet illustre théâtre de la rue Richer.

Il nota son maquillage délicat, tout en décelant dans sa présence la sensualité des danseuses. Cette observation était aussi méticuleuse que perspicace, car Eulalie avait fréquenté dans sa jeunesse une école de danse à Boulogne-Billancourt, et son rêve de jeune fille aurait été d'entrer à l'Opéra !

En dépit de la stricte réglementation en matière de couvre-feu, André Dolitor lui remit une invitation pour venir découvrir les merveilles de la revue.

— Comment voudriez-vous que j'obtienne un passe-droit pour me rendre à l'un de vos spectacles ?

— Madame Fontanel, cela relève désormais d'une simple formalité ! Laissez-moi faire... préconisa-t-il d'un air malicieux.

C'est ainsi que, deux jours plus tard, un chauffeur à chapeau melon, dans son taxi-remorque, avait conduit Eulalie jusqu'à l'entrée Art Déco des Folies Bergère pour assister à la revue. La brutale traversée de ce Paris aux façades couvertes d'immenses bannières à croix gammée qui flirtait sans vergogne avec les occupants fut un choc ! Au sein du célèbre établissement, les vert-de-gris en surnombre, placés dans les premiers rangs de la salle grandiose, piaffaient d'impatience en l'attente du lever de rideau. Lorsque, enfin, les projecteurs se braquèrent sur la scène, les visages s'écarquillèrent devant le défilé de demi-*nus* sous des décors somptueux de dorures et d'animaux sculptés. Le Tout-Paris masculin se pâmait donc devant les yeux d'Eulalie, tandis qu'elle étudiait ces danseuses remarquables aux sourires diamant dont le corps (parfois dans le plus simple appareil) et le visage avaient fait l'objet de soins et d'apprêts incroyables. Les fauteuils frémissaient comme elle sentait monter l'ivresse, et elle refoula une vague de nausée. Depuis l'immense balcon bien agencé pour l'acoustique où elle se trouvait placée, elle mesura aussitôt la profondeur de l'abîme qu'il existait entre ce monde arrogant et le sien. La vue offrait un grand-angle sur toutes ces polissonneries. Comment se sentir à sa place parmi ces créations affriolantes où l'effervescence des officiers aux mœurs libidineuses montait en puissance ? Agacée, rêvant de disparaître sous terre, elle dut pourtant s'enfoncer dans son siège, offensée à l'idée de devenir l'une de ces créatures en pâture dans ce théâtre de perdition…

Cependant, face à la pruderie d'Eulalie et malgré sa répulsion pour le spectacle, André Dolitor ne se découragea pas. Ce soir-là, à la fin de la représentation, il insista pour la présenter à Paul Derval qui dirigeait l'établissement et avait lancé grand nombre de carrières artistiques. Ce dernier, après un baisemain de rigueur, considéra Eulalie avec l'attention de celui qui déniche une perle rare. Il fit remarquer à l'intéressée qu'il aurait été un crime de ne pas exploiter de tels atouts, lui prédisant une entrée fracassante aux Folies, dont elle pourrait tirer de nombreux avantages. Elle se sentit soudain vaciller sous une émotion inconnue. Cet homme provoquait la confusion dans son esprit, alors elle se crispa, comme si sa timidité avait gagné la partie. Pendant ce temps, André, qui se massait la gorge en analysant la situation, était bien conscient de la frilosité de sa protégée dont le sourire figé en disait long sur son sentiment d'insécurité. Aussi conclut-il qu'il faudrait lui jouer un grand numéro de charme pour gagner sa confiance, en adoptant cette fois-ci un discours plus édulcoré.

— Même si les épreuves et les peines se succèdent, vous êtes si jeune, vous devez tempérer cette expression de sévérité, le théâtre ne vous veut que du bien…

Ces paroles tombèrent dans l'oreille d'un sourd.

Depuis juin 1940, elle s'était pourvue d'une armure composant un vaste bouclier. À l'origine, la masse affolée des Parisiens fuyant la capitale, menacés en raison du départ du gouvernement, lui avait causé une grande peur. Si ses voisins de Boulogne avaient choisi d'être évacués vers des gares déjà bondées, Eulalie avait catégoriquement refusé de se joindre à eux. Elle tenta d'expliquer à André cette résistance à quitter sa maison. Seule avec Beata qui venait de fêter son troisième anniversaire, elle s'était sentie incapable d'imiter tous ces gens, ce qui, selon elle, les aurait confrontées à d'autres violences dans la pieuvre tentaculaire de la migration, effrayante et insensée. Le ballet permanent de ces voitures chargées de bagages et de meubles, de matelas solidement attachés sur les toits suscitait son dégoût. Le défilé plaintif des fuyards qui ignoraient leur destination la plongeait dans la plus totale confusion. Partir, n'était-ce pas trahir son père et son époux… ? Et si Lazare revenait et trouvait la maison vide ? Le bruit courait que beaucoup de prisonniers se libéraient ; aussi, comme son époux avait disparu sans laisser de trace depuis sa mobilisation, elle supposait qu'il pourrait appartenir à ces chanceux qui retrouvaient leurs familles.

Elle s'était tant perdue en conjectures au sujet de Lazare que l'exode ne la concernait plus vraiment. En dépit du bruit incessant des avions dans le ciel et des explosions, le retour potentiel de Lazare semblait le seul viatique encourageant dans l'attente.

Bien que rien ne se déroulât comme espéré, les événements avaient malgré tout tourné en sa faveur, puisque le fameux raid du 3 juin 1940 avait miraculeusement épargné son quartier de Billancourt. Le bois de Boulogne tout proche, ainsi que la petite couronne parisienne, avaient en revanche fait état d'un millier de blessés. Puis la débâcle s'était poursuivie. Un jour du mois de juin, Eulalie était sortie dans les rues, désemparée, sous la chaleur torride. On ne comptait plus les raids sur Paris, les bases aériennes allemandes s'étant établies en territoire français. Elle entendit même que l'on édifiait des barricades dans le bois de Boulogne. Alors que certaines maisons avaient perdu leurs étages supérieurs dans le quartier voisin, elle avait rencontré par hasard Berthe Vandman qui, comme elle, avait fait le choix de rester auprès de ses seules attaches.

— C'est dans ces conditions d'effrayante incertitude que vous avez connu celle qui est devenue la nourrice de votre petite fille ? s'enquit André avec beaucoup de doigté.

— Oui, je me souviens qu'elle tenait sous le bras *Le Petit Parisien* qui titrait sur « Les pertes considérables subies par l'ennemi ». C'était à n'y rien comprendre... Je crois qu'à ce moment-là, il y a eu entre nous une sorte de solidarité du malheur. Je me souviens du visage de Berthe atterré, barré par de grands cernes parce qu'elle ne comptait plus ses nuits blanches sous le bruit des lointaines canonnades. Je me suis un peu reconnue dans son portrait. Tout comme moi, elle ne croyait pas que l'on pût fuir l'ennemi sur les routes de France.

— Berthe habite le même quartier que vous ?

— Oui, et finalement, nous n'étions pas seules à rejeter le conseil d'évacuation de notre gouvernement. Notre maire, monsieur Morizet, avait fait de même. Pourtant, en dépit d'une courte vague d'optimisme au ministère de la Guerre, les Parisiens continuaient de s'entasser dans des trains, mais je m'y refusais toujours. « Six chances sur dix qu'ils n'entreront pas dans Paris, les Boches ! » avait crânement répété Berthe. Ces paroles m'ont beaucoup marquée...

— Je conçois que ce point commun vous ait rapprochées, mais cela n'a pas empêché qu'en l'espace de quelques semaines, Paris s'est vidé de deux millions d'habitants. Ils ont jailli de ses entrailles en processions : des milliers de moteurs ronflant sur les avenues, y compris l'escorte de la garde Républicaine mobile en route pour Vichy.

André marqua un temps d'arrêt. Il songea à ces pénibles moments où la capitale, plongée dans les ténèbres sous ce rideau de fumée artificielle déployé par les Allemands pour préparer leur entrée, s'était trouvée en proie à une panique générale et à d'immenses bousculades.

— Berthe s'est aussitôt montrée sensible au sort de Beata, poursuivit Eulalie qui déroulait le fil de son idée, si bien que, dès le surlendemain, lorsque la croix gammée flottait sur la tour Eiffel, j'ai compris qu'une âme combative ne serait pas de trop pour m'aider à batailler.

— Pardi, c'est certain ! Comme je vous comprends. Si notre infanterie avait elle aussi été épaulée par de puissants chars d'assaut, l'ennemi aurait eu du souci à se faire… Mais hélas, ce ne fut pas le cas, soupira-t-il. Je reconnais qu'il est toujours difficile d'accepter l'humiliation, autant dire l'œuvre du diable : les Parisiens n'ont pas eu le temps de reprendre leur souffle que les principaux ministères sont devenus annexes de l'état-major et du gouvernement de Berlin, tandis que la Propaganda Abteilung[1] siégeait déjà à l'hôtel Majestic, et la police militaire secrète à l'hôtel du Louvre. C'est pour cela, ma chère enfant, qu'il faut vous ressaisir et songer à votre avenir ! Vous avez besoin d'être réconfortée, conclut-il alors qu'elle tenait ses yeux baissés.

Elle devait admettre qu'il n'avait pas vraiment tort. Une période d'abattement avait suivi la grande défaite dans ce Paris allemand crépusculaire, où la

1. *Propagande du commandement militaire allemand pendant l'Occupation.*

charte de l'Occupation avait été ratifiée, abrogeant la liberté de mouvement par le biais d'un couvre-feu annoncé à 20 heures. Les réquisitions de maisons au bénéfice des troupes d'occupation allaient bon train, l'impact d'événements stressants amplifiant la détresse. Rien qu'à Boulogne-Billancourt, on dénombrait cent dix-sept immeubles occupés par les troupes allemandes, ainsi que des camps où étaient stockés des munitions, du carburant et du matériel. Par un miracle peut-être, qu'Eulalie s'expliqua par la protection divine paternelle, sa maison y avait échappé, en dépit du climat hostile qui baignait les rues du quartier. Elle en vint à cette conclusion qu'il n'y avait plus désormais que les restaurateurs pour se frotter les mains de l'arrivée de ces nouveaux consommateurs qui réglaient leurs goinfreries épiques rubis sur ongle...

— L'envahisseur est également soucieux de prendre du bon temps ! fit judicieusement remarquer André Dolitor en précisant que seuls les artistes tiraient leur épingle du jeu.

— Parce que vous me considérez comme une artiste ? s'enhardit-elle en se devinant concernée par ces paroles.

— Votre corps ne ment pas !

En matière de belles plantes, Dolitor pouvait s'avancer doctement. Les filles de la trempe d'Eulalie ne couraient pas les rues de Paris et il était surpris qu'elle ne fût pas déjà engagée dans une troupe de music-hall. Sa haute silhouette bien proportionnée, dont la démarche sensuelle et la chevelure de jais gageaient du succès qu'elle aurait dans son spectacle, lui paraissait une raison suffisante pour s'entêter à la convaincre.

— Ce n'est pas grâce à votre maigre allocation militaire que vous allez jubiler...

— La prise en charge des épouses de prisonniers se situe pourtant dans la logique du régime. Il est bien question que la conjointe soit la gardienne du sanctuaire familial... récita celle qui imaginait trop bien ce que pourrait être la déception de Lazare si ce dernier apprenait que son épouse était devenue l'objet du désir charnel des officiers allemands.

— Eulalie, mon petit, réagissez ! Ne vous voilez pas la face ! Vous savez comme moi que le ministre des Finances est plus que réticent à l'augmentation de l'allocation... N'oubliez pas que votre emploi sera la meilleure manière d'échapper à la marginalisation.

— Au train où vont les choses, je ne sais plus quoi penser...

— Eh bien je vais vous le dire. Vous n'aurez bientôt plus accès aux soins médicaux, à l'électricité. En revanche, si vous acceptez de travailler aux Folies, vous bénéficierez de nombreux avantages. Ce métier vous apporterait la satisfaction d'assurer votre avenir, insista-t-il, lénifiant, avec la prévenance d'un homme raffiné qui aimait les règles du savoir-vivre et qui pensait à tout.

— Le luxe ne vous tente-t-il pas ?

Contre toute attente, il essuya un « non » cinglant. Cette notion aussi vague que superficielle dans l'esprit d'Eulalie n'eut pas l'impact escompté. Son existence s'était construite sur des valeurs simples et heureuses dans l'amour des siens, sans train de vie somptuaire. À présent qu'elle se retrouvait seule avec sa fille, elle aurait donné cher pour revivre ce temps du bonheur simple en compagnie de son époux et de son père.

— Vous changerez peut-être d'avis lorsque vous y aurez goûté !

La belle fit une moue peu engageante. Cependant…

Peu après, l'approvisionnement devint la principale préoccupation des Parisiens. Le gouvernement de Vichy travaillait avec l'ambassade d'Allemagne et les services de ravitaillement renouvelaient de plus en plus chichement les cartes. Ce casse-tête de la distribution sans cesse retardé auquel étaient confrontés les Parisiens, en raison des maigres arrivages de produits de première nécessité, acheminait doucement vers la famine. De toute évidence, cette souffrance face aux files d'attente qui duraient des heures désespéra Berthe Vandman, qui ne cacha pas à son amie sa façon de penser…

— Tu ne peux pas refuser indéfiniment la proposition de monsieur Dolitor ! Tu ne vas pas te condamner aux restrictions les plus sévères alors que nous pourrions améliorer notre quotidien ! s'exclama Berthe en haussant les épaules.

Celle qui rivalisait d'ingéniosité depuis des semaines pour sauver une vieille veste grâce à toutes sortes de découpages inventifs savait de quoi elle parlait.

— Danser, ce n'est pas de la prostitution, que je sache !

Pourtant, si le discours de Berthe prenait des allures de recommandation, comment passer outre ces images d'Épinal où le Tout-Paris s'encanaillait aux Folies Bergère auprès des demi-mondaines et des cocottes, à l'instar de la belle Otero ou de Liane de Pougy ? Des bouffées de honte emplissaient le cœur d'Eulalie à l'idée de se risquer sur cette pente glissante.

— J'ai le sentiment de trahir Lazare !

— Bah ! Les absents ont toujours tort, trancha vertement Berthe qui aurait rêvé d'être à la place d'Eulalie pour saisir sa chance. (Et d'ajouter :) Et puis danser… cela amortira la portée de toutes ces catastrophes que tu as cumulées !

La jeune mère l'observa, interloquée. Entre André qui déployait ses ruses de Sioux pour manœuvrer en souplesse et Berthe qui voulait la persuader que les malheurs s'effaçaient d'un coup de baguette magique, elle sentait vaciller ses convictions.

Un vélo-taxi avait pris l'habitude de cueillir Eulalie rue de la Saussière à Boulogne, pour l'emmener assister à des concerts au jardin des Tuileries, où les membres des autorités françaises se mêlaient aux officiers allemands en uniforme. André était, bien évidemment, le commanditaire de la manœuvre. Ayant toujours été attirée par le magnétisme des fanfares de cuivre, elle ne rechignait pas à se rendre au spectacle. Même si ces orchestres militaires de l'armée conquérante n'étaient qu'arme de propagande, ils diluaient la tristesse, rafistolant la petite lumière de son cœur. En dépit de la pénible conjoncture, elle éprouvait finalement un vague plaisir à s'étourdir, communiquant à Berthe un faux enthousiasme. En retour, son amie lui glissait que la chance qui s'offrait n'était pas éternelle et qu'il convenait de la saisir au moment opportun.

— Je ne voudrais pas que tu aies des regrets plus tard... (Ce qui sous-entendait : si Lazare ne rentre pas...)

Même si elle devait bien admettre que le montant des cachets proposés par Dolitor pouvait couper court aux insupportables tracasseries du quotidien, cela ne réconciliait pas complètement Eulalie avec sa conscience. Il fallait accepter d'être sous la coupe de la Propagande Staffel[1] située sur les Champs-Élysées, qui faisait la pluie et le beau temps du monde culturel, tandis que ses chefs, recrutés par la Wehrmacht, semblaient les premiers satisfaits des réjouissances parisiennes. Les hauts gradés allemands trouvaient l'Opéra à leur goût, l'élite militaire raffolait des cabarets qui avaient rouvert leurs portes dès la fin 1940, à l'instar des Folies Bergère avec le retour des propriétaires, les Derval, exilés quelque temps en Normandie, qui présentaient désormais le spectacle le plus éblouissant du Tout-Paris. En réalité, Eulalie devait peu à peu intégrer l'idée extravagante de mettre son grain de sel dans l'arène !

— Ne dédaignez pas d'écouter pousser la chansonnette dans les cabarets des grands boulevards... surenchérissait André qui n'épargnait aucun moyen pour en venir à ses fins.

Tout prétexte était bon pour donner le goût du spectacle à sa protégée, et surtout inciter cette

1. *Contrôle de la presse et de l'édition française par les autorités allemandes.*

dernière à se produire sur scène. Loin d'être subjuguée par ces blondes platine à l'allure androgyne qui se produisaient à La Vie Parisienne, Eulalie fut en revanche séduite par le tour de chant de Suzy Solidor. Son retentissant « Lili Marlène » devant un public en uniforme vert-de-gris remportait un incroyable succès, sa voix envoûtante enveloppait l'âme. Où puisait-elle tant de ressources ? Puis ce fut Edith Piaf qui la troubla dans « Mon légionnaire ». Finalement conquise par ce monde de jeunes étoiles fait pour rêver les yeux grands ouverts, elle attrapa peu à peu le virus. La tactique d'André opérait. Les artistes se produisaient dans des cabarets combles et invitaient aux rêveries vagabondes, ce qui contribuait à étourdir et donner envie de s'élancer. Ils gagnaient leur vie à la sueur de leur front tout en permettant de garder le moral, sans pour autant renoncer à leur liberté... Ils incarnaient l'identité de la ville, et André sut la persuader qu'en dépit de l'humiliation de la défaite, tout n'était pas perdu. Si elle se fiait à la sérénité d'André, la vie nocturne se trouvait d'autant plus sûre qu'elle était encouragée par la Propagande Staffel. Pourtant, toute sa vaillance s'envolait lors des apparitions soudaines des patrouilles allemandes de la Kommandantur en uniformes de la Wehrmacht, qui siégeaient place de l'Opéra. Elle avait soudain froid, et la peur s'emparait d'elle...

Eulalie traversa une période un peu désorientée, dans le tumulte de ces flots contradictoires. Comment concilier la proposition de Dolitor avec ses obligations de mère ? Il lui arrivait de mettre des parenthèses sur sa vie, tant elle semblait captivée par des films au cinéma, comme *L'Assassinat du père Noël* ou *Les Visiteurs du soir,* où elle s'extasiait sur des comédiens comme Pierre Fresnay ou Martine Carol ; à force de lui tourner la tête, le monde artistique lui donna envie de relever un défi personnel. En si peu de temps, elle était devenue une autre femme, au point de redéfinir son identité. Bye bye les principes, de jour en jour sa résistance faiblissait, elle osait déchiffrer les secrets qui bouillonnaient sous sa peau, et l'idée de passer cette audition au théâtre des Folies Bergère finit par s'imposer à elle au début de l'année 1941. Après une courte formation à l'aube de cette nouvelle ère, Eulalie Fontanel signa un contrat qui la lierait avec la prestigieuse maison. Et puis, elle savait qu'elle pouvait compter sur le soutien de Berthe Vandman pour veiller sur sa fille pendant ses heures de travail.

III

TANDIS QU'EULALIE s'appliquait à remplir un formulaire en bonne et due forme, André Dolitor, calé dans son fauteuil frangé de velours, contemplait la manœuvre de ses jolis doigts concentrés sur la plume. Au-dessus de sa tête, une affiche de la revue de 1902 reproduisait en gros caractères les noms de Liane de Pougy, de deux ballets de girls ainsi que d'une troupe de mimes anglais parmi lesquels un jeune garçon qui deviendrait célèbre sous le nom de Charlie Chaplin !

— Quels souvenirs ! murmura André devant la curiosité dont faisait preuve sa nouvelle recrue face au succès d'avant-guerre, lorsque cette dernière en eut fini avec les turpitudes administratives.

— Mata Hari, Loïs Fuller dans la danse serpentine, que de femmes fatales qui ont accru notre notoriété ! Et sans aller si loin, notre Mistinguett, quand elle descendait son escalier ! Vous auriez vu comme elle mettait le feu aux planches ! Cette Belle Époque a pris fin d'un seul coup en raison de l'attentat de Sarajevo. Vous n'étiez pas née lorsque l'étudiant serbe a assassiné l'archiduc François-Joseph d'Autriche. Il n'en a pas fallu davantage pour déclencher la Première Guerre mondiale ! On menaçait déjà l'établissement de fermeture à l'époque, et il est probable que, sans l'entregent de l'infatigable Paul Derval, véritable bourreau de travail, nous n'aurions jamais pu maintenir le cap. Bien que nous ayons trouvé des abris suffisants pour accueillir tous les spectateurs, cela n'a pas empêché un obus de tomber rue Joffroy-Marie pendant le premier acte de la revue ! Et ces abris servent hélas encore de refuge aujourd'hui… Mais nous n'avons pas le temps de nous perdre en conjectures, ajouta-t-il en consultant sa montre, tandis qu'un costumier pointait le nez à la porte de son bureau.

— Cet homme sait qu'il faut des mois de travail pour préparer une revue, et il compte bien donner corps à des quantités de costumes, quitte à ne s'assoupir que quelques heures par nuit dans une loge de théâtre, n'est-ce pas mon ami ? Dites-le, que vous êtes mordu comme une carpe à son appât !

— Je reviendrai tout à l'heure ! dit le costumier en s'éclipsant, laissant André à ses élucubrations.

Eulalie sentait bien qu'elle faisait son entrée dans un univers très spécial, que les élus de ce prestigieux théâtre vivaient dans l'enthousiasme permanent. Elle se souvenait d'avoir entendu dire que Mistinguett avait fait assurer ses jambes pour cinq cent mille francs !

Au cœur de cette folie douce, alors que les fournisseurs tapaient la semelle dans le hall, et que les électriciens s'activaient de la cave au grenier, le théâtre tout entier prenait des allures de salon d'essayage, où les couturières, lingères, se débattaient dans les velours, les strass, les plumes et les dentelles, qui faisaient perdre le sens de la réalité. Sur la scène, des décors prenaient vie sous les yeux de Paul Derval, en pleine effervescence, professant à chaque instant de nouvelles idées. Ce dernier passait de l'exaltation aux crises de désespoir sous les yeux de sa secrétaire qui ne savait où donner de la tête. Ce novateur, à la fois metteur en scène et créateur artistique, aimait briser les tabous. Il ne mâchait pas ses mots et ne se contentait jamais d'à-peu-près. Sa revue était élevée comme l'enfant qu'il n'avait jamais eu.

Dissimulant mal sa gaucherie, Eulalie eut juste le temps de passer sous la toise de l'administrateur qu'aussitôt, les ouvrières furent à pied d'œuvre pour prendre ses mensurations avant de se lancer dans la réalisation d'un costume de scène. Lui jetant des coups d'œil à la dérobée, ses voisines de revue la jugèrent de prime abord sur son apparence physique, dans une indifférence déconcertante. Visiblement habituées à côtoyer les feux de la rampe, les girls, qui correspondaient toutes aux critères de beauté en vigueur, ne rêvaient que de monter en grade, de devenir vedette, aussi, l'arrivée d'une étrangère potentiellement belle et douée pouvait remettre en question l'avancée de leur carrière. Certaines ne parlaient pas un mot de français, mais les regards hostiles en disaient long sur l'énergie qui consumait ces athlétiques cariatides !

Tandis qu'elle avait juste puisé le courage de dire « oui » à André Dolitor, dans cet univers où la tension paraissait monnaie courante, Eulalie dut braver la froideur ambiante, mais étant donné que son ambition se limitait à remplir sa mission, elle concentra ses efforts sur l'apprentissage du pas standardisé des girls afin de maîtriser au plus tôt les enchaînements synchronisés de la chorégraphie, sans chercher à assouplir son attitude pour se faire des amies. Elle s'accorda vite à la subtilité des nuances musicales grâce à un pianiste et à un professeur émérite qui la ramenèrent un peu à ses premières amours : la danse classique...

L'ambiance n'était pourtant pas celle de l'Opéra ! Dans une loge, occupée par plusieurs girls, Eulalie se sentait cernée par la méfiance. Pour se créer un cercle d'intimité, elle personnalisa un petit espace, pourvu d'une table de maquillage, au-dessus de laquelle un miroir lui renvoyait son regard intense aux reflets pervenche, en parfait accord avec ses lèvres au dessin sensuel. Au-dessus des incrustations de bronze doré de la glace étaient épinglées une photographie dédicacée de Joséphine Baker portant sa fameuse ceinture de bananes, ainsi que deux coupures de presse, qui illustraient la gloire passée de cette pionnière. Eulalie les avait laissées à leur place parce que ce succès ne lui faisait ni chaud ni froid. Cela ne changerait pas la face de son monde.

Dans ce cocon, les filles bavardaient, riaient de tout et de n'importe quoi, se changeaient, se gaussaient, essayaient les robes de parade qui avaient remplacé la mousseline transparente et les volants de gaze qu'Eulalie avait portés par le passé à l'école de danse classique de Boulogne. On lui parlait, elle répondait à peine, saisie, comme menottée, indifférente à la vie de plaisir du music-hall de la rue Richer dans laquelle elle ne se reconnaissait pas.

Cette attitude aurait pu l'entraîner vers un examen de conscience, si la voix sèche du meneur de revue ne l'avait incitée à revêtir son costume de scène.

— Prête Lalie ?

Lalie... Tel était le petit nom de scène qu'on lui avait attribué. Il semblait pourtant visible que ce sobriquet qui reflétait l'antre de la perversion lui déplaisait. Il lui rappelait l'avènement du corps objet captant la lumière, couvert de strass argent, qu'elle exhibait dans la parfaite synchronisation des ports de bras et autres mouvements des danseuses, sous l'œil parfois flegmatique et pointilleux de Derval, lorsque ce dernier assistait aux répétitions. Face aux balcons déserts, aux balustrades des mezzanines, à ces fauteuils de velours si beaux en l'attente d'agitation feutrée, elle ne pouvait pas s'empêcher de se demander ce qu'elle faisait dans ce rayon des nuits parisiennes...

Le « trac » sous les feux de la rampe fut un autre ennemi redoutable à affronter le jour de son premier lever de rideau. Les jambes en coton, la gorge serrée à l'idée d'exposer sa semi-nudité face à une salle bondée de spectateurs attentifs, elle déplorait qu'il fût trop tard pour sauver le pré-carré de son intimité. Sous une salve d'applaudissements, grâce au vertige de la musique alliée à la danse, elle oublia pourtant les artifices et se concentra sur la chorégraphie au point d'atteindre un état second.

Si Eulalie ne distinguait pas les visages des spectateurs aux yeux vissés sur la scène, le séduisant colonel Lubin Von Baden du service de renseignements et de contre-espionnage de l'Abwehr, placé sous les ordres du commandement militaire de la

Wehrmacht, ne mit, quant à lui, pas longtemps à la remarquer. De nature insomniaque, il n'occupait que quelques heures par nuit sa suite à l'hôtel Lutetia où l'Abwehr avait ouvert son service à Paris. Comme certains de ses confrères hauts gradés des sièges centraux des institutions allemandes à Paris, il tuait agréablement le temps aux Folies Bergère, où il se plaisait à occuper l'un de ces profonds fauteuils du premier rang. En dépit de sa mission qui consistait à traquer les adversaires du nazisme, tel un pion au sein du vaste échiquier de Himmler, il affichait une certaine décontraction en goûtant aux honneurs des dîners et des spectacles avec une assurance de cador. Grand amateur de jolies femmes, il se comportait comme un digne habitué des lieux et admirait les girls comme de belles plantes qui auraient orné la jardinière d'un appartement. Ce soir-là cependant, lorsqu'il attarda son regard brillant sur l'anatomie d'Eulalie, il fut aussitôt séduit par autant de fraîcheur, par cette allure encore hésitante à l'égard des foules. Le colonel ressentit un véritable pincement au cœur devant cette rose perdue au milieu d'un champ d'orties, comme s'il était soudain dominé par une émotion qui faisait éclore en lui un désir lancinant, *Love at first sight...*

Ému, il desserra son col pour respirer plus aisément, toujours ébloui par les gestes d'orfèvre de la belle, l'éclairage accentuant le mystère de la sublime créature.

Toutefois, Von Baden prit le temps de se rapprocher avec la prudence infinie d'un joueur d'échecs. Chaque soir, ses regards en disaient long sur son intérêt grandissant, mais le manège dura quelques semaines avant qu'il ne se décide à déclarer sa flamme.

Malgré deux coupures d'électricité comme il en était coutume sous le régime de Vichy, le spectacle, qui foisonnait de créations artistiques, venait de remporter un succès fracassant. Dans sa loge, Eulalie, juste remise de ses émotions, lut la carte accompagnant la magnifique gerbe qui lui était destinée. Elle leva les yeux, rouge de confusion, sous les regards inquisiteurs des danseuses. La belle n'avait pas été sans remarquer l'indéfectible présence de l'officier allemand du premier rang, mais de là à penser qu'il fût prêt à manifester tant d'ardeur pour lui plaire. Son imagination commençait tout juste à se frayer un chemin vers ce haut gradé, que l'une des girls de la loge, occupée à repriser un collant, lui lança :

— Alors ? Cachottière.

L'attitude pétrifiée d'Eulalie incita une autre girl à lui arracher des mains la carte de visite avant de siffloter entre ses dents :

— Colonel Lubin Von Baden, rien que ça !

Gênée, Eulalie soupira en évitant le regard des filles, surtout celui de la grande Nubie qui convoitait la meilleure place en se prenant pour Joséphine Baker, dont elle ne possédait ni l'allure ni le talent.

— Je m'en fiche, moi, des roses de ce fridolin ! Qu'est-ce que vous croyez ! Et puis, mêlez-vous de vos oignons !

— Et mauvais caractère, avec ça ! Mais pour qui se prend-elle ?

— Je ne fais de scène de jalousie à personne, moi ! Restez à votre place, je resterai à la mienne…

— Il est peut-être joli garçon, ce Von Baden, après tout… plaisanta Nubie, encouragée par les rires haut perchés qui fusèrent dans la loge.

— Tiens, prends-les et fais-en bon usage ! renchérit Eulalie en lui tendant la gerbe, un peu agacée. Ces fleurs n'entreront jamais chez moi !

IV

Ce n'est pas que Dolitor plaidât en faveur de la collaboration des dirigeants de Vichy, mais il s'adaptait aux circonstances, en contrepartie de quoi il avait pu reprendre son métier au sein des Folies Bergère. Selon lui, l'art relevait d'une sphère parallèle au politique, d'ailleurs, il prêchait un discours d'autonomie presque caricatural lorsqu'il avait réinvesti son bureau de la rue Richer. Au nom de la liberté artistique, il gagnait confortablement sa vie. De quoi aurait-il pu se plaindre ?

Était-il convaincu par la promesse de Vichy qui clamait la perfidie anglaise et le complot juif international ? Il ne le savait pas lui-même, laissant croire, si besoin, que son hebdomadaire favori était *La Gerbe*, financé par l'ambassade d'Allemagne. Aurait-il été fasciné par les rituels de masse du fascisme, dont il détenait une vision romantique ? D'aucuns pouvaient se le demander. En réalité, c'était un opportuniste torturé, qui faisait tout pour se persuader que la vie parisienne n'avait pas changé depuis 1940. Bien sûr, on faisait moins la queue devant le guichet des Folies, et la fréquentation se singularisait, mais du travail, il y en avait !

Il ne perdait d'ailleurs jamais une occasion d'honorer les invitations aux réceptions de l'ambassade d'Allemagne. Entre petits-fours et champagne, il détenait l'art et la manière de nouer des relations avec les personnalités influentes en uniforme de la Wehrmacht, mais également avec des directeurs de journaux favorables à la nouvelle Europe d'Hitler aux ordres de la Propagande Staffel, des affairistes du marché noir, tout le beau monde susceptible de lui adoucir son quotidien.

André Dolitor n'avait pas été sans remarquer que le colonel Von Baden en pinçait pour la petite Fontanel. Si les affaires d'alcôve l'amusaient beaucoup, il salivait surtout de l'orgueil qu'il pourrait en tirer si les choses tournaient en sa faveur. Peu importait le dédain qu'il éprouvait à l'égard du colonel et des gloires du IIIe Reich, il avait décidé de se montrer solidaire de ce dernier, et à l'occasion, prêt à infléchir Eulalie dans le sens conforme à leurs intérêts. Il en allait de la qualité de ses privilèges au marché noir. Alors que madame Fontanel refusait pour la énième fois les pivoines de Von Baden, Dolitor, irrité, marmonna dans sa moustache : « Un sacrilège ! Des fleurs aussi belles, aussi fragiles. Pour qui se prend cette péronnelle ? »

Puis, n'y tenant plus, il la convoqua dans son bureau pour mettre fin à ce caprice et fit à sa danseuse des sous-entendus perfides selon lesquels ridiculiser ce Von Baden risquait de les exposer aux pires ennuis.

— C'est une attaque à l'ordre établi, s'insurgea-t-il.

Si Eulalie ne savait plus à quel saint se vouer face à ces allusions déplaisantes qui lui restaient en travers de la gorge, elle découvrait peu à peu à qui elle avait affaire. De prime abord doux et raffiné, le régisseur cachait bien son jeu, imposant une stratégie dont elle ne fut pas dupe très longtemps. Chacune de ses démarches faisait valoir ses propres intérêts, à l'exemple de ses amitiés pour la tenancière de L'Étoile de Kléber où se retrouvaient les consommateurs de prostituées, et qui suggéraient qu'il ratissait large pour l'évidente raison d'y recruter la fille sur qui l'œil ébloui s'amarre. Parfait pour la revue !

Si Dolitor ne désespérait pas de finir par convaincre Eulalie de rencontrer Von Baden, il s'amusait ouvertement de ce genre de loufoquerie avec certains artistes chansonniers qui écrivaient leurs textes à un rythme soutenu. Ce n'était d'ailleurs pas la première fois qu'il jouait les entremetteurs, ou les réconciliateurs. Pour ne citer que l'une des plus célèbres chamailleries, n'avait-il pas favorisé le rabibochage de Maurice Chevalier avec Mistinguett ?

Le mentor d'Eulalie jouait d'influence sur tous les fronts, la plupart du temps dans le seul but d'inciter les meilleurs artistes populaires à se produire sur sa scène, notamment les chansonniers, à l'instar de Charles Trenet, pour le plus grand bonheur de son public en uniforme. Si André laissait entendre qu'il ne détenait aucune raison d'en vouloir aux nazis, c'était surtout afin de servir une âme d'artiste avec le plus grand sérieux, et avec l'aval du patron ! Les discussions parfois tapageuses, enfiévrées par l'alcool, le guidaient dans le sens de ses convictions : tout pour l'amour du music-hall, loin en l'occurrence de ceux qui prêchaient que « l'intérêt politique de la France résidait dans une victoire de l'Allemagne ». Le music-hall faisait selon lui oublier la grisaille et la répression, dans cette vision inchangée de la capitale, toujours aussi stimulante.

Il résidait dans son appartement de trois pièces à deux pas de l'hôtel Majestic, et son large spectre de contacts lui pourvoyait toutes sortes de biens au marché noir : luxueux mobilier, accessoires de mode, issus pour la plupart de la politique de pillage fondée sur les bureaux d'achat.

Dans son nid douillet, près de l'Arc de triomphe, il recevait son ami Gabin Vuliez qui écrivait des articles politiques dans *La Gerbe* aux côtés de collaborateurs très en vue, certains étant des écrivains de renom qui faisaient l'apologie du régime allemand. Gabin aimait autant la faune des palaces, l'atmosphère des salons littéraires, qu'il appréciait les instants de douce quiétude auprès d'André, lorsque le soleil filtrait à travers la mousseline à fleurs des rideaux de l'appartement. Après l'amour, il ajustait son nœud de cravate à son col amidonné avec une précision « adorable », tandis qu'André ne semblait jamais las de le contempler, non seulement pour l'aura particulière qui se dégageait de sa personne, mais également pour l'audace de sa plume, même s'il estimait parfois certaines de ses dérives excessives. S'ils étaient loin de s'accorder sur la politique, ils n'en étaient pas moins de fervents admirateurs de l'œuvre de Mauriac et de

Montherlant. Ainsi, leurs personnalités se faisaient écho, rivalisant en finesse, se ralliant à leur point commun : chercher dans l'histoire et la littérature des modèles de conduite, « Tuer pour ne pas être tué », telle était leur devise.

Cette part d'André qui échappait à Gabin, et plus précisément son engouement pour les strass et les paillettes du music-hall, le régisseur la tenait de son histoire familiale.

Imprésario aux Folies Belleville, le père d'André Dolitor avait fait entrer les poètes au music-hall, dans cette période d'effervescence culturelle précédant la Première Guerre. André avait grandi dans ce monde de rires et d'émerveillement devant les programmes de variétés, alors que les familiers du quartier venaient assister aux spectacles en voisins. On comptait des bougnats, des vitriers, des rémouleurs, dans le public de la fameuse « femme à barbe » ainsi que dans celui des chansonniers. C'est dans ce décor des salles de théâtre parées de leur rideau rouge à l'italienne, où se produisaient des vedettes américaines, qu'un beau garçon de type grec, aux muscles saillants, avait bouleversé le cours de la vie d'André, alors qu'il n'avait que quatorze ans. Dans ces bras-là, il avait connu sa première étreinte, la douceur de l'émoi, une liaison dont son père s'était scandalisé. Ce dernier avait réagi violemment, en chassant son fils du domicile familial. Ses mots assassins étaient restés profondément gravés dans la mémoire d'André, humilié, qui s'était senti honteux et coupable d'aimer.

Bien qu'il vécût sa jeunesse dépourvue de l'ombre tutélaire du père, l'orientation qu'il souhaitait donner à sa vie n'en paraissait pas moins toute tracée : il obéirait à sa passion du spectacle. Cependant, André dut batailler ferme pour faire sa place au soleil, remettant maintes fois aux calendes grecques son projet de s'installer à Paris, parce que les patrons d'établissement lui reprochaient son immaturité et sa propension à la rêverie. En conséquence, bien qu'il détestât jouer les saltimbanques et les accessoiristes, il dut passer les remous de cette période agitée à se constituer une solide expérience pour commencer, en encadrant les lutteurs et des équilibristes dans leurs tournées de province où il découvrit la France. Mais ce quotidien lui sembla bien fade, dénué des décorations piquantes des salles de spectacle parisiennes où l'on débattait autant musique que politique. Pas un seul jour ne passait sans qu'il rêvât de son retour dans la capitale.

Un véritable tournant dans sa carrière s'amorça par le biais d'une rencontre amoureuse avec un danseur singulier en 1930, étoile montante du music-hall, qui fit non seulement de lui son nouvel amant, mais également son imprésario. Rescapé de l'infortune grâce à la position de cet artiste en marge des convenances, André intégra un établissement proche du Pont-Neuf et de Notre-Dame. Devant ces danseurs à la nudité gracile qui s'ébrouaient, mutins et innocents, sous de savants déshabillés, Dolitor retrouva enfin sa vie parisienne sous l'artifice des feux de la rampe et l'odeur des marrons de la place Saint-Michel...

Le contrat plus juteux qu'il négocia plus tard aux Folies Bergère ne fut que la suite logique de l'ascension de sa carrière, car il se fit remarquer parmi les meilleurs détecteurs de talents. Peu à peu, il devint le fin limier qui dénichait les filles dignes de servir l'archétype de beauté de l'illustre théâtre. Il s'embourgeoisait, sa lâcheté gagnait du terrain, il avait fini par quitter son danseur avant de jeter son dévolu sur Gabin, un fils de famille, du genre à avoir le monde à sa botte.

Mais l'univers des lettres parisien de Gabin n'était pas celui d'André...

Gabin avait fréquenté l'École normale supérieure, il connaissait le chef de la Propagande Staffel qui dirigeait la censure littéraire. Il faisait partie de ces intellectuels fascistes à qui l'on avait versé un substantiel à-valoir pour servir les nouveaux dieux. Depuis qu'il avait participé au premier congrès européen à Weimar en 1941, Gabin, enthousiasmé, claironnait ses idées sur la puissance nazie dans ses articles de presse repris par Radio-Paris, où de nombreux écrivains ainsi que des vedettes de cinéma apportaient leur contribution. André prenait soin de bouder ce genre d'assemblée élitiste, car ce modèle de la collaboration intellectuelle, où les plumitifs analysaient avec aisance leur vision de la défaite française, le plongeait dans un profond malaise. Une sorte de vertige l'avait gagné face au propos de haine qu'il avait surpris au sein du cercle, se sentant soudain tout en bas d'une volée de marches qu'il ne gravirait jamais... Mais voilà que, pour conserver l'amour de Gabin à la beauté étourdissante, il refrénait sa nervosité teintée de gêne.

Plus il y songeait et moins il maîtrisait les raisons profondes de sa passion sans limite pour Gabin, pas plus qu'il n'était apte à se débarrasser de son dégoût pour cette moisson littéraire qui occupait les collaborationnistes avec autant de ferveur. Malgré cela, son adoration exclusive pour le bellâtre le rendait prêt à tous les sacrifices.

V

Avril 1942

FACE À BERTHE, Eulalie paraissait désemparée. La tête lui tournait. Un lainage sur les épaules, sa jupe-culotte froissée dont elle n'avait cure, elle revenait de la mairie, après une exploration des décombres du quartier de la Saussière à Boulogne-Billancourt. Au cœur de ce paysage bouleversé, elle avait eu peine à trouver ses repères. Après avoir passé en revue les pans de mur des maisons écroulées, escaladé des ruines à la recherche de ses biens que le feu aurait pu épargner, le découragement l'avait gagnée. Partout, des odeurs de poudre, de poussière et de décomposition flottaient dans l'air. Les rues étaient encore encombrées de débris calcinés où seuls quelques infortunés se risquaient à clouer des planches sur des ouvertures béantes à travers lesquelles des chats errants s'aventuraient. Hélas, il n'y avait plus rien à sauver… Plus près de la Seine cependant, la reconstruction des ateliers détruits avait déjà débuté, le principe étant de remettre en route une usine dévastée, où la moitié des effectifs ouvriers de chez Renault étaient employés, afin de satisfaire les besoins de l'armée d'occupation. L'ampleur des frais de reconstruction (versés à l'entreprise sinistrée sous forme d'acomptes) ne semblait pas poser problème, dans la mesure où la production de camions était jugée indispensable à l'Allemagne. Eulalie prit son courage à deux mains afin de débattre à la mairie du « régime de dommages de guerre » qui aurait pu entrer en vigueur pour sa maison, mais la décision finale ne lui serait notifiée que plusieurs mois plus tard, autant dire repoussée aux calendes grecques.

Pourtant, peu de temps auparavant, elle songeait encore à se distraire au cinéma Gaumont de Boulogne (plusieurs studios avaient rouvert), mais les fâcheuses circonstances de la perte de sa maison avaient eu pour effet de la renvoyer à une sombre image d'elle-même, et précisément au soir où elle avait posé les pieds à l'hôtel Lutetia pour la première fois, quelques semaines plus tôt.

Assise face à Berthe, dans la cuisine, elle éprouvait la ferme impression de faire fausse route, tandis que chaque pas lui coûtait terriblement. Tout ce qui lui avait semblé le meilleur antidote contre la dépression n'était que poudre de perlimpinpin depuis qu'elle avait accepté de signer ce contrat avec les Folies Bergère. Alors que, dans les rues, les affiches rouges faisaient état des exécutions par fusillade, au moment où terroristes, communistes, Juifs, gaullistes subissaient un sort identique, elle aurait voulu crier haut et fort son exécration du Paris mondain…

Tout avait commencé ce soir de la fin 1941 où André Dolitor l'avait contrainte à accepter l'invitation de Lubin Von Baden. Selon lui, la comédie n'avait que trop duré. Il ne prêtait aucune considération au fait qu'elle fût mariée et que ce comportement risquait de la placer du côté des femmes à la cuisse légère qui entretenaient des relations douteuses avec l'ennemi. Elle eut beau avancer l'argument d'une réputation à préserver, ce n'était, selon Dolitor, qu'une simagrée. Son Lazare Fontanel ne s'était pas manifesté depuis si longtemps ! Excédé de voir Eulalie se ranger sans cesse du côté de la prudence, André lui avait fait savoir que son refus aux avances du colonel Von Baden l'exposait au renvoi. Inutile de dire qu'il était impensable de se retrouver sans revenu en ce rigoureux hiver 41, alors que la pénurie de denrées frappait sévèrement la capitale. Adieu le marché noir, si on lui coupait ses moyens !

Son sang n'avait fait qu'un tour. Refusant de tomber dans la misère à l'instar de ces femmes qui affamaient leurs enfants tout en protestant contre les restrictions, elle accepta, la mort dans l'âme, ce rendez-vous avec Von Baden.

Ce soir-là, le beau colonel l'avait attendue à la sortie des artistes. Eulalie avait ressenti un pincement au cœur au moment de s'avancer vers lui dans son manteau de jersey ceinturé à la taille, le visage à demi caché derrière la voilette de son bibi. Elle avait conscience du ridicule de la scène et éprouva du mal à dissimuler son exaspération. Il lui fit le baisemain en lui glissant quelques mots respectueux d'une voix basse, dans un français teinté d'accent allemand, tandis que ses yeux clairs s'illuminèrent. Elle s'en détourna pour puiser un peu de courage dans l'encrier noir de la nuit d'hiver où commençaient à tomber quelques flocons de neige.

— Me permettez-vous de vous tenir compagnie ? lui demanda-t-il.

Toute de tension contenue, elle acquiesça en silence, indifférente au pas souple et aux gestes avenants de Von Baden, en dépit de la rigidité de son uniforme. Lorsque le chauffeur lui tint la portière, elle pénétra dans la limousine au fanion à croix gammée qui devait les déposer à l'hôtel Lutetia, sur le boulevard Raspail. Eulalie avait à peine vu le visage de Lubin, plongé dans la pénombre des rues de Paris, et elle ne parvenait toujours pas à croire qu'elle s'était engagée dans une histoire dont elle ne pourrait sortir indemne.

Paris défila dans son atmosphère oppressante. La façade du Palais-Bourbon affichait le V de la victoire, l'Arc de triomphe, l'hôtel Claridge, le rond-point des Champs-Élysées, l'avenue d'Iéna, tout un luxueux Paris à l'heure allemande, méconnaissable, défiguré par les oriflammes des croix gammées qui couvraient les édifices réquisitionnés, pendant que, seuls, les maîtres du monde en goguette s'offraient un peu de bon temps.

Au Lutetia, dans le fastueux décor d'une salle immense aux rideaux tirés, occupée par une partie du gratin de l'état-major et des services de contre-espionnage allemand, Lubin lui apparut soudain à la lumière et son angoisse devint plus forte. Ses traits réguliers empreints de gravité se reflétaient dans les miroirs, ce qui déclencha chez elle une émotion inattendue, comme si ces yeux magnétiques devenaient tout à coup protecteurs, attirant autant sur lui les regards qu'elle les captait sur sa resplendissante personne. De sa main gantée, Eulalie releva la voilette de son petit chapeau pour porter un toast à ses lèvres devant le somptueux buffet regorgeant de canapés délicieux. Ses grands yeux bleus révélaient toute leur candeur, perdus vers un horizon improbable. Elle formait avec Von Baden un couple qui ne passa pas inaperçu sous les lumières des lustres aux formes souples. À peine osait-elle lever les yeux sur les lambris. Désorientée par une sorte de conflit intérieur en raison de la proximité physique de ces hommes sanglés dans leurs lourds manteaux d'uniforme, verts pour l'armée de terre, bleus pour les aviateurs, gris foncé pour la marine, Eulalie semblait impressionnée par cette pluie de saluts de circonstance. Parmi l'assemblée des membres de l'état-major, des hauts gradés sans doute commandants et amiraux à l'accent rauque, mais aussi des personnages pittoresques dont certains disposaient d'une arme de poing dans l'étui boutonné à leur rabat. Certains, peu scrupuleux, s'étaient mêlés aux agapes, notamment un homme au chapeau de gangster qui ne cessa de la dévisager. Peut-être un espion ou un informateur ? Elle se sentait d'autant plus affectée par ses regards insistants que Lubin faisait déjà d'elle son trophée, multipliant à son égard les mots aimables, lourds de sous-entendus. Il appréciait visiblement sa compagnie.

Eulalie éprouvait le besoin d'une bouffée d'air, saisie d'une sensation étrange, mais bien que la situation fût embarrassante, il était déjà trop tard pour se rétracter. Elle aurait voulu fuir, mais elle se voyait mal arpenter seule le quartier dans la nuit, au risque de devoir affronter la peu indulgente Feldgendarmerie.

— Puisque vous insistez... murmura-t-elle en acceptant une énième coupe de champagne sous les effluves de havane, pour éviter de penser qu'elle n'était qu'une marionnette manipulée par Dolitor...

Dans l'excitation, Lubin, qui la couvait des yeux, ne songeait guère à nouer des contacts d'affaires, envoûté par son accompagnatrice.

Alors qu'une torpeur essayait de la gagner, le colonel la saisit par le coude :

— Venez, il est tard, allons prendre un peu de repos.

Avant même qu'elle n'ait pu protester, ils se retrouvèrent dans l'obscurité de la suite au second étage. Comme elle frissonnait sous son regard fiévreux, il serra son poignet à le broyer.

— Allons, vous ne craignez rien, dit-il, conscient de la vulnérabilité de la jeune femme.

Il fut pourtant tenté de l'entraîner vers le lit en la prenant par la main. Ses lèvres brûlantes rejoignirent bientôt celles d'Eulalie, tétanisée, qui resta figée comme un morceau de glace. Puis il s'écarta et l'observa, implorant ; ses yeux aux reflets dorés flamboyant de désir ne la quittaient pas. Ce contact la troubla, mais elle n'avait pas l'intention de lui céder, et elle se demanda par quelle ruse elle pourrait le repousser. Il vint alors caresser le voile noir de ses cheveux qui balayait ses épaules en suivant des yeux la courbe de ses cils noirs. « Cléopâtra », prononça-t-il, comme une formule magique. Son imagination s'emballa, elle vit soudain en lui le puissant guerrier et cette étrange musique dans sa tête déclencha la peur de se retrouver sous son emprise.

Quand il ôta méthodiquement son uniforme et son fatras de décoration, elle tenta de se ressaisir. Elle n'aurait pas dû boire autant de champagne, aussi ferma-t-elle brièvement les paupières pour remettre de l'ordre dans ses idées. Puis elle sentit soudain la chaleur de son souffle sur sa peau tandis qu'il rapprochait son large torse dénudé. Elle devinait les battements effrénés de son pouls.

— Ne me regardez pas comme ça, je vous en prie, supplia-t-elle.

— Vous me demandez un gros sacrifice mais je resterai sage... promit-il en expirant de toutes ses forces pour dissiper son trouble.

Comme il s'allongea, la fatigue finit par gagner tout son corps alors que les derniers feux qui couvaient en lui s'éteignaient sous l'effet de l'alcool.

Sous l'éclairage d'une lampe de chevet qui dessinait des ombres, Eulalie osa le scruter à son aise pendant qu'il s'était endormi. Au rythme de sa respiration saccadée, son visage s'affirmait sous d'épais sourcils, une mâchoire carrée, des lèvres finement sculptées, une légère tache de naissance sous le menton. Ce grand corps viril, résistant, lui faisait peur autant qu'il l'attirait. Partagée entre l'envie de partir et celle de rester, elle énuméra, telle une litanie, la liste des obstacles qui se présenteraient sur son chemin si elle choisissait la première option : les gardes, les portiers ainsi que le concierge de nuit qui pourrait aussitôt la considérer comme suspecte.

Dans le fauteuil de velours où elle s'était assise, ses yeux firent un rapide tour d'horizon vers le guéridon encombré d'une bouteille de vodka à moitié pleine ; des verres, un paquet de cigarettes allemandes... avant de se braquer de nouveau sur ce corps massif aux jambes bottées, encore luisantes de cire, un insigne gravé sur la boucle métallique de sa ceinture, qu'elle ne put déchiffrer. Son cœur chavira et sa vue se brouilla comme elle songeait à l'étreinte du corps lisse de son mari dont elle demeurait sans nouvelles depuis deux ans, un souvenir si lointain qu'il semblait presque irréel.

Des voix fortes venues du couloir la tirèrent brusquement de sa rêverie. Ce brouhaha éveilla aussitôt Lubin qui ne dormait que d'une oreille, prêt à descendre à la moindre alerte. Encore étourdi, il se redressa comme s'il sortait d'un cauchemar, mais la présence d'Eulalie dans cette chambre ne sembla pas l'incommoder.

— *Komm mit mir*[1]...

Lubin la détailla avec concupiscence. Il prononça une phrase incompréhensible et tenta d'attirer Eulalie contre lui lorsque la sonnerie du téléphone retentit.

— *Bitte?*

Une expression de noirceur emplit soudain son regard. Les chefs des services de renseignement étaient sollicités à toute heure, surtout lorsqu'un obstacle pesait lourdement sur l'organisation et qu'ils étaient amenés à affronter un danger imminent. Eulalie en profita pour enfiler son

1. *Venez avec moi.*

manteau. Von Baden ne chercha pas à la retenir. Un monde sous-terrain avait durci ses traits tandis qu'il s'occupait à vérifier la position des insignes sur l'uniforme vite réajusté.

— *Auf wiedersehen, Mademoiselle!* lui lança-t-il alors qu'elle abandonnait la suite en catimini.

Dans le hall du palace, au pied de son monumental escalier, elle fut placée sous la protection d'un agent de l'Abwehr qui reçut ordre de l'escorter jusqu'à Boulogne-Billancourt.

Le colonel Von Baden se trouvait sous les ordres du général Oster, farouche opposé d'Hitler. Ce dernier, qui n'avait guère de goût pour l'idéologie nazie, profitait de l'immunité totale de l'Abwehr pour recourir à des antinazis et Juifs, initiés aux méthodes de contre-espionnage. Cela lui permettait d'établir des contacts avec les puissances ennemies. Von Baden, ce matin-là, avait été appelé depuis un service annexe de l'Abwehr situé à l'hôtel Édouard-VII, avenue de l'Opéra, par l'un de ces espions qui pullulaient sur le territoire français, en vue de démanteler un réseau de Résistance. Ce dernier avait arrêté un certain Moïse Luther, échappé d'un camp de l'Est, qui devait subir un sérieux interrogatoire afin d'entrer à la solde des services spéciaux allemands, un secteur plutôt lucratif...

Ce Moïse revenait de loin. Un courage qui forçait le respect ! Évadé d'un camp de prisonniers avec une seule boussole en poche, il avait suivi des chemins défoncés sur les routes de l'Allemagne nazie à l'aide d'un vélo volé. Il avait parcouru les paysages vallonnés de la Saxe en longeant une voie ferrée, traversé des champs de seigle et de betteraves pour se retrouver dans un bourg, nez à nez avec la jeunesse hitlérienne qui arborait le brassard à croix gammée. L'un de ces jeunes nazis avait tapé le talon à sa hauteur :

— *Heil!*

Malgré son peu de connaissance de la langue allemande, Moïse, qui n'en menait pas large, avait rétorqué un *Heil* très sec dans son blouson crasseux. Heureusement qu'il avait eu la présence d'esprit de respecter deux coutumes – il en allait de sa survie – : il était rasé de près grâce à un coupe-choux qu'il avait miraculeusement subtilisé en même temps que le vélo, profitant d'une réunion de villageois dans la campagne allemande, qui lui avait laissé le champ libre, et il avait également pris soin de porter son alliance à droite, comme le veut la religion protestante, afin de ne pas se faire repérer par l'ennemi. Cela avait pourtant été sans compter sur la présence d'un vert-de-gris à quelques mètres, qui s'était montré suspicieux. Ce dernier s'était avancé vers lui en débitant un discours auquel il n'avait rien compris.

— *Ja, natürlich!* avait tenté le malheureux,

— *Papiere!*

Le piège s'était refermé. Il avait ressenti comme une onde de choc et de peur, ne pouvant se résigner à l'idée d'être repris. D'un coup, Moïse s'était enfui à toutes pédales, filant vers l'inconnu jusqu'à l'épuisement de ses dernières forces. Le tas de paille d'une grange isolée lui avait permis de prendre un peu de repos jusqu'au lendemain, où il s'était mêlé à un convoi de paysans qui cueillaient le colza. Son vélo étant à bout de course, il l'avait abandonné sur un talus pour grimper dans un camion qui stationnait et s'était endormi parmi les cageots. Quand il s'était éveillé, les tripes secouées, il avait vue sur d'anciens *blockhaus* de la ligne Siegfried. Par miracle, arrivé à Sarrebruck, il eut idée de se réfugier dans une église afin de demander de l'aide au curé. Après une bonne soupe suivie d'une nuit de sommeil, le fugitif s'était réfugié à la gare où il avait espéré rallier Metz sans qu'on lui demande ses papiers d'identité, mais il avait finalement été arrêté par un agent des services spéciaux allemand qui l'avait menacé séance tenante de l'envoyer en déportation au camp de Rawa Ruska occupé par les Russes, où l'on mourait de faim, de soif et du typhus, à moins qu'il n'accepte d'entrer à la solde des services secrets allemands.

Voilà comment Moïse avait jugé préférable d'opter pour la seconde solution.

*

* *

Bien qu'Eulalie se fût juré d'oublier cet intermède dès son retour à Boulogne cette nuit-là, le colonel Von Baden, quant à lui, ne voyait pas les choses du même œil. Il n'avait pas mis longtemps à accoster sa Cléopâtre à la sortie du théâtre, dans l'intention qu'elle accepte de le suivre. La limousine et le chauffeur se tenaient à quelques mètres de la sortie des artistes, et bien que cette orchestration inspirât de la réticence à Eulalie, il lui fut impossible de livrer bataille à son ordonnateur. Embrigadée d'office ! D'ailleurs, qui aurait pu refuser une invitation à dîner du colonel de l'Abwehr qui jouait les chevaliers servants ?

Expert en matière de sécurité, tenu en haute estime par ses supérieurs en raison de la densité de son réseau d'espions et d'informateurs, Von Baden ne rêvait plus que de s'afficher au bras de son nouveau béguin dans les meilleurs établissements parisiens qui lui étaient ouverts. Goûter aux délices de la bonne table sans déroger aux règles de galanterie de la vieille école prussienne auxquelles obéissait l'aristocratie allemande dont il était issu, telle était sa devise. Il appliquait les règles de courtoisie et de patience pour dissiper la réticence et la fébrilité évidentes de sa nouvelle conquête. Trop abattue dans sa solitude et sans doute trop fragile pour percevoir un calculateur, elle pencha peu à peu vers ce nouveau seigneur. Elle se sentait attirée par le magnétisme puissant de cet homme à l'instar d'un abîme vertigineux. Sa voix calme et douce qu'il savait moduler en constituait le piège le plus tentant. Il franchissait une ligne rouge qui tendait à lui faire oublier ses convictions et ses principes au fur et à mesure qu'ils écumaient les cabarets, de Pigalle à Montmartre, ainsi que les théâtres aryanisés. Quand il devait porter un toast ou prononcer un discours dans des cérémonies qui ne manquaient jamais de faste, il veillait à la tenir à l'écart afin de ne pas la heurter avec tous ces protocoles. Prudent, Von Baden prenait chaque élément en compte afin d'abolir tout obstacle entre eux. Bien que la machine fût souvent à deux doigts de se gripper, l'étrange attirance qu'elle avait trop longtemps niée finit par la submerger, et l'inconnue en elle oublia la honte et la culpabilité au cours d'un instant qui bouleverserait à jamais le cours de sa vie.

Le galbe des mollets d'Eulalie s'exhibait dorénavant dans des bas de soie, sa plastique sculpturale dans des robes de cocktail qui provenaient du magasin de haute couture de Maggy Rouff, sur les Champs-Élysées, car aux yeux de Lubin, rien ne paraissait trop beau pour son égérie. En dépit de ces prévenances et de ces inflexions affectueuses, le soir où il lui offrit un gilet de fourrure de chez Balenciaga, elle se sentit tout net rattrapée par ses scrupules, sans réussir à les faire taire. Soumise aux caprices de cet officier qu'elle connaissait si peu, glissant sur la mauvaise pente d'une vie mondaine parisienne qui risquait de l'enchaîner à l'intérieur d'elle-même, elle sentit se rapprocher l'échéance inéluctable.

— Je ne peux pas accepter ce cadeau, Lubin, vous êtes fou !

— Mais pourquoi, Eulalie ? Ne m'offensez pas en vous punissant vous-même. Vous pourrez le porter à l'occasion de ce vernissage à la galerie des Beaux-Arts, supplia d'une voix doucereuse celui qui était sensible à son charme au point d'en perdre la tête.

Silencieuse, elle se mordit les lèvres, n'ayant aucune envie de se rendre à cette soirée. Un vent de révolte montait dans le cœur de celle qui regrettait amèrement sa folie et ses soirées d'égarement. Ce qui l'assaillait plus encore de remords, c'était qu'elle n'avait jamais avoué à Lubin la disparition de Lazare. Le colonel aurait sans doute pu se renseigner sur son époux, mais, pour des raisons dont la nature lui échappait, elle ne l'avait pas fait et, à présent, il était trop tard ; cette mauvaise conscience qui la paralysait ne la quittait plus.

Sur le moment, elle revêtit sans goût la superbe fourrure qui seyait à merveille à sa grande stature tandis qu'une moue insondable s'affichait sur sa face. La tristesse ne semblait plus vouloir la lâcher.

— Vous êtes divine et, par pitié, ne faites pas cette tête, vous n'êtes pas coupable !

Dans un vaporeux salon du Lutetia qui les projetait hors du temps, où les stratégies les plus mesquines devenaient les arcs-en-ciel des officiers de l'Abwehr, alors qu'Eulalie rêvait d'une autre vie puisqu'elle ne supportait plus la sienne, un membre du personnel de l'état-major appela d'urgence Von Baden. Quelques minutes plus tard, il fit part avec solennité à sa compagne son regret de devoir interrompre leur tête-à-tête. Elle devina à demi-mot qu'il était question d'un coup de filet, ce que lui confirma la présence de plusieurs sous-officiers sur les dents, qu'elle croisa dans le hall du palace juste avant de sauter dans le premier taxi à pédales qui se présentait sur le boulevard Raspail. La belle ne réalisa qu'un peu tard, qu'elle avait conservé la sublime pièce de chez Balenciaga.

— Mazette ! s'exclama Berthe qui demeura subjuguée par la tenue de son amie dès que cette dernière eut franchi le seuil.

— N'en rajoute pas, je t'en prie, c'est déjà assez pénible, l'interrompit sèchement Eulalie, incapable de contenir l'aigreur qu'elle avait ruminée seule dans le taxi. Je vais partir, Berthe !

— Qu'est-ce que tu racontes ? Où veux-tu aller ? Et ta fille, tu n'y songes pas ?

— Eh bien, nous ferons comme des milliers de gens qui attendent des jours meilleurs. Je me dégoûte, je me sens ligotée et si faible, je ne sais pas si tu peux le comprendre !

— Tu n'as pas toujours dit ça...

Le petit sourire qui venait de se dessiner sur les lèvres de son amie lui fit mauvaise impression. Sans doute n'avait-elle jamais eu la corde au cou une fois dans sa vie...

Eulalie fronça les sourcils. Tendue et meurtrie, elle marmonna :

— Bien sûr, si tu te bornes à en juger sur nos avantages au marché noir...

— Mais enfin, réfléchis ! Avec mon contingent de « points textiles », je n'ai même pas les moyens de me chausser correctement, conclut celle qui portait aux pieds un dérivé de galoches. Crois-moi, si je disposais de tes relations, je veux dire, si j'avais pu saisir une aussi belle opportunité que la tienne, je ne me poserais pas toutes ces questions, rumina Berthe, dont les traits fatigués accentuaient les boursouflures du visage.

Curieusement, les privations avaient engendré chez elle de l'anémie graisseuse, et son physique accusait facilement dix ans de plus que son âge. C'était un tout. Elle souffrait autant du désintérêt des hommes à son égard que de ses tentatives à se dissimuler aux yeux des autres. La beauté d'Eulalie, et surtout la vie qu'elle menait, la ramenait encore à ses disgrâces physiques. Mais s'il n'y avait eu que ça ! L'antisémitisme que déversait cette propagande dans la presse et les radios sous influence Allemande, servi par une foule de règlements vexatoires, lui sapait le moral en lui faisant craindre le pire…

— Je vais te procurer de quoi tenir, ne t'inquiète pas, Berthe, je te l'ai promis, se reprit Eulalie qui n'oubliait pas le pacte de « non-abandon » qu'elles avaient scellé.

Bien qu'elle fût consciente de la grande solitude affective de Berthe, cela ne l'empêchait pas de penser que la nourrice de Beata voyait midi à porte, bien à l'abri des concessions et compromis avec lesquels elle bataillait au quotidien depuis des semaines. Malgré tout, Eulalie posa une main sur son épaule pour apaiser les esprits, et lui montrer qu'elles demeuraient des alliées. Elle se cantonna à un silence prudent, comptant plus que tout sur leur amitié.

— De toute façon, dans notre situation, ma belle, il ne faut pas trop s'interroger, mais décider… un point c'est, tout conclut Berthe.

Eulalie songea à toutes les enquêtes que son colonel menait tambour battant. Il tenait sous sa botte les officiers des services de renseignement qui procédaient aux arrestations et aux interrogatoires avant d'établir des dossiers destinés aux tribunaux militaires. Elle était choquée, et même si elle se cantonnait à l'attitude la plus effacée possible, la réalité lui sautait au visage plus souvent qu'à son tour : par exemple, lorsque se présentait dans sa ligne de mire cette prison du Cherche-Midi, à deux pas de l'hôtel Lutetia, à l'angle du boulevard Raspail, où la voiture cellulaire attendait les prisonniers pour les expédier à la Santé, elle se posait bien des questions… Elle en avait vu sortir accablés, engloutis dans leur torpeur, et lorsqu'elle en avait parlé avec Berthe dont les oreilles traînaient un peu partout, cette dernière semblait en connaître plus long qu'elle sur le sujet :

— Une aile de cette prison militaire est réservée aux femmes, des prostituées pour la plupart, coupables d'avoir contaminé de syphilis les membres de la Wehrmacht…

— Dans quelles circonstances as-tu appris tout cela, et avec qui ?

— T'occupe ! dit-elle en haussant les épaules.

Eulalie restait fascinée par la manière dont son amie mettait un point d'honneur à se tenir au courant de tout. Elle savait que des inspecteurs aux aguets, postés dans les restaurants et les hôtels, traquaient le terroriste, qu'il y avait déjà eu des rafles de Juifs, que certains avaient été envoyés à Drancy, et même si les services de renseignement de Lubin n'étaient pas étrangers à ces événements et que Berthe s'en doutait, elle prenait les choses avec un certain détachement.

L'Occupation avait tant sapé les conventions qu'elle se gardait de réprimander le *modus vivendi* d'Eulalie, pas plus qu'elle ne portait de jugement sur sa liaison avec Von Baden, puisqu'elle connaissait la position extrêmement embarrassante de son amie au théâtre des Folies Bergère.

La vie se compliquait chaque jour un peu plus. Heureusement, il y avait encore ces précieux moments où la petite Beata, les yeux étincelants et le rire joyeux, s'appropriait tendrement les bras de sa maman. Ce contact les apaisait toutes les deux, libérant la mère du servage de son existence. Parfois, dans ces instants de paix et d'espoir, Eulalie aurait aimé croire que Lubin ne se reconnaissait pas dans les valeurs du IIIe Reich, qu'il n'en portait pas l'idéologie, mais force était de reconnaître que l'Abwehr constituait l'un des instruments du système nazi. Sa désolation prenait alors des proportions gigantesques.

La nuit, le visage de Lazare Fontanel revenait parfois la hanter et elle culpabilisait. Elle se sentait perdue, renvoyée à l'infamie de son attitude. Pourtant, si ses larmes, comme une averse d'amertume, avaient longtemps mouillé ses draps, leur vie commune s'était peu à peu éloignée, car les temps chahutés en avaient atténué l'intensité, et Eulalie n'y pouvait rien.

Suite à la déclaration de guerre de la France à l'Allemagne en septembre 1939, la mobilisation décrétée par le gouvernement Daladier avait suscité une vraie confusion chez les Fontanel. Lazare, porteur du fascicule rose pour la visite d'incorporation, avait pourtant donné le change face à une épouse consternée. Affecté aux tanks, revêtu d'une vareuse, de culottes bleu horizon et de godillots, avec son attirail de gamelles et de bidons, l'époux avait fait son devoir, cantonné derrière la ligne Maginot, pendant les huit mois de la drôle de guerre. Les Alliés avaient choisi d'attendre, ce qui avait brouillé les cartes et effacé les repères, tandis qu'aucun des deux belligérants n'avait osé attaquer. À l'issue de l'étrange défaite de la France, pendant la débâcle, Lazare, à l'instar de plus d'un million de soldats, avait été capturé par les forces allemandes et transféré dans un camp de prisonniers en Allemagne. Eulalie en avait pris connaissance tardivement, *via* la liste officielle des prisonniers français, sur laquelle lui était apparu le nom de Fontanel. Cependant, elle n'avait jamais reçu la moindre lettre de son mari. L'injustice semblait pire que la malchance. La part la plus raisonnable d'elle-même s'était tournée vers la cause des prisonniers des camps de Billancourt, environ trois mille. Elle lui devint d'autant plus chère qu'à travers le soutien d'un comité d'aide qui cherchait à faciliter leur passage en zone libre, elle se rapprochait un peu de Lazare, si tant est qu'il fût encore vivant.

Sa rencontre fortuite avec Lazare, un jour du printemps 1935, alors qu'Eulalie rendait visite à son père dans l'atelier de l'île Seguin où Renault étendait ses structures sur le trapèze de Billancourt, avait immédiatement été gravée dans le marbre. Au milieu de la trépidation ouvrière en bleu de chauffe, dans le vacarme de l'usine, leurs regards s'étaient croisés. De l'étincelle avait jailli la flamme, puis la lévitation des cœurs. En sa compagnie, Eulalie avait visité l'impressionnante salle des turbines à vapeur. Ensemble, ils avaient franchi des ponts métalliques pour accéder à des forges et des fonderies, rive droite de la Seine, tandis que le ciel traînait quelques nuages. Si le monde de la carrosserie avait paru quelque peu irréel à la grande brune, la voix un peu rauque de son guide qui l'abreuvait d'anecdotes, avait réussi à la troubler au point de le rendre attrayant. Même la sirène de l'usine lui paraissait romantique ! La magie opérait. Ils s'étaient rapidement découvert des affinités et des points communs familiaux : la mère d'Eulalie et la tante de Lazare avaient partagé le même quotidien de blanchisseuses pour le compte des blanchisseries de la Seine, quelques années plus tôt, aussi connaissaient-ils tous deux la pénibilité de ce travail. L'abnégation de ces femmes, qui enduraient au fil des jours des ventilateurs et calorifères dans l'humidité et la vapeur, avait un sens pour eux. Ils portaient dans leurs gênes le respect du travail ouvrier, et les heures avaient tendance à filer lorsque Lazare et Eulalie bavardaient ensemble. Ils s'étaient rapidement projetés dans un avenir commun. Aux yeux de la belle, ce garçon ambitieux, qui avait quitté sa Normandie natale afin de travailler dans l'automobile, sa passion, avait tout pour faire un bon époux. Eulalie était simplement tombée amoureuse comme on peut l'être à seize ans !

Le quartier de Billancourt, conçu sur les vidanges de Paris, n'eut bientôt aucun secret pour eux. Sur le plan d'urbanisation récent dont il avait fait l'objet avaient poussé des bâtiments à larges vitrages, des immeubles avec ascenseur et parcs de stationnement, ainsi qu'un hôtel de ville résolument moderne et, s'ils exploraient les méandres de cette modernité, ils leur préféraient de loin le charme désuet des modestes maisons basses en brique auxquelles se mêlaient les usines. Eulalie y avait grandi, et ils avaient tous deux évolué dans le même environnement sociétal de l'entre-deux-guerres, bercés par les affiches publicitaires pour le cinéma Pathé-Palace. Si Lazare n'avait guère fréquenté les bancs de l'école en Normandie, Eulalie avait, quant à elle, connu celle que la loi imposait aux communes de la Seine. Elle avait ainsi bénéficié d'une éducation d'avant-garde dans des bâtiments à l'architecture dernier cri, privilégiant l'air et la lumière. Patronage, colonies de vacances, et fêtes de l'enfance sur les terrains de sport le long de la Seine, rien n'avait été trop beau pour les têtes blondes de Boulogne-Billancourt...

Mais si Eulalie avait fait l'objet de nombreuses sollicitations amoureuses de la part des garçons de son âge, Lazare avait bien été le premier à trouver grâce à ses yeux, et elle s'était mis dans la tête qu'il était digne d'une confiance absolue. Bien qu'ils se fussent aimés avec la fougue de la jeunesse, tout en partageant le sentiment de se reconnaître, une ombre gâta un tantinet leur optimisme conjugal : Lazare Fontanel ne tarda pas à émettre une vive objection vis-à-vis de sa grande passion, la danse. Après leur mariage, il l'avait littéralement arrachée à la danse, telle une plante aux vertus merveilleuses que l'on aurait déterrée de ses racines... Le violon d'Ingres d'Eulalie n'était selon lui qu'enfantillage, et peu compatible avec la vie de famille qui convient à une femme mariée. Ce prix à payer pour ne pas décevoir son mari l'avait profondément contrariée. Il ignorait à quel point les cours de l'école de danse de madame Duprez, dans la rue de Solférino à Boulogne, avaient été son moteur au fil de sa jeunesse. Très tôt initiée à des exercices à la barre, le long du mur, face au grand miroir pendant que le professeur battait la mesure au piano, elle s'était fiée aux règles précises et rigoureuses, répondant aux exigences de la discipline avec agilité, ce qui l'avait aidée à s'affranchir de sa timidité maladive. Toutefois, bien qu'elle eût atteint une excellente maîtrise de ses mouvements, l'adversité était venue de sa grande taille, qui ne ferait jamais d'elle un Cygne. À l'époque, Eulalie se rengorgeait d'avoir choisi pour modèle l'étoile de neuf ans Tamara Toumanova, aussi n'avait-elle pas caché sa frustration de ne pouvoir évoluer dans ses pas en intégrant l'Opéra de Paris. Il fallut pourtant se résigner à abandonner toute ambition de ce genre. En dépit de cette certitude, placée sur le registre des illusions perdues, madame Duprez, son professeur, lui avait alors suggéré la possibilité de faire carrière au sein d'une troupe de danse de renommée internationale, mais Lazare s'y était fermement opposé. Conscient du danger que représentait l'insolente beauté de son épouse, il préférait la garder sous haute protection plutôt que de la voir intégrer un ballet. Un cœur n'est jamais trop bien pris, aussi craignait-il qu'elle ne déchaîne les passions, et la seule idée qu'un autre homme pût rôder dans son périmètre le révoltait.

En novembre 1938, les grèves et les journées d'émeute dans le milieu ouvrier avaient laissé place à d'autres préoccupations. Les décrets-lois récemment établis par le gouvernement Daladier présentaient une atteinte sérieuse aux conventions collectives durement établies grâce aux combats de 1936. Chez Renault, les ouvriers refusaient d'appliquer les nouvelles conventions qui exigeaient le retour aux quarante heures de travail. Et pour cause, ils n'en réalisaient que trente-deux un an plus tôt ! La fédération de la métallurgie comptait bien profiter de la progression de la conquête sociale ! Les travailleurs avaient envoyé des délégués aux directions qui avaient refusé de les recevoir, le combat alla jusqu'aux empoignades et aux luttes sanglantes. Finalement, le mouvement ouvrier et ses instigateurs furent invités à se ranger dans le calme, derrière ses chefs staliniens, laissant le gouvernement prendre les mesures de répression. Ces épisodes avaient entraîné des remous, Lazare avait été blessé et Eulalie, jeune maman d'une petite Beata de trois ans, avait connu un sentiment d'insécurité qui, en quelque sorte, augurait du drame qui surviendrait un an plus tard. À ce moment-là, son rêve de devenir danseuse s'était peu à peu enfoui dans sa mémoire. Eulalie eut à peine le temps de se demander si l'amour des siens détiendrait ce pouvoir de lui faire totalement oublier sa marotte, que la mobilisation de 1939 laissa loin derrière elle toutes ses cogitations. Pire encore, les longs mois d'inquiétude qu'elle vécut sans nouvelle de Lazare firent vite naître en elle une sorte de défi intime à tester ses capacités à accepter la solitude. Elle avait engagé des démarches auprès de la Croix-Rouge de Boulogne-Billancourt, qui restèrent vaines, jusqu'à ce qu'elle découvre, suite à la débâcle, le nom de son mari sur la liste des prisonniers français détenus dans un stalag en Allemagne.

VI

1942…

DANS LES LOGES du théâtre des Folies Bergère, les danseuses évoquaient librement leurs bonheurs et leurs épreuves, mais Eulalie restait souvent confinée derrière ses propres remparts, comme si son sentiment ne trouvait pas son expression. La plupart du temps, elle feignait l'indifférence, ce qui lui valait l'inimitié de ses consœurs. Cette attitude se justifiait par la simple raison qu'elle ne se sentait pas à sa place dans cet environnement où les rivalités marquaient les étapes des relations. Étant donné que son groupe de fervents admirateurs se pâmait devant sa beauté assassine, elle déchaînait d'autant plus les jalousies de ses semblables, qu'elle émoustillait Derval, le patron. Si elle craignait ses manœuvres ainsi que les ambitions qu'il prétendait avoir pour elle, l'attitude dominatrice d'André Dolitor la mettait aussi mal à l'aise. Elle avait donc appris à éviter ses regards trop directifs pour se concentrer sur la chorégraphie. Dans les chuchotis et les frôlements de plumes et de velours, son anxiété et sa confusion disparaissaient au profit de la danse ! Il n'y avait d'ailleurs que sous les rayons des projecteurs qu'Eulalie oubliait l'étau qui, chaque jour, se resserrait davantage sur la reine de beauté qu'elle était devenue. Si, sur scène, elle n'avait qu'à battre des cils pour susciter l'admiration, l'effet inverse de cette situation grandissait dans les loges où elle interceptait sans cesse les regards hostiles posés sur elle, tels des fusils. Ses jambes longues et fuselées, modelées à l'usage d'un travail précis et rigoureux, ainsi que sa dentition parfaite, point d'orgue d'un sourire éclatant, déclenchaient du mépris, parfois déguisé ; alors elle refusait de participer à cette comédie grotesque, lui préférant le silence. Inutile de chercher à pacifier ses consœurs, son courage lui conseillait d'en faire fi. Et Greta, la vedette à la plume d'autruches, ne lui pardonnait pas cette attitude, interprétant comme de la morgue ce qui n'était en réalité que prudence. Un soir qu'Eulalie avait dû subir les avanies de Greta, sous un prétexte fallacieux, sans doute parce que sa beauté rivalisait un peu trop avec la sienne, dans son triomphe finissant, elles avaient failli en venir aux mains. La jeune girl aux nerfs tendus à se rompre, qui s'était sentie toute chose, n'avait pu se consoler que dans les bras de Lubin qui, comme chaque soir, aux premières loges, ne l'avait pas un instant quittée des yeux. Le colonel Von Baden était suffisamment capable de s'extraire de sa raideur prussienne pour percevoir le trouble de sa jeune amie, et elle trouva auprès de lui une tendresse et un réconfort inespérés, malgré ce qui se chuchotait dans son dos. Ce soir-là, il préféra une petite fête improvisée dans sa suite du Lutetia plutôt que la bonne table de chez Maxime's. Les couverts d'argent dressés pour des mets délicieux concoctés dans les cuisines du palace furent habilement servis par un personnel dévoué. Face à ce cador pour lequel elle ne pouvait nier son attirance, elle se sentait d'autant désarçonnée que sa patience était servie par une classe infinie. En réalité, il éveillait en elle les ambiguïtés qui sommeillaient dans sa jeune personnalité. Le colonel savait combien la peur peut influer sur la posture des hommes, aussi se comportait-il sans brusquerie, si bien qu'elle raisonnait avec ses émotions, oubliant au fil de leurs tête-à-tête qu'elle se trouvait face à un gradé de l'Abwehr, obnubilé par toutes ces questions liées à l'espionnage militaire, ne voyant en lui que l'amoureux fidèle et dévoué.

Sur la nappe blanche, la main de Lubin se posa sur la sienne, et il planta son regard étincelant dans celui d'Eulalie. Contrairement à ses nombreux confrères de la hiérarchie nazie aux mœurs Spartiates, il aimait le luxe, qui plus est lorsqu'une femme était capable de déployer autant de grâce et de mystère devant ses yeux, il semblait aux anges. Depuis la première fois qu'il avait vu Eulalie se produire au théâtre des Folies, ce sentiment d'éblouissement ne l'avait plus quitté. Ses airs de Danielle Darieux dans *Premier rendez-vous,* associés à la solennité de Cléopâtre, avaient sur lui un effet renversant. Il y allait de son compliment et de ses bons mots : « On vous a trouvé parfaite, Eulalie. »

Pourquoi ce « on » ? Elle flottait sur son petit nuage, toutes ses pensées envolées, elle se sentait envoûtée lorsqu'il l'embrassait fiévreusement. Quelque chose de brut, de viscéral se produisait dans son corps au contact de Von Baden, et tout ce qu'elle avait rejeté de cet homme lui revenait en pleine face, mué en une attirance incontrôlable. Dans sa suite aux fauteuils damassés, magnifiée de ses rideaux de soie, Eulalie flirtait tout à coup avec le côté obscur de sa propre personnalité. Il n'était plus question de bien ou de mal agir, mais de s'abandonner au plaisir de vivre et d'aimer pour ne pas dépérir au fond de sa solitude. C'était la première fois qu'elle transgressait aussi puissamment des interdits, que ses bras s'offraient dans un flot si enivrant, tandis que les corps unis s'abandonnaient à la passion. Lubin susurrait des mots torrides auxquels elle ne comprenait rien, mais elle en devinait toute la portée.

L'Abwehr disposait d'un rapport détaillé sur le compte de la jeune Eulalie Chabert-Fontanel. Une enquête sérieuse avait en effet été ouverte et menée pour appréhender les différents aspects de la vie de la grande brune, née à Boulogne-Billancourt en 1920, qui avait grandi à quelques encablures des usines Renault. Le document avait été déposé à la demande de Lubin Von Baden, qui l'avait évalué avec soulagement. Le rapport se terminait par : « Rien ne permet de mettre en cause Eulalie Fontanel. » En revanche, une piste intéressante se traçait pour la chasse aux Juifs en la personne de Berthe Vandman, amie de madame Fontanel, qui n'avait jamais été enregistrée à la police, comme le stipulait la loi de 1940. Cette déclaration fit tiquer Von Baden qui n'oubliait pas l'objectif assigné par l'Abwehr. Il ne manquait pas d'agents efficaces, notamment au bureau d'achat de l'Abwehr, le bureau Otto, fruit de la collaboration entre services allemands en France, qui siégeait au square du bois de Boulogne. Quatre cents personnes y étaient employées. On y trouvait des spécialistes de la récupération des stocks d'or chez les particuliers, d'autres de la réquisition d'immeubles. On y séduisait les détenteurs français de stocks de marchandises en leur proposant les cours les plus hauts, acheteurs et experts se déplaçaient partout en France pour développer ces activités à succès. En partaient des expéditions de métaux, de cuirs, de textile depuis Saint-Ouen où étaient mobilisés à cet effet trois hectares de magasins couverts et de quais pour assurer l'approvisionnement du Reich.

Le bureau Otto servait de camouflage efficace au service d'espionnage où s'affairaient des hommes, mi-affairistes mi-espions, qui travaillaient autant pour l'Abwehr que pour la Gestapo. Les agents les mieux considérés disposaient du permis de port d'arme, de cartes jaunes barrées de rouge sur lesquelles il était mentionné, en allemand et en français, qu'ils étaient autorisés à circuler à toute heure et à réclamer des informations et documents précis pour rechercher les adversaires de l'idéologie nazie, afin, si nécessaire, de cacher des émetteurs-récepteurs tout en continuant de mener des transactions commerciales.

Les agents secrets étaient en tout lieu très bien infiltrés, à l'instar de Moïse Luther qui, pour échapper au camp de détention alors qu'il avait été repris à Metz, avait été contraint à la reconversion et avait ainsi évité la déportation. Il était donc entré au service de l'Abwehr. Ce service de renseignement militaire au sens large qui existait depuis l'époque de Frédéric Le Grand se tenait sous les ordres du haut commandement de l'armée allemande. Comme il avait su démontrer son aptitude à concilier des exercices violents et la précision inhérente au maniement des armes, ce qui n'était pas donné à tous, Moïse Luther avait été envoyé en stage pour acquérir en quelques mois le style militaire ainsi que des rudiments de chiffrage, déchiffrage, chimie des encres et des papiers, afin d'être considéré apte à effectuer ses premières missions sous les ordres de Von Baden.

Le colonel et sa clique délivraient des pouvoirs pour permettre aux négociateurs du bureau Otto d'aller dénicher des voyous dans les prisons de Fresnes, des premiers couteaux qui connaissaient les affaires. Sous de fausses identités, on les chargeait d'engager toutes sortes de tractations marchandes ou de missions parfois compliquées pour la simple raison que le colonel de l'Abwehr cherchait des explications sur des disparitions mystérieuses d'agents en mission. Les pions de Von Baden étaient également chargés d'identifier des réseaux français en zone libre. Toutes ces activités s'intégraient aux procédures de surveillance du territoire, visant à limiter le risque de prise de contrôle ennemie.

Mais le système connaissait des défaillances, et les dirigeants nazis se montraient suspicieux vis-à-vis de l'Abwehr et de son dirigeant, l'amiral Canaris. Même si Lubin Von Baden espérait que son supérieur réussirait à maintenir son indépendance afin d'éviter la mainmise de Himmler, le maître absolu des SS sur l'Abwehr, un rien pouvait enrayer la machine, comme cette fois où Canaris avait essuyé quelques échecs, notamment aux États-Unis où certains de ses espions avaient trahi l'Ausland Abwehr pour le compte du FBI.

*

* *

Pendant ce temps, Berthe Vandman aurait dû se contenter *d'ersatz,* et protester devant les magasins où les restrictions alimentaires étaient légion, si Eulalie n'avait fait preuve d'une véritable prévenance à son égard. Cette dernière bénéficiait de combines au marché noir, et elle ramenait fréquemment un panier rempli de victuailles qu'elle récupérait au siège du bureau Otto, square du bois de Boulogne. Ce soir-là cependant, Eulalie se sentait toute chose en arpentant la route qui la menait de chez son fournisseur jusqu'au boulevard Jean-Jaurès, où elle demeurait avec Berthe. En traversant le quartier des chalets dans le bas du parc Rothschild, les vélos à remorques attelées la frôlaient tandis que le vent polisson s'engouffrait dans sa jupe à carreaux. Elle longea les larges balustrades en pierre où les maisonnettes aux pignons à redents rendaient au quartier son originalité, à l'heure où les commerçants fermaient les stores des boutiques, mais son esprit dérivait. Et dire que tout avait commencé par ces journées où André Dolitor lui avait fait découvrir le tout proche hippodrome d'Auteuil pour lui en mettre plein la vue ! Voir Paris sous un nouveau jour lui avait littéralement tourné la tête. Mais cet épisode semblait déjà si loin qu'il était à présent inutile de pleurer sur le lait versé. N'avait-elle pas joué avec le feu ? Bien qu'elle fût devenue la maîtresse de Von Baden et qu'elle ait tenu bon jusqu'à l'été, elle ressentait vraiment chez le colonel cette force capable d'engloutir l'univers. Il manipulait ses pions de la même manière que ses pensées. Un frisson irrépressible la parcourut. Elle ne représentait que l'une des marionnettes de son spectacle privé, d'autant plus que la politique de l'Allemagne à l'égard de la France s'était durcie depuis que Karl Oberg (devenu chef de la police et de la milice en France) avait conclu des accords officiels avec René Bousquet, (secrétaire d'État à la police de Vichy), contribuant à lutter contre ce qu'ils appelaient l'« ennemi commun », ainsi qu'à démanteler la Résistance. Eulalie avait senti la violence de divers courants s'insinuer dans l'attitude de Lubin, ce qui avait fait naître chez elle des cauchemars terribles qui la poursuivaient sans cesse. L'étau se resserrait. Derrière ses belles manières, un fauve sommeillait. Le colonel venait de lui proposer de s'installer dans un somptueux appartement à deux pas de l'Opéra (sans doute un logement réquisitionné) ; le piège qui ferait d'elle une proie à la disposition de son prédateur. Au pied du mur, les scrupules lui donnaient des aigreurs. Jamais elle ne se laisserait acheter, à l'instar de ces vicomtesses ou de ces baronnes au bagout inépuisable, avec leurs bijoux et leurs fourrures... Elle n'était pas faite du même bois qu'elles et avait trop d'orgueil pour tomber dans le conformisme. Désormais, plus besoin de tirer la sonnette d'alarme, la situation réclamait des mesures immédiates...

Lorsqu'elle parvint au premier étage de l'immeuble où vivait Berthe, elle constata avec surprise que la porte de l'appartement était entrouverte. Elle lâcha son joli panier d'osier et laissa échapper un cri d'effroi en apercevant la salle à manger sens dessus dessous. Elle comprit. « Berthe ! », cria-t-elle, la voix écorchée. La réalité lui sauta brusquement à l'esprit, car elle était bien consciente des risques que courait son amie juive qui répugnait depuis longtemps à se faire enregistrer. Eulalie se précipita aussitôt dans la chambre, plutôt soulagée d'entendre les pleurs de sa fille. La petite s'était réfugiée sous le lit ; mais combien de temps auparavant ? Beata paraissait transie de peur lorsque sa mère la prit dans ses bras en tentant de la réconforter. Bien que traumatisée, la fillette ne semblait pas avoir subi de violences physiques, sa petite robe grise était ajustée comme sa mère l'avait fait quelques heures plus tôt, les rubans de ses cheveux semblaient en ordre, mais il fallait qu'elle évacue son anxiété. Malgré la chaleur de ce mois de juillet, elles furent prises de frissons, incapables d'apaiser leur trouble et de reprendre leurs esprits. Comment ne pas songer à toutes ces rumeurs qui circulaient depuis plusieurs jours sur cette grande vague d'arrestations à Paris et dans sa proche banlieue ? L'Allemagne avait exigé toute la coopération de la police française qui devait jouer un rôle clé dans la politique d'extermination des Juifs d'Europe, aussi le responsable des brigades spéciales parisiennes rencontrait-il régulièrement le chef de la Gestapo à ce sujet. La République autoritaire de Laval était en marche, et son action infatigable au cœur même de la Collaboration prévoyait de grosses opérations de rafles dans toute la zone occupée.

L'appartement de Berthe n'avait curieusement pas été mis sous scellés, mais le pillage avait bien eu lieu : plus de gramophone, de TSF, de buffet... Il lui vint aussitôt à l'esprit que les policiers de Vichy appliquaient le plan meuble, décidé par Hitler en décembre 1941. Le mobilier était saisi et envoyé en Allemagne pour les victimes des bombardements alliés. Ce pillage, encouragé par les chefs fascistes qui empilaient dans les camions tout ce qui tombait dans leurs mains, ne constituait plus un secret pour personne. Par miracle, le lit de Berthe n'avait pas quitté sa place, et sa fille, qui devait jouer dans la chambre au moment où les policiers s'étaient introduits dans l'appartement, avait dû se dissimuler dessous de manière instinctive. Quant à Berthe, où l'avait-on emmenée ? Le pire était à craindre.

Le cœur d'Eulalie se serra plus fort. N'avait-elle pas fait entrer le loup dans la bergerie avec Von Baden ? Dans ce climat de suspicion, la vie devenait un véritable théâtre d'ombres. Curieusement, Berthe n'avait jamais eu peur, elle disait ne pas avoir à rougir de ce qu'elle était, et qu'elle n'admettrait jamais le principe du recensement, encore moins celui de l'étoile jaune. Pourtant, il fallait se rendre à l'évidence : elle avait pris d'énormes risques et, maintenant, elle en payait le prix.

Berthe avait toujours évité d'aborder le sujet de ses origines juives polonaises. Elle avait hérité de cet appartement de ses parents, enseignants, décédés dans de mystérieuses circonstances. À présent dépourvue d'attaches, à la fois brisée et reconstruite, elle n'avait jamais livré un mot sur le shabbat ou la Terre sainte à Eulalie, pas plus que sur son éducation, volontairement occultée. Connaissait-elle le yiddish ? Avait-elle fréquenté une école juive ? la synagogue ? Mis à part une photo de son père avec la kippa sur la tête, que Berthe tenait dans sa boîte à secrets, Eulalie n'avait jamais obtenu aucun indice qui lui aurait permis de répondre à ses questions. Lorsque les persécutions contre les Juifs avaient débuté à Paris, Berthe avait catégoriquement refusé d'en parler tant la honte l'avait submergée, et Eulalie avait respecté son choix, bien consciente que la blessure traumatique aurait du mal à se refermer.

Après une nuit effroyable, Eulalie finit par prendre sa décision. Elle n'avait pas d'autre choix que de se rendre, avec sa fille, au peu fréquentable bureau Otto. L'air se révélait étouffant, saturé de brumes, lorsqu'elle prit la direction du bois de Boulogne. Elle feignit l'indifférence en croisant la première patrouille de la matinée, rythmée au claquement cadencé des bottes noires.

Des hommes armés de mitraillettes, qu'elle supposa être en charge du transfert de fonds nécessaires aux paiements de la journée, se trouvaient en faction devant le bureau Otto au moment où elle s'y présenta. Armée de courage, elle fit savoir à l'un des militaires qui montaient la garde qu'elle disposait d'un message urgent pour le colonel Von Baden. Il faut croire que la faiblesse de l'homme joua en sa faveur, puisque ce dernier l'escorta jusqu'à la salle d'attente, habituellement fréquentée par des commerçants en passe d'être reçus par le major pour revendre le plus rapidement possible leurs marchandises. Il fut convenu qu'elle patiente le temps qu'un agent la conduise jusqu'à l'hôtel Édouard-VII, avenue de l'Opéra, où se tenait une annexe de l'Abwehr.

Eulalie pouvait encore espérer que son colonel ferait libérer Berthe avant qu'il ne lui arrive malheur, et c'était précisément pour cette raison qu'elle avait rejoint ce bureau. De l'autre côté de la cloison, les tractations allaient bon train, parfaitement perceptibles sans qu'elle eût à tendre l'oreille. On évoquait des quantités de marchandises domestiques, machines-outils et ferraille en tous genres destinées à combler l'immense déficit du Reich. Nul doute qu'il était question de transactions illégales et clandestines, acceptées séance tenante par des experts. Eulalie écarquilla des yeux comme des soucoupes à l'énoncé de sommes astronomiques. On nageait dans l'invraisemblable !

Peu après, un homme sortit du bureau, plusieurs récépissés et sacoches en main. Désagréablement surpris par la présence d'une jeune femme dans la salle d'attente, il détourna le regard et se hâta de passer à la caisse pour y percevoir son dû. Bien qu'il prît une certaine précaution à se dérober, Eulalie remarqua ses yeux enfoncés qui cherchaient la fuite, ses maxillaires trahissant sa tension et sa calvitie qui faisait reluire le haut de sa tête, mais, pour l'heure, elle ne retint malgré tout que la mauvaise nouvelle lorsqu'on lui annonça que le colonel Von Baden restait introuvable, soi-disant appelé en mission loin de Paris. Beata devenait intenable et Eulalie dut finalement se résoudre à quitter les lieux sans obtenir gain de cause. Il s'avérait plus sage de se faire reconduire chez Berthe. En réalité, elle pressentait un danger, tel un vertige qui l'aurait étreinte avant un saut. Il était hors de question qu'elle se représente aux Folies Bergère, parce qu'elle ne disposait d'aucune personne de confiance pour veiller sur Beata.

Dans l'appartement de Berthe, ses réflexions maussades et embrouillées se dispersèrent. Afin d'essayer de reprendre ses esprits, elle prépara un repas pour sa fille, avec les dernières provisions de pommes de terre et d'œufs contenus dans un placard. Elle apprit peu après, par le biais de quelques paroles échangées avec les voisins de palier, que des milliers de Juifs avaient été arrêtés et enfermés au gymnase du Vel' d'Hiv. « Des convois de camions viennent les chercher afin de les déporter vers des camps de travail », avait précisé le voisin, d'une voix atone. Eulalie paraissait sonnée, d'autant plus que le jour où Berthe avait été arrêtée, ces derniers n'avaient soi-disant rien entendu. Ils mentaient forcément. Comment croire qu'ils n'aient rien relevé de suspect alors que quantité de meubles avaient disparu ? Toute la nuit, la mémoire d'Eulalie ne fit que ricocher sur cette succession de tristes épisodes. L'attente de son colonel lui parut interminable. Lorsqu'il finit par la recevoir deux jours plus tard, entre deux réunions, dans un salon privé du Lutetia, après qu'elle eût bravé la sentinelle accompagnée d'un agent, il la laissa énoncer la tragédie de Berthe en ravalant sa fureur. Il ne semblait pas, ou ne voulait, pas comprendre la détresse qu'elle vivait.

— On dit... que les Israélites sont maintenant attroupés dans ce vélodrome du XVe arrondissement.

Je ne supporterais pas qu'il soit arrivé malheur à mon amie Berthe Vandman !

— *Archt,* calmez-vous ! La police a simplement procédé à des contrôles d'identité et emmené ceux qui se trouvaient en situation irrégulière. Je vais me renseigner précisément sur le sort de votre amie, affirma-t-il d'un ton desséché et impersonnel en décrochant son téléphone.

Tendu, le colonel rétablissait une distance entre eux, imposant cet infranchissable espace tandis qu'Eulalie sentait grandir son sentiment de honte. Le temps lui parut interminable alors qu'elle tendait l'oreille sur ces sons gutturaux prononcés par Von Baden dans le combiné. Soudain, il articula le nom « Berthe Vandman », qu'il répéta à deux reprises avant de patienter un instant afin d'obtenir l'information.

Quand il eut raccroché, il secoua la tête convulsivement.

— *Nein!* Le nom de votre amie ne figure sur aucune liste. La quasi-totalité des Israélites arrêtés grâce à la coopération policière française sont des étrangers, or madame Vandman n'en fait pas partie.

Elle déglutit avec difficulté pour dénouer cette boule dans le fond de sa gorge, et enchaîna avec un geste de mauvaise humeur. Ses yeux roulèrent dans leurs orbites. Elle n'y croyait pas. « Vous mentez ! », avait-elle envie de lui cracher à la figure, mais le regard immobile et dominateur de Lubin, semblable à celui d'un prédateur, lui laissa penser qu'elle devait à présent se débattre seule dans cet océan déchaîné pour ne pas tomber dans la dépendance.

— Je dois aller chercher ma fille chez une voisine. Il est bientôt midi, et j'ai la migraine, prétexta-t-elle, soudain pressée de se défaire de cet entretien.

Il ne cilla pas. Cela valait approbation.

En quittant le palace, Eulalie constata que, le long du trottoir, un chapelet de camions allemands bâchés gardés par des vert-de-gris, semblait attendre un signal alors que de jeunes badauds trouvaient encore le moyen de flâner sur le boulevard Raspail. Elle se hâta de s'engouffrer dans la station de métro Sèvres-Babylone. Eulalie avait posé un pied en enfer, mais elle n'en mettrait pas deux… Les trahisons, la haine… elle manquait d'oxygène dans cette relation avec Von Baden. L'inévitable fuite s'imposait avant que son colonel ne la retienne de force à Paris. Ni famille ni biens, aucune raison de s'entêter à rester. Elle ne pensa pas même à donner sa démission aux Folies Bergère. Il suffisait de sauter avec Beata dans l'un de ces trains de la gare d'Austerlitz en partance pour le Sud. L'idée de poursuivre sa vie en zone libre n'était pas pire que celle de continuer à se soumettre, car au fond, elle savait que Paris ne pouvait plus rien pour elle.

Tôt le lendemain matin, les cyclistes étaient nombreux sur les avenues de Boulogne, sous ce ciel de juillet au voile de brume déjà étouffant. Dans la robe corsetée de quatre sous qu'elle avait enfilée afin de ne pas attirer l'attention, Eulalie, déjà sur le quai du métro à Pont-de-Sèvres, se donnait du courage. La lourde valise de cuir brun qu'elle avait remplie en hâte lui pesait. Un crève-cœur de devoir abandonner certaines toilettes offertes par Lubin pour des plaids, une jupe de serge grise, un corsage, des chandails, des victuailles, un rasoir bien affûté étrangement découvert sur une étagère chez Berthe, auxquels elle avait ajouté la poupée de sa fille. Elle avait placé son *Ausweis* et l'essentiel de ses économies dans une trousse brodée à ses initiales à l'intérieur du cabas en cuir à bandoulière qu'elle tenait serré contre elle, agrippant de sa main libre celle de Beata. La belle éprouvait le sentiment que l'on pouvait lire sur son front le chemin de vie qu'elle laissait derrière elle ; toutefois, elle s'efforçait d'écarter toute pensée qui avait un rapport avec celui-ci. Elles prirent place dans un compartiment, pourchassées par le regard soutenu des hommes qui plongeait Eulalie dans une indifférence forcée. Ses yeux brûlants auraient pu trahir une volonté de fuite et, même si sa crainte augmentait, elle se concentra sur le nombre de stations qui les séparaient de la gare d'Austerlitz, le regard parfois attiré par les affiches de Paris spectacle placardées dans le métro, les Folies Bergère, le Casino de Paris et le nom de ses vedettes…

À la station Duroc, des officiers allemands prirent place dans le wagon et occupèrent la banquette en vis-à-vis. L'un d'eux sortit de sa poche une friandise qu'il tendit à Beata, mais cette dernière fit la moue, sa mère lui ayant fortement recommandé de ne rien accepter de la part d'un inconnu. Eulalie sentait monter la tension, d'autant plus que sa robe en crêpe, dans un léger courant d'air, dévoilait ses jolies jambes nues, offertes, ce que l'officier constata *de visu*…

La sécurité sur le réseau du métropolitain parisien s'avérait précaire, les incidents y étaient nombreux.

Les voyageurs pouvaient être la cible d'attaques, victimes d'attentats terroristes, d'agressions, mais la jeune mère s'efforça de ne pas y penser tout en se donnant une contenance derrière le miroir de son poudrier qu'elle extirpa de sa besace. En réalité, elle ne fut soulagée qu'au moment où l'escouade de gradés descendit à la station Cardinal-Lemoine. La trêve fut cependant de courte durée, puisque la gare d'Austerlitz s'avéra truffée de policiers allemands qui gesticulaient avec rage autour d'un train de marchandises aux étroites ouvertures d'ordinaire destinées aux bestiaux. Pourtant, à bord de ce train, il n'était plus question de bestiaux mais bien d'êtres humains aux visages exsangues, qui prenaient place dans les wagons. Sous les ordres qui pleuvaient en allemand et faisaient mal aux oreilles, des hommes et des femmes s'acheminaient par vagues incessantes vers ce train-là. Les jambes tremblantes, la bouche sèche, Eulalie n'en perdit pas pour autant ses moyens. Bien qu'un sentiment de haine et de colère lui fît monter les larmes aux yeux à quelques mètres de ce convoi en route vers les camps de travail, elle serra un peu plus fort la petite main de sa fille.

— Aïe ! gémit cette dernière.

— Tais-toi ma chérie, répondit-elle dans le brouhaha de la gare, en scrutant le tableau qui annonçait des annulations et des retards de train au départ, en raison des contrôles opérés par la police de sûreté allemande.

L'interminable file d'attente pour acheter un billet ne faisait que commencer… Eulalie poussa un soupir de découragement. Dieu sait pourquoi, mais pendant cette attente qui s'éternisait et afin de ne pas trop s'impatienter, elle songea à la vedette de cabaret Joséphine Baker qui avait quitté sa carrière à Paris afin de chanter pour les soldats de la ligne Maginot ! L'artiste s'était à présent retirée au château des Milandes en Dordogne. Elle mesurait toute l'étendue de l'inconnu que cela représentait… Comme quoi, rien ne s'avérait impossible, il suffisait de se concentrer sur son objectif.

— Un billet pour Angoulême ! ordonna la voyageuse à la guichetière lorsqu'enfin son tour se présenta.

Par manque cruel d'imagination, la jeune mère avait choisi une ville proche du fameux château, dont elle avait vu le nom s'afficher sur la liste des trains au départ. L'employée s'exécuta et lui tendit les billets. Une fois la décision prise, tout lui parut plus simple. Bien qu'elle s'en fût remise au hasard, cette trajectoire allait infléchir son destin. La Charente, son père en avait parlé quelquefois, car les Chabert avaient encore des cousins du côté de La Rochefoucauld…

VII

À PEINE EURENT-ELLES embarqué à bord du train à destination d'Angoulême qu'un inconnu aida gracieusement Eulalie à placer sa lourde valise dans le filet déjà chargé des bagages du compartiment. Elle put s'installer avec sa fille sur une banquette dans le sens de la marche, tandis qu'un couple entre deux âges commençait à nouer la conversation avec un homme âgé, avant même que le coup de sifflet eût retenti. Ils furent rejoints par un garçonnet qui occupa la place restée vacante. Lorsque le train s'ébranla, Eulalie se sentit apaisée, déjà loin du flot de passagers qui se bousculaient en gare d'Austerlitz. Le paysage se mit à défiler dans le soubresaut du wagon qui finit par la bercer. Elle s'assoupit vite, sa besace collée contre sa hanche, la petite Beata sage comme une image.

— Contrôle de billets !

Cette voix tonique la sortit de sa somnolence. Le cou raidi par la mauvaise position, Eulalie jeta un œil furtif à sa fillette profondément endormie devant la plaine infinie de la Beauce qui s'étirait, monotone, blondie par l'été. Le contrôleur au visage fermé attendait qu'elle dégage de sa besace les documents qu'elle finit par lui tendre.

— Tout est en règle, merci !

— Que cette petite est jolie ! s'extasia la voisine de banquette d'Eulalie, le visage encadré d'une masse de cheveux clairs sous son chapeau démesuré.

— C'est tout son père…

— Vous voyagez donc seule avec votre petite fille ? demanda aussitôt la passagère.

— Mon mari est prisonnier. Il estime que sa fille sera plus en sécurité chez nos cousins charentais, ce qui, en réalité, ne me convainc qu'à demi… mentit Eulalie avec aplomb, tout en goûtant à l'illusion d'une liberté.

La satisfaction de tirer un trait sur ce passé encombrant qui aurait pu s'avérer lourd de conséquences lui procura une sensation agréable.

— Permettez-moi de me présenter : mon nom est Léonie de Bireteau, reprit la voisine en lui tendant la main, et voici mon époux Hubert.

Comme ce dernier esquissait un bref signe de tête à l'attention d'Eulalie, la jeune femme constata que son visage ne lui était pas inconnu, bien qu'elle fût incapable de se souvenir des circonstances de leur précédente rencontre. Madame Fontanel hésita un instant avant de décliner sa véritable identité, puis elle se présenta sous son nom de jeune fille, Chabert, ce qui ne constituait qu'un demi-mensonge…

Ils échangèrent encore des sourires indéfinissables avant que Léonie, en pleine réflexion, n'intervienne :

— Chabert ? Seriez-vous parente avec les Chabert de La Rochefoucauld ?

— J'ai de la parentèle près d'Angoulême, mais, comment vous dire… Les cousins verront bien où ils pourront m'accueillir, glousSa Eulalie en se félicitant de l'imprécision de sa réponse.

— Excusez mon indiscrétion, c'est pour bavarder ! (Et de poursuivre :) Ah, cette guerre est si longue ! Il n'y a que le beau monde parisien qui s'en sorte… Quant à ces femmes seules, qui se réconfortent un peu vite à l'idéologie dominante, si vous voyez ce que je veux dire… c'est plutôt une traversée en eaux troubles, n'est-ce pas ? minauda-t-elle en fouillant le regard de la jeune madame Fontanel.

— L'insouciance n'a jamais repoussé les images noires, répliqua Eulalie, l'air inspiré, en observant le garçonnet de la banquette d'en face qui, juste sorti de son sommeil, s'étirait tel un chaton.

— Enfin, heureusement que la solidarité existe !

Eulalie acquiesça en espérant que l'indiscrète lâcherait prise, mais ce fut sans compter sur l'indélicatesse maladive de cette dernière.

— Vous portez une bien jolie robe ! poursuivit la pipelette dans un sourire plus poli que bienveillant, qui fit d'Eulalie le point de mire de tout le compartiment.

Même si elle savait sa féminité mise en valeur, la jolie brune n'appréciait guère la lueur de curiosité malsaine dont cette Léonie faisait preuve, s'ingérant, sous couvert de sollicitude, dans sa vie privée. N'étant pas d'humeur à jouer les hypocrites, elle chercha un moyen de s'affranchir de ces questions.

— Un cadeau… rétorqua-t-elle innocemment en épiant la réaction de sa voisine.

— Quoi de plus normal pour une belle femme comme vous !

Malgré la guerre et les privations, madame de Bireteau n'était pourtant pas en reste d'élégance avec son tailleur de couleur claire ceinturé de sombre. Elle aurait pu s'abstenir de ce genre de réflexion, d'autant plus que, même camouflé, l'air pincé des jaloux n'échappait pas à Eulalie qui en avait fait les frais plus souvent qu'à son tour aux Folies Bergère. La face écarlate et le tic nerveux qui agitait les yeux de Léonie ne mentaient pas. Cette femme ne lui disait rien qui vaille, et Eulalie se promit de saisir le premier prétexte pour abréger la conversation. Tandis que le train ralentissait pour s'arrêter en gare de Saint-Pierre-des-Corps, le vieillard aux cheveux de neige devisait à voix basse avec l'époux de Léonie pendant qu'Eulalie tentait de se remémorer où elle avait croisé ce visage sec et austère, un peu affaissé par l'âge, mais elle ne parvint toujours pas à trouver la réponse.

Sur le quai, des Allemands armés en uniforme de la Wehrmacht fouillaient les valises de deux voyageurs. Depuis la voie de chemin de fer, collée contre la vitre du compartiment, Eulalie se dressa pour mieux observer les petites maisons riantes et soignées couvertes d'ardoise, alors que de gros nuages éclipsaient le soleil. Une odeur d'herbes coupées s'immisça dans le wagon, comme une promesse enivrante de douceur tourangelle. Léonie ne la lâchait pas des yeux. Pour un peu, cela en serait devenu du harcèlement…

Le train repartit, la mère prit sa fille sur ses genoux avec un soin attendri, caressa sa petite mèche folle en observant le paysage. Beata qui, en dépit de la chaleur n'avait pas bronché, accepta un peu d'eau de la gourde de sa mère ainsi que des biscuits secs vitaminés que cette dernière sortit de sa besace.

— Ce n'est pas simple de gérer son stock de tickets d'alimentation ! affirma Léonie, le rictus amer, tandis qu'Eulalie, qui s'amusait avec sa fille, décelait derrière toutes ces choses à demi dites la dévorante envie de savoir… de tout savoir !

— Tiens, aimes-tu les sucettes ? demanda madame de Bireteau en lui tendant une confiserie bicolore.

Cette dernière fut pourtant loin de remporter les suffrages, puisque la petite détourna aussitôt son visage pour se blottir contre sa mère.

— Merci, mais ma fille n'est pas friande de sucreries, glissa Eulalie qui profita du silence pour se lever et s'éclipser du compartiment avec Beata afin de dégourdir ses jambes endolories après toutes ces heures d'immobilité.

Dans l'air poussiéreux du couloir parsemé d'effluves de vieux tabac s'invitaient de larges rayons de soleil. Dehors, un ciel bleu s'étendait sans limites sur les vastes prairies peuplées de villages aux charmants clochers, bordés de saules et de peupliers. Son irritation se dissipa sous le cahotement régulier du train et le grondement d'acier des roues. Elle se sentit confiante en examinant l'éclat de son regard profond qui se reflétait dans la vitre, alors que la douce mélodie de la désinvolture l'emplissait, celle qui lui avait permis de s'affranchir du passé. Seule pour affronter ses premiers vrais chagrins de l'existence, elle avait tôt appris à faire des choix et ne s'abandonnait que mieux, désormais, à la fougue de sa jeunesse qui la rendait prête à tout, au point de nier les risques encourus pour son enfant de cinq ans. Cette confiance aveugle avait pourtant son prix, elle le découvrirait. En attendant, Eulalie prenait un plaisir fou à goûter au sel de l'inconnu. Il lui tardait d'arriver en gare d'Angoulême où elle prendrait une chambre d'hôtel. Elle avait de quoi assurer quelque temps sa survie et celle de sa fille, ce qui l'ancrait dans son assurance.

Lorsque le train entra de nouveau en gare, Poitiers lui apparut en toutes lettres. Sur le quai, un soldat en armes contrôlait les billets des voyageurs. Plus loin, un bataillon de fantassins de la Wehrmacht canalisait le flot de passagers et elle imagina que la proximité de la ligne de démarcation créait beaucoup d'effervescence. Le courant d'air provoqué par l'ouverture des portes du wagon rapporta les ordres secs aboyés par les officiers allemands. *Ça ira mieux quand on repartira,* songea la jeune femme, l'estomac noué. Beata mit ses petits bras autour de la taille de sa mère, pendant que cette dernière passait une main protectrice sur ses cheveux doux. La présence de sa fille l'apaisait plus que tout au monde.

— Pourquoi ils crient, maman ?

— Viens ma chérie, retournons nous asseoir.

Dans le compartiment, les regards convergèrent vers la belle brune lorsqu'elle se rencogna dans la banquette, tandis que le mari de Léonie, visiblement apitoyé par le sort de cette fillette éprouvée par le voyage, suggéra :

— Puis-je vous proposer de vous faire déposer quelque part, Madame ? Nous avons la chance qu'une voiture nous attende en gare d'Angoulême, alors si l'on peut être utile…

Elle le remercia de sa délicate attention et lui fit savoir que ses cousins seraient assurément présents à l'arrivée du train.

Eulalie s'étonnait d'être capable d'autant de décontraction face à des conditions de voyage loin d'être idéales, mais ce qu'elle redoutait le plus, dans l'immédiat, c'était la confrontation avec la bavarde.

VIII

LE PREMIER BARRAGE de contrôle les attendait en gare d'Angoulême. Tandis qu'Eulalie montrait ses papiers en offrant son joli visage à la fraîcheur nocturne, Beata se mit à pleurer sous la voix directive de l'officier de petite taille, à la peau mate et au nez busqué. Sa mère tenta de la calmer en gardant son calme, mais elle eut fort à faire. Les questions se succédèrent et il lui fallut improviser au sujet de ses cousins charentais afin de donner la réplique. Tout en plaquant son plus beau sourire sur sa face, elle trouva les mots qui firent mouche, alors que les yeux du gradé révélaient clairement que la voyageuse ne le laissait pas indifférent. Aussi déclara-t-il forfait.

— Faites comme ça vous chante !

— Très bien !

Elle ne se le fit pas dire deux fois, regardant droit devant elle, la petite main de Beata dans la sienne, sa valise dans l'autre, prête à affronter les affres de l'inconnu.

L'employé, chamboulé, ne masqua pas son intérêt pour son subtil déhanché. Il ne contrôlait pas vraiment la situation, tel un limier devant un chevreuil qu'il n'aurait pu arrêter.

Plus loin, le chef de gare conversait avec un officier allemand sous la faible lumière d'un réverbère et elle sentit de nouveau les regards converger sur son passage. Elle les évita, feignant l'indifférence pour se donner du courage. Sur le quai, des voix aiguës lui revenaient pêle-mêle, des paroles germaniques, alors qu'elle s'évertuait à ne rien laisser paraître de son trouble. Ses pensées s'entremêlaient, mais elle tenait bon…

Aux abords de la gare d'Angoulême, les voyageurs se dispersaient peu à peu alors que l'on plongeait dans la nuit moite de juillet. Elle remarqua une rutilante Delahaye 135 aux phares à peine allumés, mordant le trottoir. Le chauffeur des Bireteau accourut au-devant de Madame pour lui ouvrir la portière. Léonie et son époux s'engouffrèrent rapidement dans la berline tandis que l'employé se chargea des bagages avec empressement. S'ensuivit un claquement sourd de portières et ils disparurent dans la nuit.

Un hôtel était indiqué dans une ruelle sombre ; sa devanture flanquée d'une enseigne défraîchie ne paraissait guère engageante, toutefois, à cette heure avancée, Eulalie ne pouvait jouer la fine bouche, aussi poussa-t-elle la porte de cet établissement en éprouvant un peu de honte et de répugnance.

— Y a-t-il une chambre de disponible ? articula-t-elle dans une gentillesse à peine forcée, alors que Beata était redevenue docile et discrète.

La patronne détailla la nouvelle venue de la tête aux pieds dans un rictus crispé.

— C'est vingt francs, payables tout de suite, à prendre ou à laisser.

Elle s'exécuta sans rien dire. À l'étage, la fenêtre de la chambre donnait sur un patio humide, à la tête du lit s'encastrait une table de nuit prête à s'effondrer ; l'ensemble était d'une propreté douteuse à redouter les cafards. Elle jeta un coup d'œil sur le miroir piqueté de l'armoire, maculé de drôles de taches, avant de déposer sa valise sur le couvre-lit. Elle osait à peine s'asseoir. Puis elle demeura un instant sans rien dire avant de vérifier si l'état des draps permettrait d'y accueillir Beata. Elle soupira en persistant dans son entêtement à ne pas voir. Heureusement, le filet d'air de la fenêtre entrouverte estompa légèrement l'odeur de rance. La petite, engourdie de fatigue, s'endormit rapidement. Sa mère fit de même.

Quand l'aube se leva, l'hôtel bruissait déjà des conversations de la salle de restaurant. La mère et la fille effectuèrent un brin de toilette au petit lavabo de la chambre avant de descendre prendre le petit déjeuner dans la salle où elles furent accueillies par la moue gouailleuse de la patronne vêtue sans souci d'harmonie.

— Qu'est-ce qu'on vous sert ?

— Ce qui se prend habituellement chez vous pour le petit déjeuner… annonça Eulalie qui s'attendait à un café à l'orge grillé alors qu'elle rêvait d'un vrai café et de lait, tout en sachant pertinemment que les quantités qu'il restait étaient destinées à l'armée.

Les joues en feu, elle prit place à table, livrée au regard de deux cheminots qui se donnèrent un coup de coude en voyant arriver cette beauté. Les habitués de l'établissement avaient fait de ce café hôtel-restaurant leur point de rendez-vous en raison de la proximité de la gare.

— J'espère bien que nous ne serons pas assaillis par ces bataillons de doryphores dans nos champs de patates ! Si ça fait comme l'année dernière, l'Ordre du secours en a ramassé près d'une vingtaine de kilos, quand on sait qu'une bestiole pèse 17 grammes…

— Des doryphores… c'est quoi, maman ? murmura Beata pour qui la discussion n'était pas tombée dans l'oreille d'un sourd.

Aussitôt, Eulalie mit un index devant ses lèvres et regarda Beata avec insistance pour lui indiquer de se taire, tandis qu'au fond de la pièce, un gendarme en képi assis près d'une lucarne leva les yeux de son *Matin charentais* en les dévisageant.

— Eh bien, ce sont des saloperies d'insectes qui bouffent les dernières productions de nos jardins, expliqua l'employé des chemins de fer avec mansuétude.

— Excusez ma fille !

— Y'a pas de mal, elle semble bien mignonne, cette petite… Et puis, en ce moment, avec ces primes de vingt-cinq kilos de pommes de terre pour inciter la main-d'œuvre à embaucher dans une ferme, on parle beaucoup de ces bestioles, d'ailleurs, les écoliers les ramassent et les comptent… Mais vous n'êtes pas d'ici, peut-être ? demanda le cheminot, l'air de rien.

— D'où voudriez-vous que nous soyons, Monsieur ? formula Eulalie avec amabilité. C'est juste que ma fille n'est pas encore en âge de fréquenter l'école. Mon époux est prisonnier en Allemagne, et je suis chaque jour confrontée à la dure réalité de la guerre, mais le devoir de solidarité est sacré... Vous savez ce que c'est ! Quand on pense à tous ces ouvriers volontaires qui partent dans les usines du Reich...

Le cheminot ne s'attendait guère à cette réponse. Cette façon d'évoquer la politique de recrutement des ouvriers dans les pays occupés, réclamant de la France quelque trois cent cinquante mille travailleurs, ne faisait guère l'unanimité en Charente. Après le fameux discours de Laval du 22 juin 1942, même si la propagande avait battu son plein partout en France, le bureau de recrutement situé à deux pas du Champ-de-Mars n'avait recueilli que peu de volontaires. Cette mesure ne fut guère commentée par le cheminot qui s'efforça de dévier la discussion en abordant le sujet des queues déraisonnables qu'ils enduraient en ville pour obtenir une ration sur le marché. À Angoulême comme ailleurs, la pénurie alimentaire se faisait sentir, au point que ceux qui ne mangeaient plus à leur faim en viennent à se suicider. L'ambiance était un peu tendue, la patronne, derrière son zinc, épiait la conversation sans se donner le mal d'une expression polie. Son visage sévère incita Eulalie à la prudence.

La jeune femme étala un peu de margarine sur les tartines juste servies, qu'elle fit descendre avec un infâme ersatz de café. Beata se contenta d'un verre de lait. Puis, sans perdre une minute, elle prit sa fille par la main, décidée à prendre le pouls de la cité des Valois, qui l'informerait sur les secrets de ses remparts. Il lui fallait prendre quelques repères. De prime abord surprise par l'éclat des pierres au calcaire fin, lumineux, qui lui firent l'effet d'une caresse, elle découvrit vite le climat plus tendu de l'avenue Gambetta aux façades sobres, parcourue par des tandem-taxis qui roulaient vers le centre, lui rappelant ces mêmes règles de l'occupant qu'elle avait connues à Paris. Ainsi, les kiosques regorgeaient de presse collaborationniste largement exposée comme *La Terre française* ou *Le Réveil du peuple,* les placettes déshabillées de leurs attrayantes statues qu'on avait déboulonnées afin de récupérer les vieux métaux faisaient curieuse impression. Place du Champ-de-Mars, la présence de quelques véhicules militaires et d'affiches de l'administration sur lesquelles pleuvaient interdictions et règles de circulation des piétons ramenait à la sombre réalité. Près de l'hôtel des Trois Piliers, la propagande battait son plein, puisque l'on y accueillait le service français de la main-d'œuvre en Allemagne. Mais l'Occupation atteignait ici son point d'orgue avec cette division Totenkopf de SS armée jusqu'aux dents, cantonnée dans une caserne du boulevard Liédot. Angoulême, à l'instar de nombreuses villes françaises soumises au bon vouloir des autorités d'Occupation, était prise en tenaille par l'administration militaire allemande, avec ses deux états-majors aux uniformes chamarrés, installés à l'hôtel de France. Sa gendarmerie placée sous les ordres des autorités militaires allemandes les épaulait contre la répression, notamment dans la déportation des réfugiés.

Bien qu'Eulalie semblât s'évader un instant dans les ruelles d'apparence tranquille grâce au charme des boutiques caractéristiques de la rue de l'Arsenal, ses pas débouchèrent bien vite sur la place de l'hôtel de ville, un véritable château avec d'un côté un beffroi, de l'autre une tour médiévale, où elle ne put échapper à la relève de la garde devant la Kommandantur.

Un peu à cran et honteuse de devoir imposer un parcours aussi long à sa fille qui avait sagement suivi sa mère, elle s'arrêta devant la façade ornée de frises du café de la Paix, qui n'était pas sans lui rappeler le décor Art nouveau de certains bistrots parisiens. Tandis que le garçon peu occupé s'avançait au-devant d'elles pour les inviter à prendre place en terrasse, une mélodie, que l'oreille d'Eulalie reconnut comme la chanson de Léo Marjane « Je suis seul ce soir » la fit basculer loin d'ici.

— Deux limonades, s'il vous plaît ! commanda-t-elle en caressant les cheveux cendrés de Beata qui faisait preuve d'un courage exemplaire pour une fillette de son âge.

— Vous avez vu, maintenant, la police s'acharne sur les distributeurs de tracts ! confia un client bien mis à son voisin de table. Elle en a arrêté plus d'une trentaine.

— C'est comme ces trains qui ont la fâcheuse manie de dérailler ces jours-ci, railla l'autre.

Mais bientôt, les regards se portèrent sur la belle inconnue et son aura de mystère. Eulalie paraissait trop parisienne pour ne pas susciter un peu de méfiance parmi la clientèle d'habitués. La ligne de démarcation n'était éloignée que de quelques kilomètres d'Angoulême ; cela suffisait à stimuler les imaginations les plus promptes à s'emballer… Cette étrangère, dont les clients eurent tôt fait de déceler les manières un peu trop sophistiquées, donc « pas d'ici », fut vite associée à une voyageuse, ce qui, en temps de guerre, sous-entendait fugitive. Pourtant, si le chemin de fer offrait des possibilités de passage aux candidats à la liberté, les clandestins connaissaient, quant à eux, les chemins creux qui menaient en zone libre, car, sans le fameux formulaire barré de deux bandes noires frappé du sceau de l'aigle nazi, il semblait inutile de tenter sa chance pour se rendre de l'autre côté.

Les yeux dans le vague, Eulalie songeait que son laissez-passer parisien ne lui était plus d'un grand secours. Puisqu'elle n'était pas dotée du précieux sésame lui permettant l'accès en zone libre, seuls les services d'un passeur pourraient lui éviter l'obstacle des douaniers allemands au poste frontière. Soudain, la voix du serveur la fit sursauter :

— Les limonades pour ces dames ! Vous avez de la chance, ce sont les dernières…

Chacune sirotait avec plaisir son rafraîchissement lorsqu'un homme, venu d'on ne sait où, s'attabla tout près d'elles, visiblement pressé de griffonner un mot sur un morceau de papier qu'il sortit de sa poche. Il se caressa les bacchantes à la manière de celui qui réfléchit, et il lança à Eulalie, l'air de rien :

— Cela vous gêne si je fume ?

Elle coula vers l'inconnu un regard empli d'appréhension en marmonnant : « Non, pas du tout. » L'homme était brun, les yeux marron, le visage volontaire, d'où émanait un certain appétit de vivre. Elle redoutait pourtant la conversation sur le point de s'établir.

Il sortit une cigarette de son paquet, qu'il tenta d'allumer à plusieurs reprises, et l'étincelle finit par jaillir. À la suite de cela, il se crut obligé de se présenter.

Atalis Dumont engagea une poignée de main chaleureuse qui faillit broyer la sienne ; puis il épongea son front baigné de sueur avec son mouchoir.

— Quelle chaleur, n'est-ce pas ! poursuivit-il avant de héler le garçon.

Bien que gênée, elle essaya de se rassurer en s'annonçant par son nom de jeune fille, fidèle à la manière dont elle procédait depuis qu'elle avait quitté Paris. Même si, de la bouche de cet Atalis, s'étirait un généreux sourire, la petite flamme sordide de son regard incitait la jeune femme à la méfiance, d'autant plus qu'il lui fit remarquer d'un air quasi professoral que son patronyme était assez courant dans la région, contrairement à son accent pointu. Elle le laissa dire, bien consciente que sa présence dans ce café suscitait de légitimes interrogations. Le climat l'encourageait à rester sur sa réserve. Peu disposée à entrer dans un jeu de séduction, elle veillait à tenir ses distances, ce qui n'empêchait pas l'homme de la dévorer des yeux.

Depuis son expérience au théâtre des Folies Bergère, elle avait appris à décourager ses soupirants pour se mettre à l'abri des déclarations importunes.

Les hommes sans scrupule, prêts à toutes les manœuvres pour atteindre leur but, elle ne les avait jamais pris au sérieux. Si cette rançon du succès l'avait parfois obligée à repousser d'un geste méprisant les personnages trop encombrants, elle n'en était pas encore arrivée à ce stade avec Dumont, mais elle guettait les signes avant-coureurs.

— Je suis natif de l'un des plus anciens faubourgs d'Angoulême, l'Houmeau, dit-il crânement, comme s'il était tout droit sorti de la cuisse de Jupiter. (Et il crut bon d'ajouter :) Vous savez bien, là où Balzac fait naître son fameux personnage de Rastignac.

Eulalie n'avait pas lu Balzac, mais la réputation de ce quartier, lié au trafic fluvial sur les bords de la Charente, qui avait vu naître et se développer les plus grandes papeteries de la région à l'origine du velin, n'était plus à faire. Il mit justement beaucoup de passion à aborder le sujet de l'entreprise familiale Dumont & Cie, et Eulalie prit l'air impressionné qui convenait pour l'écouter. Un protecteur dévoué ne lui serait pas inutile dans cette conjoncture difficile…

— Saviez-vous que, pour fabriquer un kilo de papier, il faut un kilo de charbon ? glissa-t-il, comme si cela s'était avéré de la plus haute importance.

Eulalie aurait pu avaler n'importe quelle couleuvre sur le sujet, d'ailleurs, elle le lui fit remarquer en plaisantant. Alors Dumont engagea la conversation sur un thème plus grave, puisque l'actualité l'obsédait, à l'instar de tout un chacun :

— La Gestapo fait des rafles, vous êtes au courant ? C'est-à-dire que les Juifs passent facilement de l'autre côté à Chasseneuil et à Montbron… Les maires ont à présent la responsabilité de faire immédiatement arrêter les personnes suspectes.

— Ah ? Vous êtes en train de m'expliquer que la délation s'élève au rang de religion ?

Elle regretta de s'être laissé prendre au jeu de sa pensée et nota combien l'effet de surprise se répandit sur le visage d'Atalis. Son cynisme aurait pu lui valoir une volée de bois vert, mais il sembla plutôt s'interroger sur cette femme singulière.

— Une jolie dame d'esprit…

— Ça vous étonne ?

— Où demeurez-vous, jeune dame, que je puisse vous raccompagner ? osa-t-il sur le ton de la confidence.

— Ce ne sera pas nécessaire, dit-elle en se levant pour chercher de la monnaie au fond de sa besace afin de s'acquitter du montant des consommations, déjà sur le départ.

— Comment ? Laissez-moi au moins vous inviter ! Ne partez pas…

Autant déroutés l'un que l'autre par ce court échange, ils se sentirent déconcertés. Eulalie se hâta de rattraper Beata qui avait des fourmis dans les jambes, et en profita pour saluer la compagnie. Tandis qu'elle redescendait vers l'hôtel et bien qu'elle se sentît rattrapée par le ridicule de sa situation, le silence des rues et l'air chaud qui s'éparpillait dans son sillage adoucissaient ses inquiétudes. Même si elle avait le sentiment d'attirer les regards, comme s'il était inscrit sur son visage qu'elle tournait en rond, la jeune mère réussissait encore à présenter une image rassurante à sa fille.

De retour dans la chambre sinistre, elle récapitula. Une hôtelière peu aimable, des cheminots ambigus, et cet Atalis Dumont... Rien qui ne lui inspirait confiance. Mais elle n'était pas au bout de ses surprises. En ouvrant sa valise, elle s'aperçut que son contenu avait été examiné pendant son absence. Tandis qu'elle constatait que les effets avaient été repliés sans soin, la sonnerie du téléphone retentit plusieurs fois dans la chambre, interrompant son inspection.

— Allô ?

L'écho de sa voix eut pour seule réponse un grésillement...

— Allô ?

Sa main crispée sur le combiné, elle prêta l'oreille, mais le correspondant anonyme raccrocha aussitôt.

Eulalie réprima un soupir. Elle fit de son mieux pour ne pas laisser transparaître ses angoisses devant sa fille. Ses nerfs étaient pourtant mis à rude épreuve depuis son départ de Paris, d'autant qu'elle n'avait personne à qui parler. Plus tard, elle interrogea la patronne pour savoir si cette dernière avait noté une présence suspecte à l'hôtel durant son absence, mais l'aubergiste au regard fuyant se montra peu disposée à compatir, prétendant qu'elle n'avait rien remarqué de particulier. Elle n'eut pas plus à lui dire au sujet du mystérieux interlocuteur qui avait tenté de la joindre au téléphone, sinon qu'il s'agissait d'un homme qui, bien évidemment, n'avait pas décliné son identité.

Elle remonta à la chambre plus dépitée encore, maudissant sa sottise, furieuse contre la déraison de son projet, et surtout contre son incapacité à se mesurer à une vie libre et aventureuse avec une enfant en bas âge. Elle savait pourtant que ce n'était pas le moment de perdre son sang-froid.

IX

ELLE DUT S'ENDORMIR. À son réveil, la trace de l'oreiller dessinait un long sillon sur sa joue moite. La lumière ocre qui se glissait par la fenêtre annonçait déjà le soir. Dans cet ensoleillement vagabond, Beata parlait à sa petite poupée en chiffon, assise sur le lit, tandis que le bourdonnement plaintif d'un insecte pris dans le rideau incita Eulalie à se lever pour ouvrir la fenêtre. Elle avait l'estomac noué alors qu'abondaient des pensées qu'elle tenta aussitôt de combattre. Jamais elle n'avait ressenti si fortement sa solitude, mais elle surprit chez sa fille un sourire qui lui donna la pointe d'encouragement nécessaire.

Elles descendirent dîner. Les cheminots étaient attablés au même endroit que le matin, mais cette fois-ci devant une assiette de fèves. « Des fayots ! » avait lancé la patronne, sur le ton de « c'est à prendre ou à laisser ». Le gros, les narines palpitantes, avala sa lampée de rouge, pendant que son acolyte se roulait une cigarette.

— Si ce n'est pas malheureux ! Alors que des trains entiers de marchandises partent vers le Reich… se désola-t-il.

Qu'est-ce que je fais là ? pensa Eulalie en ayant du mal à faire taire la voix de sa conscience pendant que les deux cheminots la dévisageaient avec une admiration non dissimulée, sourire aux lèvres. Sans une once d'artifice, son visage frappait par sa gravité. Son regard clair contrastait avec sa chevelure brune qui ne lui donnait que plus de charme, sans la déparer d'une tranquille assurance. Elle les salua dans un mouvement de tête et s'assit à une table voisine avec sa fille au moment où la patronne servait les fayots fumants.

Eulalie ne voulait pas inspirer la méfiance autour d'elle, pas plus que passer pour une bourgeoise inaccessible. Elle jetait des regards en coin, conversait avec sa fille et capta sans mal le sens de la discussion que les cheminots avaient établie avec la patronne. Ils évoquaient des anecdotes relatives au courrier clandestin répondant à des besoins d'entraide, des exploits parfois à peine crédibles, mais qui prouvaient que l'on franchissait cette frontière en catimini en dépit des Allemands qui avaient bloqué toutes les routes et interdisaient le passage en zone libre sans *Ausweis*. Et obtenir ce sésame relevait parfois du miracle.

L'interruption de toute circulation de courrier entre la zone occupée et la zone libre avait rendu la situation si insoutenable dans tous les domaines que les tracasseries étaient légion pour les riverains. Nul besoin d'explication pour déchiffrer les allusions contenues dans les propos des ouvriers. Eulalie écoutait avec d'autant plus d'intérêt que ces passages dans la clandestinité frappaient tous les corps de métier : médecins, sages-femmes, notaires, agents d'entretien (pour ne citer qu'eux) semblaient contraints au système D pour accomplir leurs missions quotidiennes de chaque côté de la frontière. Les ouvriers échangeaient des clins d'œil significatifs avec la patronne qui passait une éponge sur la table sans se soucier de la présence de la jeune femme, ce qui la rassura. Une sorte de confiance intuitive se mettait en place. Le gros avait même livré de manière explicite le nom de lieux-dits propices aux passages en zone libre en toute tranquillité. Comme prise au lasso de ces confidences qui n'en étaient pas vraiment, elle comprit qu'il lui revenait de saisir l'opportunité de se rendre chez les Chabert à La Rochefoucauld. Même si elle ne connaissait pas ses cousins, l'occasion d'improviser une petite visite ne se représenterait pas forcément de sitôt. Son intérêt pour la conversation n'échappa pas aux deux ouvriers dont elle finit par attirer la sympathie. Sans doute allait-elle jouer un tantinet la victime sans pour autant passer pour une provocatrice ; toujours est-il qu'elle se lança franchement :

— Sans vouloir me mêler de ce qui ne me regarde pas, ces aventures tiennent beaucoup de monde sur le qui-vive !

— À qui le dites-vous ! Mais comment œuvrer, belle dame ? La Rochefoucauld est occupée par un détachement de la 10e Panzer venant d'Angoulême. Les Allemands y ont placé des barrages et leur commandement d'inspecteurs des douanes avec lesquels les relations sont devenues détestables. Sentinelles, mitrailleuses, pas de quoi pavoiser... La ligne coupe la ville en plein centre. Forcément, il est déconseillé de s'y risquer seul, des pièges étant dressés à l'intention des plus naïfs.

Eulalie aurait pu le considérer avec de grands yeux de biche effarouchée, mais le simple fait que son visage eût perdu son expression de sévérité n'exigeait plus d'elle la moindre facétie, juste un sourire de Joconde à peine esquissé.

— Alors, je crains que mes cousins n'aient pas le quotidien facile…

— Vos cousins habitent à La Rochefoucauld ?

Elle confirma d'un signe de tête. En désespoir de cause, elle se raccrochait à une vieille histoire de famille dont elle ignorait tout.

— Comment s'appellent-ils ? risqua le gros qui connaissait pratiquement tout le monde.

— Chabert.

Les deux compagnons des chemins de fer échangèrent un regard complice. Puis le gros parut embêté, comme s'il se sentait coupable.

— Vous les connaissez bien, les Chabert ? bredouilla son acolyte en essuyant ses lèvres pleines de fayots après un instant d'hébétude.

Elle réfléchit en vitesse :

— Peu… Mais j'ai pensé qu'ils m'offriraient l'hospitalité. Depuis que mon mari est parti en Allemagne, tout est devenu si compliqué…

— Si vous recherchez de l'aide pour traverser le *no man's land,* vous êtes bien tombée, notre soutien vous est tout acquis. On connaît à peu près tout sur les heures de passage des patrouilles, se vanta le gros.

Confiante, elle le remercia calmement avant qu'il n'en vienne aux détails pratiques. Elle aurait pu se poser des questions sur ce qui l'incitait à agir de la sorte en prenant d'énormes risques, mais le départ fut fixé lendemain à l'aube, en gare d'Angoulême, sans lui laisser le temps de reprendre son souffle.

*
* *

La colère franche du vent secouait les arbres, un éclair éblouissait le ciel, rendant le boulevard tout blanc, lorsque Eulalie et Beata quittèrent l'hôtel. Dans l'obscurité du petit matin orageux aux odeurs de soufre, elles n'avaient que quelques mètres à parcourir pour se rendre au rendez-vous des cheminots, mais la jeune mère se demanda si elle n'était pas en train de se jeter dans la gueule du loup. Soudain, le bruit d'un moteur Diesel dérangea les oiseaux qui nichaient dans un arbre. Ils s'envolèrent à l'instant où les phares d'un camion roulant à vive allure balayèrent la route. Pleins feux dans les yeux, Eulalie se mit à courir en direction de la gare, contraignant sa fille à lui emboîter le pas. Dans sa montée de panique, elle avait abandonné sa valise trop lourde derrière un tronc d'arbre, envahie par une sorte de confusion mentale qui lui aurait embrumé le cerveau. Apeurées, elles s'engouffrèrent dans le hall de la gare, tandis que le camion poursuivit sa route sur les chapeaux de roues. Les rafales de vent continuaient de chahuter les arbres, et bien que le danger fût déjà loin, Eulalie semblait incapable de chasser l'image de ce camion dans la lueur du matin. L'angoisse s'était nichée dans son estomac.

Même si les voies de chemin de fer étaient encore somnolentes, le répit fut de courte durée. Sur le quai, les Allemands, armés de mitraillettes, scrutaient les ténèbres sous le roulement sourd d'un train à l'approche. Elles firent demi-tour.

— Dis, maman, je veux revoir la tour Eiffel…

— Pas tout de suite, ma chérie, pas tout de suite, Paris est dans la guerre et ici, nous sommes en sécurité… dit-elle d'une voix haletante en cherchant des yeux les cheminots qui devaient les prendre en charge.

Soudain, une lueur fulgurante déchira le ciel, suivie d'une terrible explosion, puis il y eut un sifflement strident de locomotive. Les éclairs se prolongèrent, l'enfant se mit à trembler comme une feuille. La mère, qui pressentit la crise de nerfs de sa fille, bâillonna sa bouche avec sa main afin de l'empêcher de crier. Beata pressa son petit corps dans le giron d'Eulalie, pour se sentir en sécurité. L'espace d'un instant, elles demeurèrent immobiles, figées. La peur leur serrait la gorge à toutes les deux, mais la belle s'arma de courage pour repartir en direction de l'hôtel, empoignant la petite main de sa fille. Dehors, deux hommes de la Feldgendarmerie embarquaient ses amis cheminots pour les conduire en prison. Elle détourna les yeux, le visage crispé, horrifiée par la violence des aboiements militaires. L'heure était grave. Ils risquaient le peloton d'exécution, mais Eulalie ne pouvait se concentrer que sur sa fille, lui parler tendrement pour tenter d'apaiser sa peur. Madame Fontanel laissa le groupe prendre de la distance avant de parcourir les quelques enjambées qui la séparaient de l'hôtel. Sa valise se trouvait précisément là où elle l'avait abandonnée, derrière un arbre du jardinet de l'avenue Gambetta ! Bien que la tête lui tournât, elle s'empara de sa poignée métallique avec soulagement. La mécanique de son cœur s'emballait toujours. Les cheminots avaient-ils été arrêtés en raison des actes de sabotage ? Avaient-ils été dénoncés pour les services illégaux qui s'opéraient régulièrement entre les deux frontières ?

Si elle franchissait de nouveau la porte de cet hôtel, elle risquait d'être prise pour une traîtresse aux yeux de la patronne. Aussi, avant d'entreprendre quoi que ce soit qui aurait pu entraîner des conséquences déplorables, il fallait réfléchir calmement. Tandis que les minutes s'égrenaient, elle songeait que les coulisses d'Angoulême étaient plutôt glauques. La brume s'épaississait... Était-il encore temps de rentrer à Paris ?

Elle abandonna aussitôt cette idée qui venait de lui traverser l'esprit. Le trafic ferroviaire étant perturbé, les voies resteraient bloquées une partie de la journée et les Allemands allaient sous peu quadriller le quartier aux abords de la gare. Alors que la ville s'éveillait tout juste avec ses quelques boutiques qui refusaient de capituler, elle se sentait partir à la dérive, sans rien de tangible à quoi se raccrocher. La poitrine oppressée, elle se convainquit d'utiliser son dernier atout en allant rôder du côté des bords de la Charente, où vivait ce papetier rencontré la veille...

Si la promenade des remparts était appréciée des Angoumoisins qui profitaient du superbe panorama sur la vallée, elle n'eut guère le temps d'admirer ses ferronneries et réverbères, pas plus que d'apprécier, depuis le rempart de Beaulieu, l'harmonieuse vue sur le fleuve qui épousait le faubourg de l'Houmeau et son chapelet d'îles nées dans le lit de la Charente. C'était pourtant vers ce port, qui concentrait la plupart des bâtiments industriels, tels que les papeteries, qu'elle dut s'orienter en empruntant les rues étroites de la ville basse. Eulalie maudissait la poignée de sa valise pleine à craquer qui lui cisaillait la paume. Heureusement que l'attitude de sa fille lui donnait de l'élan. « Je peux t'aider, maman ? » En dépit de ses cinq ans et demi, Beata était passée du statut d'enfant à celui de petite femme responsable, qui suivait sa mère sans rechigner. « Ça va aller, ma chérie, nous sommes bientôt arrivées. »

D'anciennes maisons parfois serrées les unes contre les autres caractérisaient la ville basse où de vieux métiers perduraient en dépit de l'Occupation : un cordonnier qui rafistolait les semelles dans une odeur de colle, des mécaniciens qui remettaient en état des véhicules pour le compte de l'occupant dont elles ne manquèrent pas d'attirer l'attention sur leur passage… Toutefois, ce fut dans une rue plus cossue, en longeant le parc d'une vaste demeure fermée de grilles, qu'Eulalie profita du salut poli d'un jardinier à la peau parcheminée pour se faire indiquer l'entreprise Dumont.

— C'est simple, vous ne pouvez pas vous tromper ! En bas, tout droit dans la courbure de la Charente, après les magasins de fonderies pour les papeteries, l'entreprise Dumont, c'est la seconde en arrivant, ajouta-t-il aimablement, appuyé sur son râteau à l'ombre d'un grand chêne.

Le vent du matin s'était apaisé, l'horizon s'était teinté d'une belle lumière estivale lorsqu'elles descendirent vers les eaux claires de la rivière. Au-delà de quelques arbres majestueux se tenaient d'anciens moulins réaffectés en bâtiments industriels ainsi que des usines et leurs nombreux entrepôts, des fabriques de façonnage de papier, une industrie visiblement ancienne qui ressuscitait ses souvenirs des bords de Seine flanqués de ses usines Renault de Billancourt. Devant ce paysage de maisons basses en pierres de taille recouvertes de crépi et de cheminées fumantes, elle fut prise d'une sorte de vertige, se disant qu'elle se ridiculiserait en allant frapper chez un homme qui ne lui avait adressé qu'une fois la parole sur le ton du jeu. Cet univers semblait augurer d'une bourgeoisie familiale parvenue à affermir le renom d'une entreprise dont Atalis était le riche héritier.

Cette entreprise aux allures dynamiques aurait pu la stimuler pour aller de l'avant, mais au contraire, il n'en fut rien. Comme une tempête, ses pensées tournoyaient, lui imposant de renoncer. Envahie par une profonde lassitude, honteuse à l'idée de s'abaisser et de passer pour une gourde flanquée d'une gamine en bas âge, elle aurait eu besoin qu'une fée s'agenouille auprès d'elle et se penche sérieusement sur son cas...

— Maman, je suis fatiguée... se plaignit Beata, visiblement à bout de forces.

— Je suis désolée, ma chérie, où ai-je la tête ! Nous avons bientôt parcouru la moitié de la ville à pied ! constata-t-elle en cherchant des yeux l'auberge la plus proche.

Elles eurent finalement cette satisfaction de trouver refuge dans une chambre propre et soignée au mobilier rustique, dont la fenêtre donnait sur les quais de la Charente. Elle coucha aussitôt Beata qui s'endormit promptement.

Sa mère, qui en éprouva un vif soulagement, se laissa fondre en larmes près de la fenêtre pendant que son regard désespéré dérivait vers les eaux de la rivière. Elle faillit pousser un cri de douleur. La coupe était pleine. Minée par ses insolubles contradictions, elle tira un mouchoir de sa poche pour s'essuyer les yeux, en s'accablant de toutes sortes de reproches. Elle passa machinalement une main dans sa tignasse désordonnée en poussant un soupir de découragement. Son lien avec Paris se manifestait si fortement qu'elle ne comprenait plus cette pulsion qui l'avait poussée à abandonner la capitale. Alors qu'elle triturait nerveusement son mouchoir en se répétant qu'il était trop tard pour cultiver les regrets, son regard s'arrêta brusquement sur les deux individus qui conversaient en contrebas, près du débarcadère. À mieux les observer, elle reconnut facilement la silhouette et les gestes d'Atalis Dumont, bien qu'elle ne l'ait rencontré qu'une fois. Il se profilait dans une aisance tranquille, devisant avec un homme qui lui adressa une chaleureuse poignée de main après lui avoir remis une enveloppe brune.

Elle suivit des yeux l'inconnu à l'enveloppe lorsqu'il se dirigea vers sa voiture. Ce dernier lui inspira un sentiment de déjà-vu, une impression qui lui fut aussitôt confirmée par la présence de la rutilante Delahaye 135 garée près de l'établissement Dumont, celle-ci même qui attendait les Bireteau en gare d'Angoulême, le jour de leur arrivée de Paris.

— Hubert de Bireteau... prononça-t-elle tout haut, à la fois perplexe et intriguée.

Bien que la nature de l'entretien des deux hommes lui ait échappé, leur présence la troublait, d'autant plus que Dumont emboîta le pas à Bireteau pour relancer la conversation. Eulalie déglutit, son imagination s'emballait. Dumont, le fils de famille, livrait à présent des instructions précises à son interlocuteur. Ceux-là semblaient investis d'une mission de la plus haute importance. Devait-elle en conclure que leurs affaires, en temps de guerre, se traitaient sous le manteau ?

— Le bureau Otto ! laissa-t-elle échapper tout haut dans la chambre, dans une sorte de fulgurance.

Tout rejaillit soudain avec la puissance d'un geyser. Une certitude lui vint : elle avait déjà croisé Hubert de Bireteau dans la salle d'attente du bureau Otto, square du bois de Boulogne, la dernière fois qu'elle y avait mis les pieds...

Parcourue d'un frisson de répulsion, elle se remémora les souvenirs qui se rattachaient à sa dernière visite chez Otto, le jour où elle avait voulu se faire conduire auprès de Lubin Von Baden. Puis il y avait eu cette coïncidence du voyage Paris-Angoulême qui l'avait amenée à partager le même compartiment que les époux de Bireteau. Elle naviguait tout à ses souvenirs lorsqu'elle aperçut les deux hommes se diriger à pas lents vers l'auto d'Hubert garée près d'un hangar. Tout semblait converger vers une organisation optimale. Une porte s'ouvrit, un employé aux bras chargés de cartons se posta devant la portière que le chauffeur s'empressa d'ouvrir, mais la sonnerie enrouée du téléphone la sortit de sa concentration. Eulalie se précipita aussitôt vers le combiné :

— Allô ?

Pour toute réponse, il y eut un grésillement suspect, puis le silence persista un long moment.

— Allô ? Que me voulez-vous à la fin ? balbutia-t-elle, submergée par la panique, tandis que, de l'autre côté, s'éternisait un souffle douloureux, terriblement angoissant.

Elle raccrocha le combiné.

X

SI LES DUMONT connaissaient tous les secrets des beaux papiers de luxe, fabriqués à partir de la transformation du chiffon en fil, puis en pâte, brassée, diluée dans les cuves, grâce à des gestes minutieux sans cesse répétés depuis les premiers moulins à papier au XVIe siècle, les méthodes de travail s'étaient pourtant rudement simplifiées grâce à l'amélioration des systèmes mécaniques. Si la dynastie familiale valorisait le précieux savoir-faire des maîtres papetiers depuis plusieurs générations, dépendantes de la présence du fleuve (leurs bateaux ramenaient le bois et les minerais ramassés dans les argiles), les Dumont, forts des machines à papier de leurs ateliers d'usinage, atteignaient désormais des pics de productivité encore inespérés quelques années plus tôt. Leur point fort, dont Atalis était particulièrement fier, résidait dans le nouveau procédé du glaçage appliqué pour la réalisation des cartes de visite et papiers à lettres, devenus des produits emblématiques de la maison. Façonnées dans leurs usines, les articles s'exportaient malgré la guerre, si l'on en jugeait le permanent va-et-vient des ouvriers qui défilaient sur les quais en marcel, cigarettes maïs en bouche, les bras chargés de marchandises dès potron-minet.

Eulalie le comprit le lendemain : des bruits jaillis des quais l'avaient réveillée, un tumulte d'exclamations qui s'élevait jusqu'à l'étage de sa chambre et couvrait la douce mélodie du chant des oiseaux lui mit une idée en tête, comme elle se précipitait pieds nus à la fenêtre avec une force étonnante, pour assister à l'effervescence du négoce de la papeterie. Atalis se tenait parmi ses ouvriers ; il jouissait visiblement d'une vraie popularité auprès de ses hommes. C'était un gentil par nature ; il ne pourrait pas lui refuser son aide. Se sentant menacée la veille en raison de ce curieux appel anonyme, Eulalie devait trouver une épaule protectrice, et il se confirmait que sa dernière chance fut de recourir à ce papetier pour la sortir de l'embarras.

— Maman, c'est quand qu'on rentre à la maison ?

Beata, qui venait de se redresser sur son oreiller, leva les yeux au ciel.

Eulalie avait redouté cette question qui revenait régulièrement sur le tapis, mais elle se retrancha sur l'explication la plus cohérente, tout en dissimulant son trouble :

— Pas avant la fin de la guerre ma chérie. Tu sais, les guerres finissent toujours mal. Bientôt, l'assaillant se mettra en tête de détruire Paris, et nous serons en sécurité ici, tu comprends ?

L'enfant garda le silence. Bien que la magie de Paris manquât autant à la fillette qu'à sa mère, cette dernière se ressaisit vite en s'efforçant d'admettre cette vérité, une manière de se redonner courage. Eulalie savait à présent à quoi elle devait employer son temps, et elle eut vite fait l'inventaire du contenu de sa valise pour choisir la tenue appropriée à sa mission chez les Dumont : une robe à petites fleurs soulignant la taille, un ancien petit chapeau bricolé avec un turban qu'elle s'était amusée à réaliser avec Berthe, ses inépuisables chaussures en raphia, ses gants au crochet. Elle misait sur une allure sobre, féminine et naturelle pour solliciter des conseils et de l'aide. Si elle adoptait un ton sincère, un être normalement constitué ne pourrait pas rester insensible à sa cause. Celle qui, jusqu'alors, s'était laissée cueillir par les hommes dans une sorte d'innocence devait cependant se résigner à une démarche plutôt ingrate. En amour ou en amitié, elle n'avait jamais rien calculé, jamais eu besoin de se montrer inventive pour convaincre. Sa beauté et son charme, par l'entremise du destin, avaient toujours parlé en son nom. Si son miroir lui confirmait que cela risquait d'être encore vrai cette fois-ci, elle l'espérait d'autant plus qu'elle ne disposait pour atout que de son joli sourire. Elle l'utilisa d'ailleurs à merveille, face à la secrétaire de l'entreprise familiale lorsqu'elle demanda à rencontrer le patron.

Le hasard voulut que l'intéressé apparaisse peu après dans le couloir. Sur son trente-et-un, exalté par la surprise, Dumont, dont les yeux trahissaient le plaisir de la revoir, minauda :

— Tiens, tiens… la mystérieuse Eulalie Chabert regrette déjà de m'avoir faussé compagnie l'autre jour ! Ah mais… remarqua-t-il en l'observant de plus près, je préférais le canotier agrémenté de son petit bouquet que vous portiez la dernière fois… Plus seyant au teint, mais ne le prenez pas mal…

Son air taquin la mit mal à l'aise, mais elle fit contre bonne fortune bon cœur tandis qu'elle sentit le sang affleurer à ses joues au contact de sa vigoureuse poignée de main.

— Pouvez-vous m'accorder une entrevue, Monsieur Dumont ?

— Mais certainement !

Sans une hésitation, il lui prit le bras dans une possessivité un peu étrange. Ils longèrent des ateliers de fabrication de pâte à papier, une première salle de triage où les feuilles de papier voletaient dans les mains des ouvrières sous un bruissement léger. Puis ils s'engagèrent dans un couloir où l'on entendait le ronflement des cylindres de la papeterie qui assourdissait les tympans, mais Atalis entraîna Eulalie du côté des laboratoires de façonnage où se tenait également la partie administrative.

— Votre usine est un immense territoire, Monsieur Dumont !

— C'est devenu un point stratégique, d'autant plus que l'établissement Laroche-Joubert a été victime d'un terrible incendie qui a ruiné une partie de ses bâtiments il y a juste deux ans. Je suis loin de rivaliser avec les excellentes conditions de travail de cette maison de référence, tenue par un industriel de premier ordre. La taille de sa fabrique est considérable ; pensez, des machines à la pointe des méthodes d'exploitation, un patron qui fait construire une cité pour ses ouvriers... Mais l'activité peut néanmoins se poursuivre en partie dans nos murs, le temps que les ateliers de cette fabrique se remettent en fonction. Nous apprenons à parer à une activité exponentielle malgré la guerre. Le seul hic, bien sûr, ce sont les matières premières !

— Je comprends, acquiesça-t-elle pour avoir l'air de s'intéresser au sujet.

Eulalie ne put s'empêcher d'établir une courte comparaison avec les manufactures d'usinage Renault : les cadences, les processus de production industrielle lui rappelaient les gestes des ouvriers à Boulogne-Billancourt, mais elle se retrouva bientôt dans un tout autre décor lorsque Atalis l'invita à pénétrer dans son bureau discret au désordre étudié. Devant cette table de travail encombrée de classeurs et de papiers, elle se sentit intimidée.

— Je ne m'attendais pas à découvrir autant de choses !

— Mais vous n'avez encore rien vu de la complexe transformation de la fibre dans nos salles de raffinage, là où se déroulent toutes sortes d'opérations alchimiques, le savant mélange de l'odeur résineuse de la colle des forêts avec celui des colorants, poursuivit le papetier, passionné par son métier.

— Je n'en doute pas ! Voyez-vous, je savais la Charente utile à la fonderie de canons de Ruelle pour assurer le transport de ses cargaisons jusqu'à l'océan… Quant à la papeterie, affirma-t-elle d'une voix qui semblait tomber des nues, mes connaissances restaient sommaires.

— Hum… Asseyez-vous, je vous en prie, insista-t-il. Pour votre gouverne, sachez qu'il existe une vingtaine d'entreprises fabriquant le papier, certaines destinées aux cartons et papiers d'emballage, d'autres aux papiers à cigarette et sulfurisés, d'autres encore aux papiers d'impression. Ces fabriques, en temps de paix, employaient un total d'environ huit mille personnes.

Eulalie l'écouta pieusement poursuivre sa litanie en attendant que Dumont ait pris conscience qu'elle se trouvait face à lui pour un motif qui ne présentait rien de professionnel. Il se tint soudain silencieux sous son regard, et elle se sentit aussi effarouchée qu'une écolière.

— Bien que je ne veuille pas vous faire perdre votre temps, Monsieur Dumont, j'ai pensé, suite à notre rencontre, que votre expérience me serait très utile, et surtout, comment vous dire ? Vous me faites penser à quelqu'un que j'ai si bien connu que j'en suis toute retournée, mentit-elle en battant des cils.

— Sans doute une personne proche ?

— Très proche… minauda-t-elle sur le ton de la confidence, laissant planer ce qu'il faut de doute dans son sillage pour affûter la bonne disposition d'Atalis à son égard.

— Si vous saviez… Je me suis fourrée dans l'embarras jusqu'au cou. Pour être brève et concise, je cherche le moyen de me rendre à La Rochefoucauld, en zone libre, mais je n'ai pas de laissez-passer, et j'ignore comment m'en procurer un… s'ouvrit-elle naturellement devant cet homme à la bonhomie évidente.

Il la considéra un instant en froissant des feuilles qu'il lança dans une corbeille tandis qu'elle appréhendait sa réponse.

— C'est embêtant… un goujat aurait pu profiter des circonstances pour vous extorquer une bonne somme d'argent, où que sais-je ?

— Mais mon petit doigt me dit que vous n'êtes pas de ceux qui abusent bassement de la faiblesse d'une femme, Monsieur Dumont…

Il eut un petit rire entendu. Puis, tandis que ses doigts trituraient un taille-crayon en acier posé sur son bureau, il l'observa un instant en se demandant à qui il avait affaire.

— Je dois me rendre à La Rochefoucauld. Il en va d'ailleurs de la sécurité de ma petite fille âgée de cinq ans, formula-t-elle d'une voix d'ingénue.

Cette pensée la troubla plus que de raison, d'autant qu'elle avait confié Beata à l'hôtelière le temps de cet entretien. Elle s'efforça toutefois de ne rien laisser paraître de son inquiétude.

— Mais j'ai bien peur que cet argument ne soit pas une raison valable pour l'obtention d'un laissez-passer. Si vous me parliez un peu de vous, ce serait sans doute plus simple, vous ne croyez pas ?

— Rassurez-vous, je ne suis pas venue pour vous demander l'aumône, ni pour vous importuner avec mes ennuis. D'ailleurs, qui n'en a pas en temps de guerre ?

— Je tiens tout de même à vous mettre en garde. Vous savez ce que l'on risque, à vouloir enfreindre la loi ?

— Qui vous parle d'enfreindre la loi ? Il existe bien une manière légale d'obtenir ce sésame ! Mes cousins de La Rochefoucauld sont la seule famille qu'il me reste. S'il devait m'arriver malheur, Beata pourrait au moins compter sur leur soutien. Je croyais avoir frappé à la bonne porte en sollicitant votre aide pour me rendre en zone libre, murmura-t-elle tout en se demandant si elle n'avait pas fait fausse route.

— Même si le dévouement sympathique est inscrit dans mes gènes, j'aurais voulu lever le mystérieux voile couvrant de tant d'obscurité la belle dame qui me fait face, simplement pour me forger une opinion. C'est humain, non ?

— Je me suis sans doute trompée… Pardonnez-moi et restons-en là, éluda-t-elle en se levant pour quitter le bureau d'Atalis.

— Un instant ! Rasseyez-vous, notre conversation débute à peine.

Eulalie, ravie de l'effet produit sur son interlocuteur, s'exécuta sans se faire prier.

— Tout d'abord, permettez-moi d'être surpris qu'une femme telle que vous n'ait pas encore trouvé le céladon, affecta-t-il, dévoré par une curiosité qu'il ne savait contenir.

— Un amoureux transi, voulez-vous dire ? Autant parler de la lune en plein midi ! Et vous croyez vraiment que j'implorerais un soutien, si tel était le cas ? J'ai eu un mari si vous tenez à le savoir, mais je n'ai plus de nouvelle de lui depuis la mobilisation.

Il lui adressa un regard suspicieux.

— Vous avez raison, rien n'est simple avec cette guerre, mais pardonnez-moi, je suis un incorrigible indiscret, se rembrunit-il.

— Quant à moi, je suis désolée de vous administrer cette vérité, mais je suis menacée, Monsieur Dumont.

— Menacée ? Là, j'ai bien peur, hélas, de ne pas y pouvoir grand-chose.

— Allons, ne soyez pas cynique !

— Bah, je ne suis pas certain que vous puissiez parler de la sorte, Madame. De votre côté, ne seriez-vous pas un peu… capricieuse ?

Sous l'effet de la contrariété, Eulalie perdit le contrôle.

— Vous êtes un vrai tissu de contradictions ! L'autre jour encore, vous preniez un malin plaisir à jouer les jolis cœurs à cette terrasse de café, vous m'appâtiez avec vos bons mots, mais dès qu'il s'agit de me tendre la main, il n'y a plus personne ! Vous semblez bien peu sensible à la logique d'entraide.

Il la jaugea avec une insolence délibérée en comprenant qu'il faudrait lui tirer les vers du nez tandis qu'un sourire fugace balaya son visage.

— Ne vous fâchez pas, il n'y a pas de quoi !

Elle poussa un soupir affligé.

— Ce n'est pas parce que je sollicite votre aide que je dois vous livrer tous mes secrets, grimaça Eulalie.

— Ah ça, on en est loin ! Comment se nomment vos cousins de La Rochefoucauld ?

— Il s'agit de la famille Chabert.

— Chabert, articula-t-il en fronçant les sourcils, comme si un poids énorme lui tombait sur la conscience. (Puis il hésita avant d'ajouter :) Vous êtes au courant je présume ?

— De quoi devrais-je être informée, cher Monsieur ?

Il ne semblait pas suffisamment en confiance pour dévoiler son sentiment à propos des Chabert.

— La Rochefoucauld est un lieu particulier, avec ses postes de contrôle, vous le savez. Les soldats allemands y ont réquisitionné grand nombre de maisons. Certains candidats au passage en zone libre séjournent sur les paillasses de la halle aux grains, pas loin de la Kommandantur ; la zone est minée, une ambiance vraiment difficile qui ne saurait convenir à une jeune femme telle que vous.

— Vous ne m'avez pas répondu à propos des Chabert !

— Le méchant est comme le charbon, s'il ne vous brûle, il vous noircit, affirma-t-il.

— Dois-je en déduire qu'ils s'attachent à nuire aux autres ?

— Il semblerait que vous ne les connaissiez pas… Mais en dépit de vos cachotteries, puisque vous m'êtes sympathique, je n'ai rien contre le principe de vous conduire moi-même jusqu'à La Rochefoucauld, si vous n'avez pas changé d'avis. Je connais là-bas des passeurs qui se chargeront de vous escorter en zone libre.

— Bien sûr que non, je n'ai pas changé d'avis, j'ai tout de même pris le temps de la réflexion.

— Bien, dans ce cas, la séance est levée comme on dit !

Il tapa ses deux paumes contre son bureau, avant de se redresser.

Impatient d'en finir avec cette entrevue, il alluma une cigarette, en aspira une profonde bouffée tout en s'efforçant de paraître calme.

— Tenez-vous prête demain matin, vers 7 heures, nous partirons pour La Rochefoucauld, ponctua-t-il d'une voix tendue, tout en la raccompagnant jusqu'à la porte principale de l'usine.

Bien que ces deux sons de cloche sur les Chabert n'aient pas réussi à l'impressionner outre mesure,

Eulalie se découvrit une fatigue nerveuse aggravée par l'incertitude du lendemain. Elle essayait de ne pas se formaliser au sujet de ces étranges coups de fil anonymes, mais la liste de ces dangers cumulés ne faisait qu'asseoir ses inquiétudes.

*
* *

Atalis Dumont était au rendez-vous avec sa 402 qui fonctionnait au gazogène à charbon comme la plupart des véhicules en service en cette année 1942. Le soleil et le vent d'été jouaient déjà de leurs reflets matinaux avec les eaux de la Charente lorsqu'il chassa la buée maculant les vitres de son véhicule. Il salua ses passagères enveloppées dans leurs cardigans. « Frisquet ce matin ! », constata le papetier, plaisant et courtois, tout en installant confortablement la petite Beata sur la banquette arrière, tandis que sa mère prenait place à ses côtés.

— Je ne sais comment vous remercier. Grâce à vous, nous ne souffrirons d'aucun désagrément de voyage…

Mais sans doute Eulalie avait-elle parlé un peu trop tôt, car les forces de l'ordre procédaient à un contrôle d'identité à la sortie d'Angoulême. Après un bref interrogatoire qui donna suite à la présentation de leurs papiers, ils ne furent pas autrement inquiétés et purent reprendre la route de La Rochefoucauld.

— Qu'est-ce que vous leur avez dit ? s'enquit innocemment la passagère, particulièrement impressionnée de voir Atalis manier aussi bien la langue de Goethe.

— Peu importe ! C'est le résultat qui compte.

En rase campagne, sur une grande route bordée d'arbres, elle sentit la voiture peiner dans la première côte. Atalis pesta, la ride sur son front se creusa davantage.

— Le moteur manque de puissance… Il vous faudra peut-être descendre pour alléger la charge…

Elle le dévisagea et se sentit au bord des larmes. Autour d'eux, des prairies nues, de longues rangées de chênes qui semblaient se rétrécir au loin alors que le soleil caressait leur cime ; mais cela ne suffisait pas à dissiper une angoisse diffuse, envahissante, qui la parcourait comme un frisson. L'humeur d'Atalis s'était modifiée en raison du moteur qui hoquetait toujours :

— En traversant l'Isle d'Epagnac, je vous demanderai de vous coucher sur la banquette pour vous dissimuler des regards. Je ne veux pas provoquer les commérages !

— Dites que vous avez honte de nous !

— On voit que vous ne connaissez pas l'esprit de nos campagnes. Il va pourtant falloir vous habituer à la mentalité des villages, La Rochefoucauld est un gros bourg agricole connu pour ses foires à bœufs. On y cause beaucoup, et pas toujours dans le bon sens. Quoi que vous en disiez, la discrétion est un devoir. Je ferai un crochet pour vous conduire chez un « hébergeur » bien avant le cimetière. Vous y trouverez de l'aide, c'est certain.

Elle pressentit qu'elle ne se ferait jamais à ces mœurs rétrogrades décrites par Atalis. Eulalie avait toujours été libre, habituée aux relations faciles, mais à présent, elle craignait que ses manières ne heurtent les esprits étroits et peu émancipés, ce qui créait chez elle le doute et faisait vaciller sa confiance. Ils traversèrent une partie de la forêt de la Braconne tandis que le véhicule avait retrouvé sa vitesse de croisière à cinquante à l'heure. Le terrain de prédilection des braconniers au milieu des hêtres et des érables était également celui des camps militaires investis par les troupes allemandes. Atalis s'engagea dans des chemins à peine carrossables où ils croisèrent une harde de sangliers qui projeta une pluie de poussière sur leur trajectoire. Le conducteur pila à temps pour les éviter. Eulalie ouvrit des yeux incrédules et se mordit la lèvre pour ne pas hurler. Le paysage environnant s'était réduit à un brouillard de branchages, mais la nature n'en déployait pas moins des trésors de parfum de chênes verts et de pins.

— C'est leur territoire ! J'espère que vous n'avez pas eu peur ?

Elle haussa les épaules.

— Avouez que ce n'est guère rassurant !

— Moi, je n'ai pas eu peur, rétorqua la petite voix de Beata…

— Bon, il ne faut pas traîner, marmonna le conducteur en redémarrant le moteur aussi sec, d'autant plus que nous approchons de la ligne de démarcation.

— Je comprends.

— Cette ligne se présente comme une bande de terrain de quelques centaines de mètres de largeur et est jalonnée par des postes militaires tenus d'un côté par les Allemands, de l'autre par les Français. Je ne vous cache pas que je ne voudrais pas attirer l'attention de sentinelles détachées çà et là. Je vous déposerai chez l'hébergeur avant de me rendre à un accès de contrôle.

Dumont resta mystérieux sur ce qu'il avait à faire de l'autre côté, se gardant d'exhiber le laissez-passer renouvelable qu'il utilisait pour ses affaires, puis il lui fit comprendre qu'elle devrait redoubler de prudence.

— C'est gentil, Monsieur Dumont, nous nous débrouillerons, répliqua-t-elle en poussant un petit soupir alors qu'ils étaient en vue d'une maison de cultivateur.

Atalis expliqua brièvement que ces murs en moellons calcaires où courait le lierre desséché abritaient une famille d'honnêtes charrons, dont le fils faisait franchir aux clandestins la ligne le plus vite possible.

— Surtout, pas un mot sur vos cousins, rappela le papetier avant de descendre de voiture.

Au moment où elle le remerciait une dernière fois pour cette preuve de confiance, un gaillard bien bâti, le haut du visage mangé par une casquette, se présenta sur le perron de la ferme. Ce dernier comprit d'instinct ce que la passagère et sa petite fille attendaient de lui. Il rassura la mère d'un sourire confiant, en citant le nom des chemins qu'ils emprunteraient pour atteindre la zone libre, et précisa qu'ils feraient en cours de route une halte dans un logis pour se restaurer, qu'il avait l'habitude de procéder ainsi plusieurs fois par semaine.

Quand ils eurent marché sur une distance de deux kilomètres dans l'ombre des sous-bois, la petite, à bout de forces, pleurait d'épuisement. Ils s'arrêtèrent dans une cabane, où Eulalie dut faire asseoir sa fille dans l'herbe sèche. Le passeur prétendit qu'il devait se rendre d'urgence en gare de Taponat, qu'elles devaient l'attendre ici même, et qu'il aurait vite fait l'aller et le retour. Eulalie protesta, refusant d'errer sans surveillance avec sa fille, se montrant prête à augmenter le montant de sa rémunération afin qu'il reste auprès d'elles. Le passeur ne voulut rien entendre et il les abandonna toutes les deux à leur triste sort. Dépitée, elle le vit s'éloigner, insensible à leur détresse, tandis que la peur prit bientôt le relais sur la colère en raison des menaces qui pesaient sur elles. Les risques étaient bien réels, et elle se sentait vulnérable face au danger. « *La peste s'attaque d'abord à ceux qui en ont le plus peur* », dit un proverbe dont elle se souvint. La mère déboucla fébrilement sa besace pour en sortir quelques biscuits vitaminés qu'elle tendit à sa fille, puis elle observa le ciel à travers les interstices des lattes en bois disjointes de la cabane, en maudissant le passeur. Le calme inquiet fut de courte durée. Peu après, le ronflement d'un moteur se fit entendre. La peur revint l'assaillir, au point qu'elle ne savait plus si elle devait prendre l'initiative de fuir ou, au contraire, de rester. La voiture se rapprocha, puis le moteur s'arrêta. Un claquement de portière, puis deux. À quoi fallait-il s'attendre ?

XI

DANS UNE COUR DE FERME, une matrone aux cheveux gras, assise sur la margelle d'un puits, chassait d'une main molle les insectes agacés par la chaleur moite de l'après-midi. Un pied sur le rebord de l'abreuvoir, elle rêvassait dans la tranquillité de son décor familier : une maison en pierre de taille couverte de tuiles bombées, située dans le prolongement de la grange, qui faisait face à un grenier, accessible par une échelle extérieure, servant à engranger le foin et les légumes. La comtoise venait d'égrainer ses six coups, lorsqu'elle vit venir un beau gaillard à la démarche franche, chemise militaire en toile. Elle fronça les sourcils, surprise que le vieux Labrador ait passé l'intrusion sous silence. Toutefois, Rex commença de s'agiter au moment où l'homme, arrivé à sa hauteur, le regard chargé d'innocence, demanda :

— Vous êtes bien Madame Chabert Noémie ?

— Pour sûr. Et qu'est-ce qui vous amène ?

— Enchanté, je suis Lazare Fontanel, votre cousin par alliance.

À chaque respiration de la matrone, sa poitrine se gonflait comme un soufflet. Elle essuya son front ruisselant de sueur à l'aide d'un mouchoir déjà bien imbibé de morve, qu'elle dégagea de la poche de son tablier. Puis ses yeux porcins tournèrent dans leurs orbites tandis que, perplexe, elle repassait sa généalogie dans sa tête.

— Connais pas !

De but en blanc, Lazare essaya de lui rafraîchir la mémoire sur l'existence de sa cousine Eulalie Chabert, épouse Fontanel, qui vivait à Boulogne-Billancourt, près de Paris, depuis toujours.

— Une cousine à Paris ? Jamais entendu parler ! Mais admettons, et après ?

— J'ai été longtemps prisonnier dans les stalags en Allemagne et dans l'incapacité d'obtenir des nouvelles de ma femme. Notre maison de Boulogne a été bombardée et je sais qu'Eulalie a dû fuir loin de Paris. En réalité, étant donné que vous êtes la seule famille qui lui reste, j'ai pensé qu'elle aurait pu venir en Charente puiser un peu de réconfort.

Suspicieuse, elle l'observa sous toutes les coutures en pinçant les lèvres, se disant que ce gars-là n'avait pas la conscience tranquille. Encore un comploteur qui préparait la révolution.

— Et qu'est-ce qui me dit que ce ne sont pas des sornettes que vous me racontez là ?

La mère Chabert restait obnubilée par les distributeurs de tracts activement recherchés par la police Vichyssoise. Des sabotages de voies ferrées, des convois qui déraillaient, des aviateurs anglais cachés dans les chambres de l'un des plus grands hôtels d'Angoulême, ces péripéties relatées un peu partout au bourg lui mettaient la tête sens dessus dessous.

Lazare aurait bien aimé la mettre en confiance, mais il ne saisissait pas une once de bonté dans son regard. Son visage impassible le troubla au point de sentir un froid glacial s'infiltrer en lui.

— Je peux vous héberger dans l'étable si vous ne savez pas où dormir ce soir ! hasarda Noémie en voulant démontrer qu'elle était capable d'hospitalité.

Il hésita, balayant du regard la grange et son portail à deux battants, sous le même toit que l'étable à bœufs, où l'on accédait par une petite porte garnie de sa serrure en fer en mauvais état. Lazare devait bien reconnaître qu'il était exténué. Cela faisait des jours qu'il endurait fatigue et privations pour arriver jusqu'en Charente, si bien qu'un peu de repos ne pouvait pas se refuser…

Noémie poussa la porte de chêne ferrée de gros clous de sa longère et invita son visiteur à entrer. Sur le plancher à larges lames, Lazare fut saisi par le froid glacial de cette pièce unique servant à la fois de séjour, de cuisine et de chambre. L'hôtel des courants d'air ! Noémie ramena une cruche à eau de son évier en pierre encastré dans le mur et lui en versa un verre sans lui demander son avis, tandis qu'il découvrait le mobilier rustique d'une maison de laboureur avec sa maie, son buffet surmonté d'un vaisselier et son lit à quenouilles en coin. La remarquable cheminée, avec son linteau soutenu par ses jambages et ses chenets, tenait une belle place dans cet univers de ruralité charentaise.

— Vivez-vous seule, Madame Chabert ?

— De quel droit prétendez-vous m'interroger ? rétorqua Noémie, offensée par la question.

Lazare avait pourtant essayé de se montrer courtois, mais il n'avait visiblement pas été perçu comme tel. Alors il n'insista pas davantage et avala le contenu de son verre d'eau. Cela lui était bien égal, après tout. En réalité, il semblait simplement déçu car il avait beaucoup misé sur cet espoir de retrouver son épouse. Sans doute cette Noémie Chabert espérait-elle qu'il se livre, mais il avait bien compris le danger qu'il encourait à trop vouloir en dire. À la nuit tombante, après avoir mangé une soupe trempée, il remercia Noémie de son hospitalité et s'installa dans l'étable, où l'air refoulait des odeurs de bouses. Lazare, qui n'y attacha guère d'importance, s'affala sur un ballot de paille avant d'expirer son découragement. Il tombait de haut, lui qui avait tant espéré pouvoir serrer Eulalie dans ses bras ! À présent qu'il ne disposait plus de la moindre piste pour la retrouver, il se désolait. Bien qu'il se fût épris jadis de sa beauté glacée et de l'éclat de son sourire, il peinait de plus en plus à se rappeler les traits précis de son visage lorsqu'il convoquait ses souvenirs. Pourtant, cette beauté, c'était quelque chose, et il se souvenait encore du désir animal qu'il avait eu d'elle, jadis, de la douceur incroyable de sa peau. Jamais il ne l'oublierait.

En dépit de sa fatigue, son regard s'obscurcit, et il fronça ses sourcils à l'instant où le passé se mit à tournoyer comme une danse…

Quelques semaines plus tôt, au mois de juillet 1942, il était enfin revenu à Boulogne-Billancourt, empli de l'espoir de retrouver son épouse et sa petite fille, de qui il demeurait sans nouvelles depuis trop longtemps. Ayant fomenté un plan d'évasion du

Stalag II de Poméranie avec son ami Moïse Luther, il avait parcouru des distances inouïes et erré de longs mois en bravant des dangers extrêmes avant d'atteindre la rue de la Saussière à Boulogne, où il avait constaté la destruction du quartier. Le fruit de sa petite enquête l'avait rapidement conduit chez une certaine Berthe Vandman qui hébergeait son épouse et sa fille depuis le drame. Aussitôt, il s'était rendu au domicile de cette Berthe, alors que ce même jour, le secrétaire général de la police, Bousquet, avait organisé des rafles antisémites qui sévissaient à Paris ainsi qu'en proche banlieue. Lazare avait par hasard assisté à la violence policière dans la rue, où la majorité des enfants se retrouvaient séparés de leurs parents, mais il s'en était rapidement éloigné, ne songeant qu'à se protéger des forces de l'ordre, lui-même étant en mauvaise posture. Si l'absence de son épouse du domicile de Berthe l'avait déconcerté, il avait pourtant fait part à mademoiselle Vandman des abominables tensions qui se nouaient du côté de la rue Gambetta, où des policiers français et allemands de la Wehrmacht frappaient aux portes avec violence pour débusquer les Juifs dans l'illégalité. Berthe, qui ne s'était jamais résolue à porter l'étoile jaune, avait alors pris peur et supplié Lazare de l'aider à fuir. Avec ses airs d'oiseau tombé du nid, Berthe avait expliqué à Lazare que, là où elle se trouvait, Eulalie ne craignait rien. Probablement sous l'effet de la peur, Berthe n'avait pas même cherché à dissimuler la vérité, lui infligeant des phrases définitives et tranchantes sur la vie que menait son épouse au théâtre des Folies Bergère. De son côté, Lazare l'avait assaillie de questions, si bien que, prise dans la spirale infernale des mots, Berthe s'était laissée aller à déballer ce qui lui pesait sur la conscience. Le regard intense de Lazare l'avait déstabilisée au point de réveiller en elle de drôles de pulsions ! Elle s'était mordu les joues en s'excusant, mais le mal était fait. Elle avait posé sur Lazare les yeux désespérés d'une femme qui cherche à tout prix à fuir, le suppliant, l'implorant même de lui venir en aide, à la manière dont elle l'aurait fait avec n'importe quel homme de passage. Sous le choc, Lazare était resté abasourdi. Son sang percutait ses tempes, il devenait fou. Sa femme… demi-nue, dansant devant les officiers allemands. Il en avait ressenti une colère inouïe et, bien qu'il ne connût pas plus que ça Berthe, il n'avait pourtant à aucun moment mis sa parole en doute.

La conversation avait été de courte durée. La police n'étant qu'à deux encablures, ils devaient filer à l'anglaise et, dans la panique, Berthe en avait oublié la petite Beata qui dormait dans la chambre…

Ils s'étaient donc enfuis ensemble vers la Normandie, à Lisieux précisément, où vivaient les parents de Lazare. Lui à qui il tenait à cœur de lutter contre tous les aspects du totalitarisme nazi, n'avait pas hésité à venir en aide à Berthe. D'ailleurs, peu après, il avait réussi à se procurer pour elle une carte d'identité falsifiée *via* une filière administrative qui disposait de matériel de faussaire. Dans les règles de l'art, les lettres avaient été dessinées à l'encre à polycopier dans un cercle par un spécialiste, puis reportées sur une pâte, la gélatine. Une minute d'attente avait suffi pour imprimer sur une carte deux ou trois tampons afin de la rendre authentique.

Berthe Vandman devint Marie Dulac.

C'est ainsi que Lazare avait réveillé dans le cœur de Berthe de nouveaux espoirs. Aucun homme n'en avait fait autant pour elle. Elle tomba vite amoureuse avec une sorte d'entêtement, et comme elle ne comprenait rien à la séduction et que ses complexes physiques l'empêchaient de révéler à Lazare qu'elle rêvait de lui, elle avait poussé le vice jusqu'à lui avouer la liaison d'Eulalie avec le colonel. La réaction de l'homme blessé n'avait pourtant pas été celle que Berthe avait imaginée. Passé l'instant de la colère, il n'en eut que plus de lucidité sur le véritable tempérament de Berthe, qu'il réussit peu à peu à mettre face à ses incohérences. Au fil des jours, en la questionnant à propos de Beata, il l'avait épuisée à sa manière, et parce qu'elle avait affaire à plus fort qu'elle, la nourrice avait fini par lui avouer, toute tremblante, qu'elle avait oublié la petite dans l'appartement... Elle s'était ensuite effondrée en larmes avant de reconnaître que son geste l'emplissait d'horreur. Suite à cette bouleversante révélation, Lazare, indigné, l'avait soupçonnée de lui avoir menti sur toute la ligne. Il l'avait fichue dehors après l'avoir giflée.

Quelle que fût la vérité, il avait ensuite choisi de revenir à Paris pour tenter de retrouver une trace de sa femme et de sa fille. En août 1942, il lui fut en revanche plus délicat d'enquêter du côté des Folies Bergère ou de l'hôtel Lutetia, des lieux minés de soldats allemands. Sa curiosité risquait de l'entraîner droit au peloton d'exécution. Cependant, il ne s'était pas pour autant découragé à l'idée d'affronter un système qui incitait la dénonciation. La méfiance n'excluait personne. La coopération des polices française et allemande s'était resserrée, à l'instar du réseau d'hommes de main et d'indicateurs de l'Abwehr qui tissait sa toile inexorablement. Toutefois, Lazare réussit à faire le guet rue Saulnier, devant l'entrée des artistes du célèbre théâtre, sans éveiller la méfiance. Dans l'ombre d'une encoignure, les bruits, les odeurs, les mots lui parvenaient par à-coups tant il était resté sur le qui-vive. Cela n'en finissait pas de défiler, une véritable usine. Toutes les cinq minutes, au rythme des stations Montmartre et Cadet, il avait vu passer du beau monde, auquel s'ajoutaient des ouvriers électriciens, des accessoiristes, des tapissiers, des habilleurs qui se pressaient également pour regagner leur lieu de travail. Lorsque le théâtre avait absorbé tous ses figurants et ses vedettes, Lazare repartait à la fois déçu et soulagé de ne pas être tombé nez à nez avec sa femme. Bien avant le couvre-feu, il se rendait rue de Sébastopol, dans une planque de son réseau qui lui permettait de dormir quelques heures. Ce manège persista quelques jours, jusqu'à ce qu'il prît le risque de se fier à l'air aimable d'un ouvrier des Folies Bergère qu'il questionna.

— Vous avez de la chance, je suis éclairagiste... Le prénom des filles, je m'en souviens ! Mais pas seulement, l'allure, le genre... Elle a disparu du jour au lendemain, votre Eulalie, avait-il conclu, perplexe. D'ailleurs, André Dolitor a piqué une de ces colères ! Je m'en souviens encore !

Soudain l'expression de son visage avait indiqué qu'il regrettait déjà d'avoir trop parlé. D'ailleurs, à qui avait-il l'honneur ?

Lazare, peu soucieux de s'embarrasser d'explications, avait filé après un remerciement, soulagé d'apprendre que sa femme n'appartenait plus à ce monde-là. Cependant, sa boule au ventre avait persisté car, pire que le monde des Folies Bergère, Eulalie se heurtait à celui de l'Abwehr. Comment juguler cette sombre impression qui le rongeait ?

Dans ses recherches, il avait récolté une aide précieuse auprès de ses contacts de la rue Sébastopol, grâce à un agent au service des renseignements britanniques, qui travaillait également pour l'Abwehr. Le mouvement de résistance auquel Lazare appartenait était soutenu par la Direction des opérations spéciales, le SOE, et pouvait donc compter sur l'appui britannique dont les forces de l'Axe et l'Abwehr étaient précisément les pires adversaires.

Il lui fut confirmé qu'Eulalie avait effectivement fréquenté le colonel Von Baden durant plusieurs semaines. La maîtresse de Von Baden avait été remarquée à l'hôtel Lutetia, où son amant lui témoignait une ardeur passionnée, mais elle s'était depuis un certain temps évaporée dans la nature. Il ne trouva aucune explication à ce brusque départ de sa femme, mais il en éprouvait du soulagement, sans doute parce qu'il existait bien une liaison de cause à effet entre sa relation avec ce Von Baden et son départ visiblement précipité. Même si le mystère planait sur son lieu de destination, l'idée lui était venue à l'esprit qu'elle pouvait s'être réfugiée chez ses cousins Chabert qui vivaient en Charente.

Lorsque le démon de ses pensées eut lâché prise, Lazare Fontanel finit par s'assoupir quelques heures dans l'étable, avant d'être réveillé par l'instinct, l'oreille aux aguets. Il avait aiguisé un sixième sens depuis les dangers qui l'avaient menacé des mois durant dans les camps où il avait lutté pour sa survie, puis sur les routes de France, avant qu'il n'intègre un réseau de Résistance.

Tôt sur pied, il entrouvrit la porte de l'étable, admira la première lueur de l'aube sur la campagne, mais sentit qu'il ne devait pas traîner. Il se faufila dans la cour comme s'il craignait déjà une rencontre désagréable. Dans le chemin qui le menait à la départementale, il distingua des ombres dans les branchages épais, se déplaçant à vive allure en direction de la ferme des Chabert. Lazare eut juste le temps de se camoufler dans un taillis que trois gendarmes à vélo avaient pris la direction du domicile des cousins. Un frisson lui parcourut l'échine. La mère Chabert n'avait pas mis longtemps à prévenir les gendarmes. Elle suivait à la lettre les consignes recommandant de faire arrêter toute personne suspecte. Il s'était donc en quelque sorte jeté dans la gueule du loup sans le savoir, et peut-être même qu'Eulalie en avait fait autant. La cousine faisait donc partie de ces traîtres à jeter à la rivière !

Lorsque les gendarmes eurent pénétré dans le domaine, Lazare réussit à s'emparer d'un vélo. Puis il traversa les bois sur plusieurs kilomètres, inquiet, car il ne connaissait que très approximativement le tracé de la ligne de démarcation. Les douaniers allemands ne plaisantaient pas avec les ordres reçus, ils patrouillaient largement dans le périmètre ; il s'agissait bien évidemment de s'en méfier. Tout en pédalant, Lazare échafaudait des hypothèses : Eulalie pouvait être prisonnière dans la halle aux grains où les candidats au passage en zone libre séjournaient sur de mauvaises paillasses ou, pire encore, à la maison d'arrêt d'Angoulême. Bien sûr, il avait d'abord ressassé sa colère contre sa femme, en imaginant cette dernière dans les bras de ce Von Baden. Cette trahison lui avait infligé un véritable coup de massue. Bien que la guerre ne fût pas une circonstance atténuante, il fallait considérer que trois années s'étaient écoulées depuis la date de la mobilisation. Trois années pendant lesquelles Lazare avait laissé un immense vide derrière lui. La peur et l'insécurité s'étaient renforcées au fil des jours dans ce Boulogne-Billancourt menacé, et il ignorait ce qu'Eulalie avait vécu. Même s'il pouvait passer pour un faible, il était incapable de se résoudre à ne plus l'aimer. Elle occupait en permanence ses pensées. Infiniment malheureux, il passait sans transition de la tristesse à l'excitation, essayant de comprendre les raisons qui avaient poussé sa femme à fuir ce Boche, comme il disait tout haut.

Bien que Lazare avançât à l'aveuglette sur des sentiers forestiers où pullulaient les lièvres, il eut la chance de rejoindre sans difficulté la petite gare de Taponnat, près de Chasseneuil, où toutes sortes de voyageurs transitaient avant un nouveau départ en zone libre. Il crut renaître au cours de cette parenthèse, en apercevant la silhouette longiligne d'une femme brune qui marchait en tenant par la main une petite fille. Son cœur se mit à battre comme un tambour. Abandonnant la bicyclette, il courut vers la voie ferrée. Arrivé à la hauteur de la jeune femme, au moment même où il s'apprêtait à l'aborder, cette dernière effectua une légère torsion. C'est alors que les espoirs de Lazare trépassèrent aussi vite qu'ils étaient nés. Le visage étranger le laissa dans une confusion telle qu'il en baissa les yeux. La lueur venait de s'éteindre. Autour de lui, le sol trembla, tandis que tous ces candidats à la liberté, alertés par le bruit du train entrant en gare, se regroupaient, ainsi qu'une vague déferlante prête à s'engouffrer dans les wagons…

Le chef de gare, maillon essentiel de la chaîne de solidarité, n'eut pas plus de renseignements à lui communiquer, si bien que le visage de Lazare reprit son expression d'inquiétude.

Il revenait de loin.

L'armistice de juin 1940 avait déversé des processions de captifs dont Lazare faisait partie. Tandis que les paysannes s'étaient plantées dans leurs champs face aux défilés de soldats en déroute, exprimant leur dégoût, il avait passé quelques-uns des pires moments de sa jeune existence. Comment supporter que l'hommage des femmes allât ainsi vers les guerriers blonds ? Il s'était senti sali, laminé, dévirilisé, imaginant l'armée victorieuse rutilante prendre possession de Paris. Un homme vaincu n'est plus un homme, avait-il répété un peu plus tard, dans les stalags en Allemagne, où l'humiliation avait été grandissante. Il en avait perdu tout sens de la délicatesse. Un homme comme lui n'était pas de ceux qui noircissent des cahiers ou adressent des lettres fleuve pour étaler leur mal-être au stalag.

Lui préférait se taire, parce qu'à ses yeux, la voie du silence était celle de la dignité. Quand on vit telle une bête dans un mouroir, sans aucun traitement de faveur, il ne reste plus qu'à se focaliser sur un plan d'évasion. Parmi la centaine de prisonniers polonais, russes, belges, français de la baraque, il s'était lié d'amitié avec un certain Moïse Luther. Forts de leur entraînement physique, ils avaient étudié une manière de se glisser en costume rayé sous des rangées de barbelés, sans éveiller l'attention d'une sentinelle. Finalement, ils s'étaient évadés ensemble avant de se perdre de vue au cours de leur traversée périlleuse de l'Allemagne.

Après un voyage dans un train bondé, marqué par de multiples sueurs froides, Lazare avait découvert un Paris affamé où fleurissaient les couples franco-allemands à la terrasse des cafés. Puis il avait éprouvé un choc face à ce Billancourt bombardé qu'il ne reconnut plus. Le cœur chancelant, il avait crevé de revoir Eulalie, mais le quartier était truffé de soldats allemands et, aux yeux de l'ennemi, il ne demeurait qu'un gibier pourchassé. Dorénavant, seul le symbole d'une résistance exaltée par des actes semblait à même de lui rendre un peu de dignité. Même si les attentats contre les forces allemandes s'étaient déjà multipliés et qu'un mouvement du Front national des étudiants créé par le parti communiste déployait de nombreuses actions, la Résistance parisienne n'en était qu'à ses balbutiements. Telle une évidence il s'en était rapproché en tant qu'homme issu de la classe ouvrière habitué à batailler ferme. Évadé, ne bénéficiant d'aucun ticket de rationnement, il avait jugé bon de rejoindre l'hôpital Laennec, où certains médecins avaient la réputation de soigner les Résistants. Grâce à la complicité d'infirmières qui faisaient des liaisons, il avait assez vite retrouvé la trace de sa femme et de sa fille, du temps où elles demeuraient chez Berthe Vandman.

La suite s'était avérée tout aussi cruelle et, à présent qu'il se retrouvait dans cette gare de Taponnat, alors que s'éteignait l'espoir de les retrouver, la seule loi dictée par la nécessité l'exhortait à rejoindre la Résistance locale, celle-ci même qui demeurait partout dénoncée sur les murs : « Les crimes terroristes contre l'autorité Vichyste sont d'une extrême gravité. » L'insoumission serait désormais son seul credo.

XII

LAZARE N'EST PAS FOU. Le soir venu, alors qu'il enfourche sa bicyclette, le ciel s'est couvert d'une épaisse couverture nuageuse, il fronce les sourcils, il a entendu le bruit d'un moteur d'avion à basse altitude. En raison de la fatigue, il aurait pu douter un instant s'il n'avait vu peu après des parachutes multicolores larguer une cargaison, probablement dans un coin de pré-désert... *Mon Dieu,* songe-t-il, *il y a un véritable risque...* Des maquisards en l'attente de containers bourrés d'armes préparaient sans doute une future insurrection pour le débarquement. Ils étaient nécessairement en liaison avec Londres grâce à leur réseau. Des pionniers, supposa-t-il, doté d'un bon dispositif : poste de transmission avec son émetteur radio et son récepteur. Le camp ne se trouvait pas loin, sûrement aux alentours de Chasseneuil, et il se mit à craindre pour eux. Ces parachutes multicolores risquaient de ne pas échapper aux autorités allemandes de La Rochefoucauld ou à quelques dénonciateurs. D'ailleurs, n'avait-il pas failli en faire les frais ?

Lazare mit des heures avant de se rapprocher du campement. À la lisière d'un pré, une cahute de planches lui mit suffisamment la puce à l'oreille pour identifier ce bivouac où trois hommes, au ras du sol, buvaient au goulot un liquide semblable à de l'eau-de-vie. Dans l'air se répandaient des vapeurs d'ersatz de café et d'herbes coupées tandis que, dans une décontraction évidente, les résistants se racontaient le déroulement de la soirée mouvementée qu'ils avaient vécue. Ils auraient dû sentir que les Boches étaient sur les dents, Lazare le humait, lui, et il ne savait comment manifester ses craintes aux intéressés. Un peu plus loin, on devinait la clarté d'une lampe dans une grange et, lorsque l'un des trois types donna le signal de Radio Londres, ils se hâtèrent de regagner le bâtiment. Pendant les minutes suivantes, que Lazare avait occupées à assouvir ses besoins naturels, un groupe de Fritz casqués jaillit d'un bois voisin, en faisant crépiter une rafale de mitrailleuse sur la grange.

Tout s'était déroulé en quelques secondes.

Les fumiers... glapit Lazare tout en se plaquant au sol, la trouille lui serrant les tripes.

Grâce à une petite porte au fond de l'écurie, deux maquisards réussirent à passer au travers des mailles du filet. Ils lancèrent des grenades sur l'ennemi avant de disparaître dans un bois. Fritz et collabos, baïonnette au canon, passèrent la grange au peigne fin.

Lazare, le regard distrait et angoissé, se mordait les lèvres au sang. Il entendit plusieurs coups de feu et distingua finalement des paroles :

— Chabert ! Embarquez ces sacs de patates !

Ce nom lui fit l'effet d'un coup de poing dans la figure. Il en avait le souffle coupé. Le cousin de sa femme se distinguait parmi les collabos. Indigné et meurtri, Lazare resta hagard, assistant à la sortie de ceux qui embarquaient les prisonniers, pas moins d'une dizaine d'hommes, dont deux aviateurs ainsi que des armes et des grenades. Chabert, qu'il reconnut à ses sacs de patates, le visage aussi anguleux qu'une tête de mort, les cheveux en brosse, sortit le dernier.

Espèce de fumier, proféra Lazare en les observant s'éloigner. Il se raidit, serra ses poings enragés, en proie à une terrible agitation. S'ensuivraient des tortures et interrogatoires à n'en plus finir. La prison, la déportation ou la fusillade les attendaient. Pourtant, il se remettait à peine du choc qu'il dut affronter le pire. La grange, baignée de cette odeur de mort et de poudre, révélait l'insoutenable spectacle de ces pauvres gars ensanglantés, gisant sur des bottes de foin, épaules et jambes déchiquetées à coups de baïonnette, puis abattus froidement parce qu'ils n'étaient déjà plus en état de dénoncer. Lazare fut soudain pris par l'envie de vomir ses tripes.

Il faillit hurler à s'en déchirer les poumons, mais seul un râle haineux sortit de sa poitrine comme il abandonnait les lieux. Des patrouilles, des barrages devaient fleurir en tous sens, le camp de la Braconne n'était pas très éloigné et son effectif ennemi comptait plusieurs centaines d'hommes ; autant dire que le danger suintait partout.

Comment contenir toute cette rage qui sourdait en lui ?

Oppressé, Lazare roula longtemps sans savoir où il allait, comme si la mort dansait encore devant ses yeux. Il longea une clairière, la tête vide, les mains tremblant de rage, meurtri de n'avoir rien pu faire pour éviter ce carnage. Il suivit un ruisseau et se retrouva soudain nez à nez avec des charbonniers, en train de monter un fourneau, une sorte de monticule arrondie. Concentrés à colmater leur ouvrage de manière à laisser passer un peu d'air nécessaire à la combustion des stères de bois, les deux ouvriers n'avaient pas remarqué la présence d'un étranger.

Lazare les salua aimablement en posant pied à terre.

— M'sieur, répondirent de concert les charbonniers.

— Je cherche du travail, attaqua sans ambages le nouveau venu en remarquant les tas de bûches amassés de part et d'autre.

— Tu t'y connais, toi, en fourneaux ?

— Bah, je ne vais pas vous mentir, rétorqua Lazare qui n'avait jamais veillé à l'évolution d'un brasier.

Il se contenta d'évaluer la lourdeur de la brouette de charbonnier avec sa grande roue lorsque celle-ci serait chargée de bois, et en déduisit que des bras supplémentaires ne leur seraient pas inutiles.

— La fabrication de charbon de bois ne s'improvise pas ! Détecter si une partie se consume mal, attiser un foyer ou être capable de surveiller un brûlage afin d'obtenir une bonne qualité de charbon requiert un savoir-faire. J'ai peur que l'on ne puisse pas grand-chose pour toi.

— Chaque geste du métier réclame un tour de main, renchérit le second, qui paraissait pourtant être un bon bougre.

— Je devine que le boulot est harassant dans cette fournaise d'enfer…

Lazare faillit ajouter qu'il connaissait la pénibilité d'une besogne, dans la mesure où il avait travaillé dans la métallurgie chez Renault, mais il tourna sa langue dans sa bouche avant de parler... Il se demanda un instant si ces hommes étaient au courant de la descente ennemie dans la grange, à quelques kilomètres de là, mais il préféra s'abstenir, encore une fois.

— Ce charbon de bois ravitaille les forges et les fonderies de Ruelle ? hasarda le jeune homme.

— Je vois que tu es au courant ! Il y a là une centaine de stères de bois qui vont brûler à petit feu pendant cinq à six jours. Dès demain, la première charbonnière va se consumer et il faudra en monter une seconde...

— Et cette hutte vous sert d'habitat, si je comprends bien ?

— Tu comprends bien.

— Pour ce qui est d'édifier une cheminée verticale, ce travail ne m'effraie pas, une hache, une serpe, un couteau-scie et le tour est joué, osa Lazare au risque de paraître présomptueux.

— J'accepte de te laisser ta chance pour la semaine. On aura besoin de toi pour débarrasser le charbon de sa cendre, si tu ne crains pas d'avaler de la poussière, consentit le patron à qui la tête du nouveau venu revenait...

— Vous n'aurez pas à le regretter !

Lazare se sentit secouru. Même si le désastre n'était pas près de s'effacer de son esprit, il eut encore la force d'afficher un sourire. Il ne se posait plus la question de savoir s'il serait apte à travailler dans un nuage de cendres, le visage noirci : ce travail précaire offrait une couverture. La journée l'avait tellement éprouvé qu'au fur et à mesure que la nuit approchait, il jaugeait sa chance de pouvoir s'abriter, au moins pour quelques jours. Le travail ne lui avait jamais fait peur, et ces gars-là lui paraissaient réglos. Ils ne lui avaient posé aucune question et leur devise révélait un sens certain de la camaraderie :

— Quand 'y en a pour deux, il y en a pour trois ! arbitra le patron en sortant de la hutte une besace à l'épaule, à l'heure du dîner.

Des effluves de jambon de pays firent monter l'eau à la bouche de Lazare tandis que le chef découpa de grandes tranches dans sa miche qui embaumait le seigle. Lorsque ce dernier lui tendit sa part de cette succulente pitance, lui qui n'avait pas mangé depuis la veille conclut que, cette fois-ci, la chance était enfin dans son camp !

— On ne connaît même pas ton nom fit remarquer le patron.

Lazare se présenta sous son nom de code, « Jokel ».

— Nous, on s'appelle Jean tous les deux. Aussi, pour se différencier, on s'est attribué des sobriquets. Moi, c'est Dubois, puisque j'ai acheté une coupe sur pieds de quelques hectares. Je suis également bûcheron. Mon employé, c'est Zéphir.

Le lendemain matin, une fumée à l'odeur de goudron se répandit dans l'atmosphère alors que Zéphir avait accompli le rituel du charbonnier. Il avait versé dans la cheminée un seau de charbon de bois en feu avant de remplir la cheminée de charbon, puis il avait recouvert l'orifice d'une motte de terre, percé quelques trous d'aération sur le pourtour de la meule, afin que le feu ne s'éteigne pas.

Lazare dégagea une place envahie de végétation afin d'en aplanir la surface pour construire la prochaine cheminée, puis il aida son patron à rouler le chargement de bois, et il observa comment disposer les étages de rondins afin d'obtenir la forme d'un dôme. Par le biais de gestes précis, Dubois tailla le pourtour avec sa houe, pendant que Lazare se chargeait de préparer une couche de terre qui servirait à recouvrir les mottes. C'était plus physique encore que ce qu'il avait imaginé, et il accueillit la pause avec soulagement.

— Heureusement que l'on peut encore gagner sa vie avec le charbon, même si nous autres, charbonniers, ne jouissons guère de bonne réputation, décréta le patron tandis qu'ils entamaient le casse-croûte avec du pain et des saucisses au cochon.

— Notre charbon est très prisé en raison du manque d'essence et, de ce fait, nous jouissons d'une certaine tranquillité, avoua Zéphir la bouche pleine.

— Et ne crois pas que nous manquions de distraction en forêt ! Dans cette zone, on assiste peu ou prou aux principaux passages clandestins de ceux qui veulent quitter la France de Vichy accompagnés de leurs passeurs, à peu près toujours les mêmes.

— Cela dit, nous, on ne voit rien, précisa Zéphir en jetant un coup d'œil complice vers le patron.

— Sauf que des fois, certaines scènes vous marquent plus que d'autres. Je me souviens de cette petite gamine aux yeux tristes qui courait derrière sa mère, une grande brune affolée... ça fait mal, c'était vraiment du gâchis, mais on ne peut pas prendre sur son dos toute la misère du monde.

Cette description ficha un coup à Lazare. Il se rembrunit, son front se plissa, mais il fit son possible pour donner le change.

— Ils sont si nombreux, ces pauvres gens en fuite. Ce régime sème la peur, que voulez-vous ! Et puis, il est hélas si facile d'envoyer des innocents au casse-pipe.

— Bon, ce n'est pas tout, mais le dressage de la meule nous attend, mon gars, rappela le patron.

La pause avait été courte mais salutaire. Lazare poursuivit la tâche en y puisant un certain réconfort. Ce travail l'apaisait. Dans l'environnement des chênes, des hêtres et des érables, il apprit vite à refroidir les gros tas de cendre avec une longue pelle en bois, sous une odeur âcre qui lui devint bientôt familière. Cette sensation de chaleur sur le visage ne lui était pas étrangère puisqu'il avait travaillé à l'atelier de carrossage chez Renault. Et puis il se plaisait à façonner quelque chose de ses mains, à l'aide d'un grand râteau de bois. Lorsqu'il débarrassait le charbon de sa cendre avant de le mettre en sac, il ne pensait plus aux choses irritantes. Le soir venu, il s'endormait dans la hutte du sommeil du juste.

*

* *

La conduite d'Eulalie n'avait servi qu'à augmenter la jalousie de Berthe. Sans doute lui inspirait-elle plus de mépris que d'amitié lorsqu'elle voyait madame Fontanel s'habiller avec soin pour se rendre aux Folies Bergère ? Avec ses airs de garçon manqué et ses yeux de raton laveur, Berthe avait toujours fait tapisserie au bal, n'allumant jamais la moindre lueur dans le regard des hommes. Eulalie avec son allure féline représentait tout ce qu'elle ne serait jamais. Puisque les Allemands étaient partout, exigeant d'elle le port de cette humiliante étoile de David planant comme une menace de mort, elle avait un instant songé que Lazare pourrait l'aider à échapper à son triste sort. L'idée de quitter Paris à ses côtés avait été grisante, Lazare n'ayant de toute façon, selon Berthe, plus rien à attendre d'Eulalie... Viril et courageux, il lui avait parlé de cet appel du 18 juin, en expliquant qu'un homme qui n'acceptait pas la servitude poursuivait le combat depuis l'Angleterre : le général Charles de Gaulle. Certains, qui jugeaient d'un sale œil la débandade de l'armée française, traversaient la Manche pour le suivre, et cela avait produit sur elle un effet bœuf. Alors qu'ils séjournaient chez les parents de Lazare, à l'ombre des prés verts à l'herbe grasse des collines du pays d'Auge où galopaient les nuages épris de ce décor paisible, Berthe aurait dû être taraudée d'une peur instinctive, mais la présence de Lazare lui avait fait tourner la tête. Même si les flancs des vallées accueillaient moins de vaches laitières que dans son imagination, il restait les pommiers, les façades de briques aux toits d'ardoise, les maisons à colombage souvent dissimulées dans le creux d'un hameau, un décor bucolique qui détenait l'incroyable pouvoir de modifier l'humeur. Ainsi, la longère des Fontanel lui avait fait l'effet d'un songe au milieu des herbages.

Pourtant, Berthe souffrait, ses pieds serrés dans des souliers à semelles de bois, mais elle avait tellement craint de se retrouver prise en otage au milieu de cette rafle parisienne que cette échappée aux côtés de Lazare lui avait redonné espoir.

Chez les parents de Lazare, elle avait hasardé un timide « bonjour Madame Fontanel » tandis que la mère s'était jetée dans les bras de son fils, les yeux humides de larmes en lui murmurant combien il lui avait manqué. Ce dernier n'avait pas su par où débuter pour remonter le fil de l'histoire. Les retrouvailles s'étaient passées de mots, le temps de la séparation avait été si long. Lazare avait appris que les Allemands avaient réquisitionné une partie du bétail, du fourrage, du charbon de la ferme. Il avait ouï dire que les soldats occupaient des milliers d'hectares pour leurs terrains de manœuvres en Normandie, et construisaient des cantonnements.

— Tu as donc été informé… avait soupiré la mère sans s'étendre sur le sujet.

— Et maintenant ?

— Pour l'instant, ça va, à part les arrestations de Juifs par la police allemande qui ont fait du bruit à Lisieux. Le refus du port de l'insigne et les anecdotes qui en découlent occupent des rubriques entières de faits divers. Je ne t'apprends pas que le refus de se soumettre aux règles conduit à l'arrestation, à l'internement au camp de Drancy… avait décrété la mère qui ignorait les origines de Berthe, que son fils venait de lui présenter.

— Mais où sont ta femme et ta fille ? s'était enquis avec raideur madame Fontanel, tandis qu'une lueur dans son regard trahissait les questions de toutes sortes que suscitait la présence de Berthe.

— Je suis sans nouvelles, s'était-il contenté de répondre alors que sa mère, assombrie, avait baissé les yeux.

— Seules à Boulogne, pendant tout ce temps, les pauvres petites ne se sont pourtant pas volatilisées...

À la manière dont il ne pipait mot pendant qu'elle continuait à l'interroger du regard, elle avait compris qu'il ne lui disait pas toute la vérité. Le cœur serré de chagrin, elle avait balayé un drôle de regard sur Berthe avant de poser les yeux sur ceux de son fils, perdu dans ses pensées.

L'écume mousseuse du lait fraîchement tiré dans des pots en fer disposés sur la table recouverte de toile cirée le ramena tout net aux souvenirs d'enfance et aux gestes de sa mère, lorsque cette dernière, qui assumait la traite des vaches, déposait le lait caillé dans les éclisses pour qu'il s'égoutte. Une boîte de Pandore ouverte sur un voyage d'enchantement aux effluves revigorants du calvados bu à petites lampées. Sa jeunesse lui revenait, avant qu'il n'ait fait le choix de partir à Paris, parce qu'il n'acceptait pas la condition de fils d'agriculteur qui lui était réservée parmi les siens.

Aux alentours de Lisieux, le cantonnement de troupes allemandes en provenance du front de l'Est n'avait duré que quelques jours, l'ennemi regagnant son prochain quartier en bord de mer, car l'état-major allemand préparait de nouvelles opérations. Les parents de Lazare, à l'instar de nombreux paysans normands qui avaient largement subi les mauvais traitements de l'occupant (les troupes épuisées n'avaient pas hésité à user des armes pour obtenir des denrées), s'étaient sentis soulagés. Dans l'écurie des Fontanel où les percherons réquisitionnés manquaient à l'appel, Berthe s'était retrouvée face à Lazare. Elle avait eu beau se répéter que c'était absurde de se jeter dans une bataille amoureuse de cet ordre, le charme ravageur de Lazare la bouleversait au-delà de l'entendement. Bien que le souvenir de la sublime Eulalie pesât terriblement sur sa conscience et qu'une telle fleur fût inoubliable, cette dernière laissait cependant une place vacante derrière elle... Et Berthe, qui tenait sa couche à quelques centimètres de celle de Lazare, grâce à ses arguments manipulateurs (elle se croyait douée pour ce genre de choses et l'avait prouvé en jouant de son ascendant sur Eulalie qu'elle avait convaincue de danser aux Folies Bergère), se persuadait qu'un discours empreint de douce commisération trouverait écho dans le cœur de son sauveur. Un cœur tendre, forcément, pour qui un peu de chaleur humaine ne serait pas de trop en ces temps difficiles. En dépit du grain de folie qui l'avait poussée dans une région occupée où l'Allemand était de plus en plus comminatoire envers les Juifs, elle essayait de trouver des repères, confinée dans l'écurie de la maison Fontanel, sous l'odeur forte des bottes de paille.

Elle avait curieusement interprété les sourires douloureux de Lazare face à sa pâleur excessive, lorsque ce dernier insistait pour qu'elle s'alimente : « Mais si, rien qu'un bouillon. » Elle se récriait avec un regard de biais pour qu'il la supplie, et cela fonctionnait. Quelqu'un prenait soin d'elle. Elle croyait voir dans ses airs une forme d'affection, presque certaine que cette fois-ci, la chance penchait de son côté, sous la bénédiction du souffle tiède des vaches, dans le silence obscur et puissant de la campagne augeronne. Un soir, il se rapprocha d'elle. Berthe discernait une drôle d'expression sur son visage. Ses cheveux désordonnés et son torse puissant révélaient un côté sauvage, il la dévisageait sous la lumière imprécise et elle crut que son instant de grâce était arrivé. Elle avait tellement attendu ce moment que, troublée au plus haut point lorsqu'il l'attira contre lui, elle se laissa emporter dans une fièvre qui lui fit perdre tout contrôle.

Berthe referma aussitôt ses bras autour de Lazare, et ce dernier tressaillit à son contact.

— Excuse-moi, dit-il en repoussant son étreinte... Je ne sais vraiment pas ce qui m'a pris !

Vexée, elle ressentit cet outrage au plus profond d'elle-même, et la tristesse s'empara de son esprit.

— Berthe, ce n'est plus possible, tu ne peux plus rester ici... soutint-il en réfléchissant rapidement.

— Je ne suis pas assez bien pour toi ! C'est ça ?

— Berthe, cela n'a rien à voir. À Lisieux, maintenant que tu disposes de nouveaux papiers d'identité, tu peux devenir agent de liaison, c'est une proposition comme une autre. Pour moi, le moment est également venu de quitter la Normandie.

Ces mots fendirent le cœur de Berthe, alias Marie Dulac. D'un seul coup, elle comprit qu'il n'y avait pas de miracle, et ses espoirs s'effeuillèrent en pétales jonchant le sol. Elle se mit à songer à la solitude qui reviendrait sous peu l'assaillir, à sa maison livrée à tous les vents, où il lui était impossible de retourner, tandis qu'une colère triste prenait possession de tout son être. Son visage se crispa parce qu'elle avait espéré qu'une fois au moins, elle aurait fait naître le désir dans le cœur d'un homme. Si elle avait rêvé la foudre, elle ne récoltait que le néant…

Lazare lui lâcha l'adresse d'un laitier à Lisieux, basé tout près du couvent des Carmélites, où elle pouvait espérer trouver de l'aide. Quant à lui, sa décision était prise, et ses plans restaient secrets. Toute proximité savamment tricotée par Berthe depuis des jours n'avait donc servi à rien, si ce n'est à déclencher une colère incendiaire que Lazare essaya de calmer :

— Berthe, je te rappelle que je suis marié !

— Et tu crois que ta femme se gêne, elle, de son côté ?

D'un seul coup, la vérité sur la liaison d'Eulalie avec le colonel se libéra, telle une craquelure profonde dans la roche. Face aux mots de Berthe qui exerçaient leur cruelle vengeance, Lazare, dans une bouffée d'agressivité, se mit à la secouer de toutes ses forces. Elle se dégagea de son étreinte avec difficulté et ramassa quelques affaires, tout en continuant de cracher sa haine :

— Ta gamine, elle est restée avenue Jean-Jaurès à Boulogne, si tu veux savoir !

— Arrête, je ne te crois pas !

— C'est pourtant la vérité.

— Barre-toi ! hurla-t-il, tel un damné, les yeux emplis de haine.

En route vers Lisieux, elle éprouvait de la honte et de l'agacement. Lazare l'avait mise à bout de nerfs, comme si simuler cet instant de rapprochement entre eux n'avait été qu'un prétexte pour se débarrasser d'elle. Elle rageait, pensant que sa vie affectait des allures de salle d'attente où tout ce qu'elle entreprenait était peine perdue. Même si l'impact de sa terrible révélation avait touché Lazare avec la violence d'une onde de choc, elle l'avait déjà presque oublié lorsqu'elle arriva aux abords de la cité de sainte Thérèse. De toute façon les hommes ici-bas ne s'infligeaient que des souffrances, et cette ville en ruines témoignait encore de cette cruauté. Il y avait eu à Lisieux tant de blessés et de morts que, pour se venger, on y faisait dérailler des trains, on y détruisait quelques hangars d'entretien de locomotives. Cependant, Berthe, de son côté, se sentait bien peu concernée par la lutte ! Tout ce qui lui restait d'humanité s'était enfui avec Lazare, et elle n'y pouvait rien…

Face au couvent des Carmélites à Lisieux, elle avait évalué les lieux en se disant que cet institut constituait peut-être sa dernière chance. Les nuages ondulaient et elle avait levé son visage vers le ciel pour accueillir les gouttes d'eau qui s'écrasèrent sur ses joues comme des perles. La pluie s'était accentuée. Berthe n'éprouvait plus aucune culpabilité, mais une tristesse lancinante…

XIII

Eulalie n'avait saisi le prénom de son ravisseur que bien plus tard. Il s'appelait Moïse. Ses vêtements étaient couverts de brindilles et de terre, ses sourcils anguleux coiffaient un rictus de mépris lorsque, de sa haute taille, il s'était penché pour pénétrer dans la cabane :

— Ne te fatigue pas, je sais tout sur toi ! Suis-moi, avait-il ordonné tandis qu'une lueur sauvage brillait dans ses yeux.

Il s'en était failli de peu pour qu'il ne les mette en joue toutes les deux. Beata, qui claquait des dents, s'était réfugiée dans le giron de sa mère.

— Vous n'avez pas honte d'effrayer ma fille à ce point, ce n'est qu'une enfant ! s'était indignée Eulalie, d'une voix tremblante, les yeux noyés de larmes.

Mais en fâcheuse posture, elles durent s'incliner au moment où l'homme empoignait la valise. D'un signe du menton et sans autre explication, il les avait escortées jusqu'à la voiture, et poussées sans ménagement dans l'habitacle, à l'arrière. Moïse avait pris la place du conducteur et avait engagé le véhicule dans des chemins qui longeaient les champs. Eulalie craignait l'avenir, les blessures, la souffrance, davantage pour sa fille que pour elle-même. Elle avait dû lutter contre un afflux de pensées. Sa fuite, sa relation trouble avec Lubin, tout revenait à sa mémoire, et précisément la manière dont elle avait quitté Paris comme une voleuse…

Dix heures plus tard, elles s'étaient retrouvées dans ce Paris occupé avec son spectacle de convois militaires dans les rues, son défilé de vélos-taxis, ses innombrables files d'attente devant les boutiques. À l'hôtel Lutetia, alors qu'une femme de chambre avait pris Beata en charge, Eulalie, étourdie par un long voyage effectué en catimini, avait affronté le colonel Lubin Von Baden dans tous ses états, se doutant bien qu'il lui réserverait un chien de sa chienne…

— Petite sotte ! Votre départ… un tel manque de savoir-vivre m'a profondément déçu ! Vous méritez une gifle, comme les enfants ! Ne me dites pas que vous vous êtes lassée des toilettes ou des dîners dans les restaurants luxueux, je ne vous croirais pas ! Qu'est-ce qui peut empêcher une femme de vivre un conte de fées ? lança-t-il l'œil hargneux.

— Vous semblez oublier que j'ai un mari…

Von Baden éclata de rire.

— Vous effectuez tout à l'envers, Madame Fontanel. Si vous aviez voulu obtenir des nouvelles de votre mari, il y a bien longtemps que vous m'en auriez demandé, n'est-ce pas ? Je ne vous ai jamais rien refusé. Et votre petite fille que vous traînez derrière vous comme un jouet, c'est indigne d'une mère ! Vous n'imaginez pas à quel point j'ai été contrarié par votre comportement !

La virulence du ton la rendait vulnérable, et elle dut prendre sur elle pour trouver le courage de rétorquer :

— Et vous pensez que cela justifie vos manières d'agir ?

— Moïse est un garçon courtois, et je n'ai pas de leçon à recevoir de vous, Madame Fontanel.

Un vide sidéral parcourut l'échine de l'intéressée qui baissa les yeux.

— On ne vit pas avec le poids de la culpabilité, ni avec celui des regrets. Vous ignorez sans doute ce que représente l'attente interminable d'un proche. Le silence de mon mari m'a rendue folle et fragile à la fois.

— Vous allez me faire pleurer, avec vos sentiments contradictoires ! Vous avez trop lu la presse féminine, Madame Fontanel… Mais en réalité, vous n'aimez personne, pas même votre fille…

— Ne dites pas ça !

Lubin la dévisagea. Son visage de masque lui était devenu étranger.

En dépit des signes de fatigue qui s'affichaient sur les traits sans fard d'Eulalie, l'éclat de ses yeux pétillants la rendait séduisante. L'austérité de sa tenue et ses cheveux plus longs restituaient son côté troublant et désirable, si bien qu'un sourire effleura lentement les lèvres de Lubin qui n'était pas insensible à son charme. Il poursuivit d'un ton léger :

— Enfin, vous n'êtes pas pire que votre amie Berthe Vandman, qui a fui Paris pour intégrer un réseau de Résistance.

— Mais enfin, que me dites-vous ? Berthe a été raflée au cours du mois de juillet !

— De qui tenez-vous ce mensonge ?

— Berthe n'a-t-elle pas été déportée dans l'un de ces camps de travail ?

— Berthe a filé à l'anglaise, comme on dit ici... conclut Lubin alors que de délicates odeurs de plats cuisinés montaient aux narines d'Eulalie qui, depuis des jours, avait dû se contenter d'ersatz...

— Je meurs de faim ! Pas vous, Madame Fontanel ? avisa le colonel tandis que le personnel du Lutetia apprêtait le couvert, sur le point de servir des œufs brouillés accompagnés de sauternes. Nous parlerons mieux en déjeunant, se radoucit-il en invitant Eulalie à s'asseoir à sa table.

Von Baden tendit son verre vers son invitée et l'obligea à trinquer.

— Soyons sérieux, votre mari ne peut plus grand-chose pour vous, Eulalie. J'en connais long à son sujet. Évadé des stalags, Lazare Fontanel est un terroriste... Il doit être interrogé par la police de sûreté allemande.

Elle demeura le souffle coupé face à cet homme redoutable, et posa son verre aussi sec. Sentant son cœur s'emballer, elle déglutit avec difficulté. Ce rapport sur Lazare lui procura une étrange émotion. Elle n'était plus certaine de savoir qui il était devenu, tant d'événements avaient bouleversé le cours de la vie, depuis qu'ils étaient séparés, qu'elle tenta avec peine de démêler l'écheveau de ses souvenirs.

— Mon époux est donc vivant ?

— On ne peut plus vivant, Madame Fontanel...

— Où se trouve-t-il ?

— C'est ce que nous cherchons à élucider, et je compte sur vous pour nous y aider.

Toute la dangerosité de Lubin lui apparut soudain, et l'air devint encore plus irrespirable… Une envie de vomir lui souleva le cœur. Il venait de lui avouer la véritable raison pour laquelle il l'avait fait revenir à Paris et elle comprit que cette cohabitation deviendrait vite invivable.

Lubin observa longuement l'expression changeante de ses traits au fur et à mesure que la terreur gagnait du terrain dans ses yeux.

— Mangez ! ordonna-t-il, il vous faut reprendre des forces, Cléopâtre.

Un petit rire insolent accompagna ses paroles.

Bien que le fait d'accepter cette coopération lui parût impossible, elle ne pouvait que donner le change. De plus, il aurait été trop humiliant de flancher devant lui, alors elle se vengea sur ses œufs qu'elle dévora aussitôt.

— Vous avez démontré que trahir ne vous fait pas peur, vous n'avez plus qu'à poursuivre sur votre lancée ! ironisa-t-il…

Eulalie ferma les yeux le temps de retenir les larmes qu'elle sentit affluer. Elle aurait voulu se boucher les oreilles pour ne plus l'entendre.

— Lazare ne m'a pas donné signe de vie depuis plus de trois ans. Qu'espérez-vous de moi ?

Il vida son verre de sauternes et la regarda droit dans les yeux, avant d'enchaîner sur un ton persuasif :

— Que vous alliez l'attendre chez vos cousins, les Chabert.

— Mais enfin, c'est ridicule ! laissa échapper Eulalie, étonnée de pareille réaction.

Devant son incompréhension mêlée d'inquiétude, Lubin savoura son air stupéfait.

— Ce sont mes ordres, Madame Fontanel, il faut vous y soumettre avec résignation. Vous séjournerez à La Rochefoucauld le temps que Lazare vienne vous y rejoindre. Il viendra… je n'ai aucun doute là-dessus… dit-il en lui effleurant la main. Et puis, je crois que vous aimez l'air de la campagne, des Charentes en particulier…

Des gouttes de sueur glissaient le long de la nuque d'Eulalie, tandis qu'elle rêvait de le repousser violemment. Malgré la colère qui rugissait au tréfonds d'elle-même, elle parvenait encore à soutenir le regard de Lubin sans ciller.

— Une dernière faveur avant votre départ, Cléopâtra. Notre grand amiral de l'Abwehr ainsi que des hauts gradés de l'armée allemande sont en visite à Paris ce soir, vous me ferez donc l'honneur de m'accompagner pour dîner. Vous porterez le tailleur haute couture que je vous ai offert. Celui que vous avez bêtement oublié chez madame Vandman et que mes hommes ont rapporté. Avouez que c'est dommage de vous en priver, il vous va à ravir. À ce titre, je suis désolé de vous voir piteusement affublée de cette veste défraîchie coupée dans un complet-veston.

Elle renversa la tête en arrière dans un frisson incontrôlé. Elle aurait dû crier qu'elle n'était pas sa chose, mais elle pensa très fort à Beata qui avait encore besoin de sa mère. Il fallait donc amadouer le bourreau, se soumettre sans broncher pour éviter l'escalade dramatique.

— Je le porterai ce soir... affirma-t-elle d'une voix vacillante.

Un éclair de fierté traversa l'œil de Lubin qui accueillit cette soudaine docilité comme un honneur.

— C'est ainsi que je vous aime. Pourquoi ne pas vous montrer toujours aussi conciliante ?

Il ébaucha un sourire pendant qu'elle se demandait comment un cœur pouvait abriter autant de cruauté. Le plan de Von Baden lui répugnait. Elle courait au désastre puisqu'elle servirait bientôt d'appât pour Lazare. Un séisme de ce genre ne l'avait encore jamais traversée.

La chambrière la rassura sur le sort de Beata qui se trouvait entre de bonnes mains. Cette dernière se proposa même de lui préparer un trousseau avant son départ en Charente. Eulalie eut un sourire qui ressemblait à une grimace, mais elle s'efforça de faire encore bonne figure, tout à sa mission immédiate qui consistait à se mettre sur son trente et un pour accompagner Von Baden en ville, le soir même. Bien que les intentions de ce dernier fussent claires, elle évita de tomber dans une humeur sombre. C'était son problème et personne ne volerait à son secours. Seule dans sa chambre, elle s'abandonna un moment au confort des oreillers disposés sur le grand lit pour reprendre ses esprits, en s'assurant qu'elle s'y trouvait bien mieux qu'à croupir dans la prison du Cherche-Midi, juste en face !

Pendant ce temps, Lubin Von Baden s'était rapproché de sa hiérarchie dans l'élégante salle au tapis rouge où se tenaient les bureaux de l'Abwehr. Les exécutions s'enchaînaient à Balard, au Mont-Valérien, selon une logique implacable. Dans le collimateur de la sécurité tombaient toutes sortes de terroristes pour détention de tracts gaullistes ou activité de « franc-tireur », ou encore des membres de réseaux d'espionnage impliqués dans la destruction de navires allemands, ainsi que grand nombre d'agents de la SNCF incarcérés à la Santé en l'attente de jugement au tribunal du Gross Paris. La liste s'agrandissait au fil des jours, et le haut commandement des forces armées était sur les dents. En ce mois de septembre 1942 se tenaient des pourparlers avec l'amiral Canaris, de passage à Paris, qui rencontrait ses subordonnés pour évoquer des dossiers complexes tels que l'intégration des agents doubles aux opérations militaires. On y examinait les renseignements sur les agents ennemis, on se penchait sur la connaissance intime des hommes, on recueillait et analysait avec rigueur des indices, on évaluait les combinaisons comme dans une partie d'échecs, tandis que des rumeurs sur la proximité du débarquement permettaient aux plus prompts de saisir la portée indéniable de cette action. Lubin griffonna un rapport avec conviction, en faisant observer la vulnérabilité du système, révélant l'identité de certains espions qui semaient la confusion. Son esprit vif reprenait du poil de la bête. Sans doute était-il lié à son moral ? Si son orgueil avait été rudement éprouvé au départ de sa protégée pour laquelle il aurait remué ciel et terre, il n'avait pas mis longtemps à élaborer une stratégie qui lui permettrait de coincer Lazare Fontanel. Ce dernier, par le biais de son réseau de Résistance, avait réussi à détruire des listes de noms de prisonniers échappés des stalags. C'était la principale raison pour laquelle il était très recherché des services de sécurité. L'arrêter représentait en quelque sorte, pour le colonel Von Baden, la certitude d'inspirer une plus grande confiance à ses mentors. Ce serait une excellente manière de redorer son blason, car depuis l'exploit de l'agent Hugo Bleicher qui s'était particulièrement distingué fin 1941 dans plusieurs missions, dont la capture de Mathilde Carre, une infirmière française espionnant pour le compte des Alliés qu'il avait réussi à convertir en agent double pour l'envoyer espionner en Angleterre, ainsi que depuis le démantèlement de réseaux britanniques d'espionnage, les performances de l'Abwehr soulevaient bien des critiques de la part des dirigeants du IIIe Reich.

Eulalie ajusta ses bas de soie avec précision puis, en positionnant sa jupe sur ses hanches, elle eut la désagréable sensation de constater combien elle avait maigri. Agacée, elle poudra ses joues avec la houppette et, d'une main qui tremblait un peu, elle appliqua du rouge vermillon sur ses lèvres et termina par un trait de khôl sur ses yeux, avant de s'asperger avec le flacon vaporisateur à sa disposition sur la tablette. Les fragrances du Chanel n° 5 dont Lubin raffolait se répandirent dans l'atmosphère.

Ce soir-là, le chauffeur déposa les amants au Ritz, 15, place Vendôme, devant les soldats en faction. Dans un salon de réception, elle y reconnut des femmes exhibant émeraudes et zibelines, caracolant autour de gros industriels du minerai de fer dans leurs dîners de tractation. Ce monde lui était indifférent. Dans cette riche marginalité qui semblait en apparence entretenir des relations amicales, les mets à profusion aidaient à délier les langues. Lubin, quant à lui, tirait fierté de s'afficher aux côtés de sa conquête dans un lieu de cette réputation, fondé par César Ritz, celui qui passait pour le plus grand chef du monde. Au cours de cette soirée, Eulalie conserva son visage crispé, ses lèvres scellées. Sa beauté était pourtant irrésistible, mais son esprit dormait dans un tiroir secret, derrière ce voile de soumission.

Elle n'était guère portée sur l'amour et les plaisirs physiques et, en dépit des apparences, l'attirance qu'elle avait ressentie pour Lubin n'incarnait plus qu'un lointain souvenir. Un faux pas bien cher payé. Son cœur n'en finissait plus de subir les assauts d'une lutte intérieure semée de culpabilité. Ce soir-là, sa gorge se serra de plus belle lorsqu'ils se retrouvèrent dans l'intimité de la chambre. Impuissante, elle le laissa savourer sa victoire, comprenant à travers son regard qu'aucune femme ne l'avait comblé à la manière de son corps de liane. Elle lisait sa faim dans ses yeux foncés de désir, plongés dans les siens. Il s'accrochait à chaque centimètre de sa peau dans une plainte silencieuse, et elle ne savait que faire. Alors elle lutta pour se contrôler en se mordant les lèvres. Cette passivité servile qui la rendait aussi froide que du marbre ne décourageait pas pour autant le colonel. À contrecœur, elle accepta de se donner tout entière, absente et condamnée sous le regard de Lubin qui ne l'avait pas quittée.

La tête encore enfouie dans l'oreiller, elle fut tirée de son sommeil dès potron-minet, par une femme de chambre qui lui intima de se préparer dans l'urgence. Soulagée de constater l'absence de Lubin, elle se leva, nauséeuse, et demanda à voir sa fille à l'instant où un rayon de lumière baignait la chambre du Lutetia. Elle jeta un œil sur les toitures grises d'ardoise et de zinc d'où émergeait le dôme du Panthéon, tandis que sur le boulevard Raspail, la sentinelle armée qui gardait l'entrée lui donna le tournis.

Joliment coiffée et vêtue d'un manteau ample qui tournait autour de sa taille, Beata fit une apparition plutôt grincheuse, sans doute inquiète de la trop longue séparation d'avec sa mère. Les retrouvailles n'en furent que plus appréciées. Eulalie passa la main dans les cheveux châtains ondulés de sa fille en retenant son envie de pleurer. Beata était devenue sa seule raison de vivre, celle qui lui redonnait sa force aveugle. Voulant aborder le monde le cœur plein d'espoir, elle prit la petite main de sa fille et lui parla d'un ton enjoué qui suffit à lui redonner belle humeur. Un jour, peut-être, elle lui expliquerait les raisons pour lesquelles elle avait troqué son existence contre une vie d'errance insensée, mais en attendant, elle devait préserver son enfance de l'humanité décadente qui florissait dans ce terrible contexte de l'Occupation. Ensemble, la mère et l'enfant formaient un seul corps, une connivence de chaque instant les rendant prêtes à affronter l'indicible, et lorsque la valise fut bouclée, elles abordèrent le départ avec dignité.

En montant dans cette voiture, Eulalie vit le regard arrogant de Moïse qui les poussa sans ménagement sur la banquette arrière avant de claquer la portière. Puis la berline s'ébranla en direction des grandes avenues et des boulevards, où des sentinelles montaient la garde près de l'Assemblée nationale. Les quais de Seine, humiliés par les bombardements, déploraient des dégâts encore visibles autour des usines Citroën et Thomson. Dans les rues, la police interdisait les files d'attente devant les boutiques, la pénurie s'affichait partout, et la ville se préparait à affronter un nouvel hiver, peut-être plus terrible encore que le précédent. Les filatures dans tous les arrondissements soumis aux exigences du commandement allemand allaient bon train. Le chauffeur freina autour de la gare de marchandises de Grenelle, le temps d'attraper au vol une enveloppe qu'un type lui remit, et ils quittèrent finalement Paris par la porte d'Orléans. Eulalie songea à Berthe qu'elle avait crue prisonnière dans un camp de travail à Pithiviers où à Beaune-la-Rolande. Que devait-elle en déduire ? Les dernières révélations de son colonel se mélangèrent dans son esprit sous le bruit du moteur toussotant. La voiture croisa plusieurs patrouilles dont les soldats se bornèrent à contrôler les papiers d'identité sous l'œil méfiant du chauffeur qui ne se départait jamais de son sang-froid. Quand ils s'arrêtèrent dans la région de Tours pour se requinquer, les feuilles tournoyaient dans le ciel d'automne sous une bouffée d'air frais qui annonçait le changement de saison. L'accompagnateur extirpa du coffre un sac de victuailles droit sorti des cuisines du Lutetia.

Il fut le bienvenu : du pain, des œufs, de la volaille et des fruits. Elles mangèrent avec appétit et apprécièrent le breuvage. Moïse n'exerça aucune pression sur elles, les laissant même se dégourdir les jambes.

Les paupières lourdes, bercées par le ronronnement du moteur, elles s'assoupirent pendant le trajet qui les séparait de chez les Chabert. Cependant, Eulalie se réveilla en sursaut, non loin de La Rochefoucauld, les tempes mouillées de sueur, oppressée. Elle avait dû pressentir qu'ils approchaient, et l'idée d'affronter les Chabert déclencha chez elle une baisse de moral qui n'annonçait rien de bon. Elle se tourna vers sa fille aux cheveux ébouriffés, qui dormait, le pouce dans la bouche, sa poupée tout contre elle. *Le temps viendra bien assez tôt de te réveiller,* songea-t-elle.

Tandis que le conducteur s'engageait franchement sur une route étroite et cabossée, elle ne put réprimer un frisson. Ces lieux lui rappelaient de mauvais souvenirs, mais elle n'eut guère le temps d'y songer que déjà la voiture pénétra dans la cour de la ferme, où le chien de la maison se mit à aboyer. Alertée par le bruit du moteur, la grosse Noémie Chabert apparut sur le seuil, comme si elle s'était tenue derrière sa porte, à guetter les nouveaux arrivants. Si l'expression revêche de son visage taillé à la hache sous son mouchoir de tête révélait les traits de sa personnalité, elle ne tarda pas à se radoucir. Sans doute fit-elle un effort inouï pour peindre un masque serein sur sa face lorsque les dames Fontanel descendirent de voiture.

— Vous devez mourir de fatigue après ce long voyage ? N'est-ce pas, Eulalie… bêla l'hôtesse d'une voix vibrante d'excitation après avoir échangé une poignée de main avec sa cousine.

Puis elle observa les nouvelles venues sous toutes les coutures en haussant les sourcils de stupéfaction.

Mon Dieu des Parisiennes, des vraies, pensa-t-elle.

Elle les jaugeait de la manière dont elle procédait avec les bœufs qu'elle engraissait jadis au pain de noix et à la farine de seigle, et dont les ventes fournissaient de bons bénéfices. Bien qu'il ne lui restât que deux vaches, ses vêtements fleuraient toujours l'étable et le lait caillé.

Eulalie, presque surprise de ces paroles charitables, perçut aussitôt toute la puissance contenue chez cette cousine sur le déclin, qui effrayait Beata. Cette dernière se réfugia dans les jupes de sa mère pour lui chuchoter :

— Elle a du poil au menton, et sur ses jambes !

Eulalie lui fit signe de se taire, ce qu'elle fit. Pendant ce temps, le chauffeur avait déposé la valise aux pieds des voyageuses et se préparait à lever le camp, lorsque Noémie l'interpella d'une voix torve :

— Moïse, tu n'as rien pour moi ?

Il remit à la Chabert la fameuse enveloppe qu'elle enfouit dans la poche de son tablier, et leur regard sans équivoque laissa Eulalie éberluée. Ce geste confirmait qu'elles étaient traitées comme de vulgaires marchandises, et elle ressentit la souffrance de cet assujettissement dans sa chair.

Au départ de Moïse, le silence inconfortable fut vite rompu par Noémie qui invita ses cousines à entrer dans sa maison charentaise, faite d'un seul bloc. D'un coup d'œil fébrile, Eulalie évalua l'intérieur de ce monde sombre et austère à la prégnante odeur de chou, la petite main de sa fille bien serrée dans la sienne. Sur le plancher inégal de la pièce humide cohabitaient le garde-manger et la maie pour le stockage des denrées. La massive cheminée à l'ancienne, couleur charbon avec ses landiers, se tenait au fond, à l'opposé du lit. Le vieil évier en pierre où s'entassaient casseroles et gamelles, surmonté par une lucarne ovale, apportait une légère clarté à l'ensemble. À coup sûr, l'escalier desservait le grenier qui ferait office de chambre dans la mansarde…

— Les commodités sont à l'extérieur ! indiqua la matrone alors que Beata était prise d'un besoin urgent.

Les dames Fontanel longèrent les rangs de haricots verts et de salades du potager, à l'ombre des grands cerisiers et des poiriers regorgeant de fruits qu'elles contournèrent pour atteindre le cabanon de bois au toit en tôle rouillée servant de toilettes. Le lieu était fréquenté par des ronces et survolé d'énormes mouches bleues qui bourdonnaient dans une odeur immonde au-dessus du trou nauséabond, si bien que Beata prit d'elle-même l'initiative de s'accroupir au milieu des rangs de poireaux voisins en riant aux éclats. Eulalie envia cette capacité de rebond joyeux que détenait sa fille, qui palliait le manque d'hygiène avec un naturel déconcertant. Ce court instant de liberté au milieu de la servitude fut comme la brisure d'un éclat de glace sous la pression.

Dès le lendemain, Noémie révéla son vrai visage. Ses yeux fous ne se posaient nulle part. Eulalie et

Beata, après le peu de sommeil dont elles avaient bénéficié dans la mansarde délabrée, se doutaient bien que la geôlière débordait d'idées pour remplir leurs journées. En guise de bonjour, fusa un : « Mets des galoches, fais pas ta fière ! » Elle désigna des yeux la paire en question avant d'intimer à ses cousines de s'occuper du ramassage des pommes de terre. Après avoir trempé un malheureux quignon de pain dans un médiocre café au lait, elles prirent la direction du champ et s'exécutèrent sans rechigner, armées d'une fourche bêche. Cependant, Eulalie, qui était peu rompue aux méthodes de travail des gens de la campagne, s'attira vite les foudres de la paysanne aguerrie.

— Au prix où sont les pommes de terre, je ne te permets pas d'endommager les tubercules ! Puisque j'ai affaire à une incapable, contente-toi de les débarrasser de la terre et de les mettre dans les paniers, ça au moins, tu sauras le faire ! Même ta gamine saura le faire !

— Pire que des louis d'or, ses patates, murmura Eulalie qui se doutait bien qu'elle ne tiendrait pas longtemps face à de tels sarcasmes.

La petite Beata trouvait sa consolation auprès du chien au pelage safran, Rex, qui s'était vite pris d'affection pour elle. Il l'avait même conduite secrètement à l'étable pour observer la matrone traire ses deux vaches. Impressionnée par les pis gonflés des limousines que la Chabert pressait jusqu'à voir surgir le lait dans le seau en fer-blanc, Beata en était restée bouche bée. L'odeur de litière poussiéreuse se mêlait à celle de la terre qui maculait la croupe des bêtes, et même si la petite n'y trouva aucun désagrément, elle interrompit vite sa rêverie de peur de se voir gourmander par Noémie qui n'allait pas tarder à lever son gros derrière pour triturer son fumier.

Certains soirs, à la nuit tombée, alors qu'Eulalie feignait l'indifférence, un peu en apnée derrière la petite fenêtre de la mansarde, l'attitude de Noémie prenait un tour aberrant. La cousine recevait les douaniers afin de leur graisser la patte. Souvent, les Allemands mangeaient à sa table le dernier cochon gras tué à la ferme dont elle stockait la viande dans les grands saloirs, des œufs de ses volailles, ils buvaient de l'alcool de prunes ou du lait, tandis qu'elle n'hésitait pas à dénoncer quelques voisins qui cachaient des clandestins. Pendant que la mère et l'enfant devaient attendre le bon vouloir de la cousine pour obtenir une maigre ration, cette dernière commettait des excès de patriotisme !

Eulalie faisait des cauchemars. Dans la terreur et la solitude, elle ressassait sa rage impuissante. Lazare Fontanel était décidément devenu l'homme à abattre, et l'enjeu de sa capture devait être de taille. Pourtant, de là à monter ce piège diabolique avec la complicité de la Chabert, il y avait de quoi se poser des questions sur la santé mentale de sa cousine, à moins que l'appât du gain ne l'ait fait triompher du scrupule. Pourquoi Lazare était-il tant recherché ? Cette traque expliquait probablement que Lazare se fût tenu aussi longtemps éloigné de Boulogne-Billancourt. Possible, même, que le jeu de séduction du colonel Von Baden ait été exercé dans le seul but d'arrêter son époux ? Plus que jamais, elle aurait eu besoin de la vérité, mais elle devait faire sans.

Si les femmes ne s'adressaient guère la parole à la ferme, la Chabert attaqua sèchement sa cousine un soir au moment de dîner, alors qu'elle s'apprêtait à nouer sa serviette de table autour de son cou.

— Demain matin, tu prends mon vélo et tu files à l'épicerie près de l'église me chercher du tabac, compris ?

Eulalie acquiesça en feignant la sérénité. Alors que Noémie essuyait ses doigts poisseux sur son tablier en continuant de l'observer, la belle voyait transpirer toute sa haine sur son visage brunâtre.

— Ça te promènera ! ajouta-t-elle dans un rictus édenté, tandis qu'Eulalie prenait forcément conscience des menaces qui planaient dans l'ombre.

Dans l'immédiat, bien qu'anxieuse à l'idée de confier Beata à cet oiseau de malheur l'espace de quelques heures, elle contint sa colère, sans émettre une seule remarque.

XIV

À L'HORIZON, le soleil semblait tamisé de brumes automnales lorsque Eulalie enfourcha la bicyclette postée le long de la grange pour se rendre à La Rochefoucauld. Des nappes de brouillard blanchâtres s'élevaient des ruisseaux, couvrant les prairies et leurs bouquets d'arbres. Ce décor lui donnait le sentiment de parcourir un rêve tout éveillée alors qu'elle empruntait les cahoteux chemins de campagne. Soudain, un lièvre bondit au milieu du sentier, chanceux de ne pas avoir eu affaire à un braconnier. Affolé, il détala en direction de la haie, sous les aboiements lointains des chiens des fermes voisines. Eulalie suivait rigoureusement le tracé que Noémie lui avait indiqué la veille afin d'éviter les patrouilles et les postes de contrôle de la ligne de démarcation. Au croisement de routes, elle contourna les roues de brouettes en réparation d'un atelier de charronnage, et aperçut quelques mètres plus bas la première auberge du bourg qui exhalait une légère odeur de Suze à la gentiane. Après deux ou trois tours de pédalier, chaloupant de plus belle sur sa bicyclette tandis que la rue s'animait de ses négoces, elle aperçut le magnifique château qui dominait fièrement les lieux. Normalement, le parcours ne présentait plus de réel danger, mais elle éprouva un étrange pincement au cœur, comme une réticence à aller de l'avant. Elle se raidit hésitante, s'arrêta un instant, assaillie par le doute, mais la pente douce de la rue l'entraîna vers le centre du bourg et elle céda malgré tout à un vertige de curiosité. La devanture d'une mercerie, l'échoppe d'un sabotier, l'atelier du charron qui réparait une vieille charrette l'incitaient à renouer avec les plaisirs d'une promenade... Elle évita les abords de la halle aux grains où siégeait la prison allemande, et repéra vite l'épicier-buraliste près de l'église gothique, où la mère Chabert l'avait missionnée pour lui procurer du tabac. Toutefois, la pancarte placardée sur la porte close indiquait que le commerçant s'était absenté, aussi décida-t-elle de patienter dans la rue Liancourt. Appuyée contre un muret, elle patienta en rêvassant et, bien que sa faim, stimulée par le trajet à vélo la rappelât à l'ordre, elle s'efforça de penser à autre chose. Le vent couvait la pluie et Eulalie songea qu'elle n'échapperait pas à l'averse sur le chemin du retour, lorsque l'incroyable se produisit devant ses yeux... Sidérée, elle se demanda si elle n'était pas en proie à une bouffée délirante, mais non ! Elle dut se rendre à l'évidence. C'était bien lui, Lazare, qui se tenait dans sa ligne de mire à côté de l'église. Ses cheveux n'avaient pas vu le coiffeur depuis longtemps, sa canadienne hors d'âge laissait deviner sa vie d'errance, mais son pas, son allure, elle les aurait reconnus entre des milliers. Le cœur d'Eulalie faillit éclater sous la pression et elle se sentit cruellement partagée entre l'envie de courir vers lui, et celle de se dissimuler sous le porche voisin. Bien que l'instinct lui dictât de se cacher, son cœur lourd hurlait en silence de ne pouvoir lui offrir la chaleur de ses bras. S'il courait vers elle, il était certain que le piège se refermerait sur eux. Le quartier paraissait un peu animé et elle pria pour qu'il ne l'ait pas remarquée quand elle se glissa dans une encoignure. Des hoquets de larmes secouèrent sa poitrine avec force. Une douleur aiguë l'habitait, creusant en elle un vide qui implorait d'être comblé. Il lui avait suffi de le revoir une seconde pour comprendre combien elle n'avait jamais cessé de l'aimer, combien elle aurait payé cher pour sentir les battements de son cœur contre le sien, poser sa tête un seul instant sur son épaule, mais le destin en avait décidé autrement. Des soldats, armes à la main, passèrent dans la rue, et lorsqu'elle leva les yeux vers l'église, Lazare avait disparu. À peine l'avait-elle revu qu'il fallait déjà se contenter de ce souvenir évanescent nappé de tristesse. La sensation de l'avoir abandonné à son sort lui arracha le cœur.

Cet instant aurait pu virer au drame si elle n'avait pas eu le bon réflexe, car elle eut aussitôt la certitude que ce piège avait été fomenté par la Chabert, de connivence avec l'épicerie. En réalité, sa cousine n'avait jamais eu besoin de tabac. La Chabert détestait les combattants de l'ombre ! Eulalie se sentait en proie à une grande confusion. Elle resta de longues minutes pétrifiée de stupeur, les mains tremblantes. Puis, elle s'efforça de reprendre sa respiration. *Du cran !* se répéta-t-elle pour se donner du courage. Lazare venait d'échapper au pire. Bien que chancelante, elle empoigna vaillamment sa bicyclette, en ravalant son dégoût et sa peine. Après tant de souffrances, elle n'espérait plus que l'heure de la vengeance.

Eulalie n'éprouvait plus la sensation de faim au moment où elle remonta en selle pour s'éloigner du quartier de l'église. La tristesse la submergeait comme une lame de fond, mais il fallait pourtant qu'elle retourne chez Noémie qui avait la garde de Beata. Sur la route de la ferme, alors qu'elle s'engageait sur une petite côte longeant une prairie où paissait un troupeau, elle sentit un étrange soubresaut qui lui fit poser pied à terre. Elle n'eut pas besoin de tâter le pneu avant du vélo pour constater qu'il était à plat.

— Zut ! il ne manquait plus que ça ! pesta-t-elle sous l'œil impassible des bovins.

Elle se sentit minable et cela ne faisait qu'enfoncer le clou contre elle-même. Aussi, puisqu'aucune main charitable ne se tendait et qu'elle n'envisageait pas de parcourir la distance à pied, l'idée lui vint de longer l'enclos à bétail sur sa droite et de suivre l'allée en terre battue qui menait probablement à une ferme… Mais quelle ne fut pas sa stupeur de découvrir une élégante maison de maître agrémentée de jolis balcons avec sa vaste cour accolée au jardin ! Les nuages noirs s'étaient dissipés, et même si un halo lumineux émergeait, éclairant la façade, une voix masculine, dans son dos la fit sursauter :

— Qui cherchez-vous ?

Eulalie fit volte-face. L'homme arrivé sur la pointe des pieds ne lui était en réalité pas étranger. Sa calvitie qui faisait reluire le haut de sa tête, ses petits yeux enfoncés, la monture de ses lunettes, pas de doute… Elle ne mit pas longtemps à l'identifier.

— J'ai été victime d'une crevaison… je cherchais un peu d'aide, bredouilla-t-elle.

Hubert de Bireteau s'avança, l'air suspicieux, alors que les pensées d'Eulalie se bousculaient dans sa tête. De Bireteau au bureau Otto, de Bireteau dans le train, de Bireteau chez Atalis Dumont. L'air s'emplit soudain de moiteur le temps qu'il tâtonnait le pneu, visiblement embêté. Son discours navré au sujet de son départ prochain aurait incité la jeune femme à tourner les talons pour chercher de l'aide ailleurs si Léonie de Bireteau, du haut de son élégance chapeautée, n'était apparue sur le perron, alertée par le bruit de la conversation.

— Fichtre ! La passagère du Paris-Angoulême ! Le monde est petit ! Que faites-vous ici ? s'écria-t-elle en s'approchant.

— Tu ne vois pas que son pneu est crevé ? s'irrita Hubert.

— Et ne me dis pas que tu comptes regonfler sa roue ? Laisse-moi rire !

— Pourquoi faut-il que tu parles à tort et à travers ? fit remarquer l'époux pendant que Léonie s'éternisait dans un rire de gorge.

Agacée par le gloussement de la maîtresse de maison qui n'en finissait pas, alors que le souvenir obsédant de Lazare martelait ses tempes, Eulalie leur lança un : « Restons-en là, je vais me débrouiller seule. »

Déconcertée, Léonie observa fixement cette jeune femme à la démarche décidée comme elle se dirigeait vers l'allée pour reprendre la route.

— Je ne sais pas ce qu'elle cache, mais cette gamine est sur la défensive, conclut tout bas Léonie de Bireteau tandis qu'Hubert haussait les épaules.

Eulalie était à présent bien décidée à effectuer le chemin à pied, les mains cramponnées au guidon de la bicyclette. Le vent qui s'engouffrait dans sa jupe avait également chassé la pluie, et il faisait bon. L'odeur de la terre mouillée s'intensifia dans un petit chemin où les feuilles tombaient en tourbillonnant. Elle accéléra le pas, longeant un champ où une paysanne tirait les ridelles d'une charrette emplie de regain qu'elle avait juste ramassé avant les grosses pluies d'automne. Tout près devait se trouver cette fichue ligne de démarcation, ces maudits barbelés qui coupaient la France en deux. Mais la véritable inquiétude d'Eulalie refit surface au moment où elle comprit qu'une voiture manœuvrait pour emprunter le chemin où elle se trouvait. Troublée par le danger soudain, elle recula dans l'ombre des arbres, mais le véhicule la rattrapa plus vite que prévu et s'arrêta à sa hauteur. De Bireteau descendit sa vitre, les traits durcis, une expression assassine sur le visage :

— Qu'est-ce que vous voulez, à la fin ? asséna-t-il.

Ses mots couvrirent le bruit du moteur. *Eulalie, garde ton calme,* se dit-elle tandis que la stupéfaction l'emportait sur la peur.

Devant son silence, il insista :

— Vous n'allez pas me dire que vous êtes venue chez nous sans une idée derrière la tête ? Comprenez que je veuille ménager Léonie… Mes ennemis seraient trop contents de voir éclater un scandale.

Eulalie réfléchit. Elle crut saisir les raisons qui amenaient Hubert à se méfier d'elle. Il l'avait certainement remarquée au bureau Otto du bois de Boulogne, trois mois plus tôt. Sans doute était-il persuadé qu'elle était au courant de sa juteuse collaboration avec l'ennemi ; et il craignait qu'elle ne cafte. Il allait sans dire qu'il trempait dans un trafic peu honorable. Ce fameux jour où ils s'étaient croisés square du bois de Boulogne, Bireteau avait donné des adresses de stocks cachés en zone libre que les fournisseurs du bureau d'achat n'avaient probablement pas mis longtemps à débusquer. Si elle n'avait rien entendu de précis concernant les noms et lieux des marchandises citées à ce moment-là, Eulalie n'en gardait pas moins l'esprit alerte et suffisamment éclairé pour prendre les devants. S'offrait une chance de tirer parti de cette situation pour fuir de chez les Chabert.

— Je veux obtenir les moyens de quitter ce lieu, et de vivre quelque temps à l'abri du besoin, affirma-t-elle, les mâchoires crispées en reprenant sa respiration, alors qu'elle détenait sa petite idée sur les marges exorbitantes que touchaient les trafiquants qui passaient chez Otto.

— Qu'à cela ne tienne, je m'engage à vous y aider en échange de votre silence. Toutefois, je sais combien les Chabert sont acoquinés avec l'occupant. Ce ne sera pas un jeu d'enfant.

Mais ne marchait-il pas dans les combines de l'ennemi ? Toutes ces histoires de marché noir étaient trop compliquées pour elle...

— Ce sont mes conditions, insista Eulalie en constatant qu'il avait bonne mémoire puisqu'elle n'avait fait allusion au nom de Chabert qu'une fois au cours du voyage entre Paris et Angoulême, et qu'il s'en était visiblement souvenu.

Bien qu'elle ne décelât aucun signe d'ironie dans la voix d'Hubert, elle quêta son approbation à l'instar d'une dernière chance qui ne se représenterait pas de sitôt.

— Demain, tenez-vous prête à une heure précise du matin, à la sortie du Péruzet, sur la route de Chasseneuil, je vous conduirai jusqu'à la gare de Taponat, je vous aiderai à fuir vers les Pyrénées…

Beata s'élança vers sa mère, suivie par le chien à la queue frétillante. L'odeur de ce petit corps qui se balançait doucement contre le sien, son souffle chaud contre sa poitrine engendraient à la fois réconfort et soulagement pour la grande brune qui venait de pénétrer dans la cour de chez les Chabert. Malgré son anxiété, Eulalie réussit encore à sauver les apparences. Elle déposa la bicyclette contre la grange et s'adressa à sa fille d'une voix douce :

— Tu es très courageuse, ma chérie…

Bien qu'elle fût toujours persuadée d'agir au mieux pour le bien-être de sa fille, la mère devait prendre une décision lourde de conséquences, qui les affecterait toutes les deux. En dépit du fait qu'elle se trouvait encore une fois au pied du mur et que cette perspective l'épouvantait, elle tirait de cette rencontre fugace avec Lazare une force inflexible qui la rendait prête à toutes les audaces. Eulalie voulait croire que cette étrange rencontre avec Hubert de Bireteau pourrait leur sauver la vie en dépit des dangers qui tournaient comme une girouette : les liens d'Hubert avec le bureau Otto qui servait à la fois le service d'espionnage de l'Abwehr et la Gestapo ne les mettaient pas à l'abri d'un piège. Mais quelle sorte de piège, puisque l'ennemi recherchait spécifiquement Lazare ? De plus, nul n'aurait pu prévoir qu'elle entrerait chez les Bireteau pour demander de l'aide…

En revanche, Hubert, quant à lui, pouvait craindre de se compromettre vis-à-vis des autochtones, et redouter de sérieux châtiments au moment des représailles si Eulalie dénonçait ses agissements. Il avait donc tout intérêt à acheter son silence et à l'aider à disparaître.

La jeune femme en avait complètement oublié la commission pour laquelle Noémie l'avait missionnée à La Rochefoucauld, et c'était bien la dernière de ses préoccupations. De faim, sa vue se brouillait. Aussi, lorsque sa cousine s'enquit de son tabac, alors qu'un délicieux fumet montait de la cuisinière de la pièce commune, Eulalie, prête à tomber d'inanition, ne put que tendre le bras vers l'une des poires disposées sur le compotier pour la croquer à pleines dents.

— Du cinéma… grommela son bourreau sur un ton péremptoire, tandis que madame Fontanel engloutissait sa poire en imaginant que son hôtesse, à la solde de la milice, était sérieusement dédommagée pour la tenir sous son joug.

L'humiliation n'avait que trop duré. Cette situation devenait intenable, et la mère n'était décidément pas décidée à attendre que Noémie veuille bien leur tendre une assiette pour partager un peu de ce brouet qui mijotait. Cette fois-ci, la Chabert ne l'entendrait pas quémander : elle déposa son trognon sur la nappe en lino et se dirigea sans hésiter vers la marmite dont elle souleva le couvercle, se saisit d'une louche et emplit deux assiettes de soupe aux haricots qu'elle disposa sur la table sans lever les yeux. Puis elle ajouta dans le brouet deux tranches de pain rassis pour donner de la consistance à l'unique plat qui calmerait leur appétit. L'enfant, qui n'avait rien mangé depuis le matin, se jeta sur la pitance. Quand elle vit sa fille mâcher le pain, les lèvres maculées de morceaux de croûte, Eulalie en eut les larmes aux yeux. La pâleur de Beata lui était bien plus odieuse que l'attitude renfrognée de la Chabert dont elle évitait toujours le regard.

— Pourquoi n'as-tu pas patienté jusqu'au retour de l'épicier ? Je n'ai pas l'habitude que l'on désobéisse à mes ordres !

Eulalie se tut. Elle termina tranquillement sa soupe. Puis sa chaise racla le plancher, elle se leva pour retourner remplir une seconde fois son assiette à la marmite, sous le regard que la Chabert plantait sur elle comme une lame de couteau. D'un geste irascible, elle envoya promener la soupe chaude dans la figure de Noémie. Aveuglée et tétanisée par le liquide qui coulait sur son visage, elle hurla en proférant des injures. Le chien à ses pieds ne broncha pas. Tout juste lécha-t-il les éclaboussures de soupe tombées sur son museau.

Beata adressa à sa mère un sourire satisfait.

— Il faut s'éloigner d'ici ! Attends-moi une minute, ordonna Eulalie à sa fille.

Les mains tremblantes, la jeune femme grimpa au grenier pour compiler quelques affaires dans la valise afin de filer le plus vite possible loin de cette ferme, avant que la colère de la Chabert ne reprenne le dessus. Cette dernière gémissait encore des maux qu'elle endurait lorsque la mère attrapa fermement la main de sa fille, qui venait juste d'embrasser Rex sur la truffe, à la manière d'un adieu. Mues par l'énergie du désespoir, elles laissèrent sans regret derrière elles ce décor de malédiction. Après tout, la cousine n'avait obtenu que ce qu'elle méritait.

Dans le silence du chemin qu'elles empruntèrent, alors que le vent d'automne avait éparpillé les feuilles rousses, elle crut discerner le cliquetis d'un barillet en rotation derrière les arbres. À moins que ce ne fût un effet de son imagination ? Le regard baigné d'angoisse et les jambes faiblissantes, Eulalie restait persuadée qu'une arme était pointée sur elles. Ces craquements, peut-être dus à l'effet du vent qui avait arraché des branches d'arbres morts, renforçaient l'impression d'un soldat en faction.

Les minutes paraissaient des heures, la poignée en cuir de la valise lui coupait la paume de la main, l'envie de pleurer demeurait si forte qu'elle leva les yeux vers le ciel et sentit une larme couler le long de sa joue. Beata n'était pas rassurée, quand bien même faisait-elle preuve de cran pour une enfant de cet âge, s'efforçant de marcher d'un bon pas en évitant de glisser sur les glands des chênes qui jonchaient le chemin au milieu des trèfles et des petites pommes de pin.

— Ne t'arrête pas, ma chérie ! Accélère si tu peux, prononça-t-elle tout bas.

— J'ai peur, maman…

— Rassure-toi, je suis là.

Eulalie craignit que sa fille ne gémisse, aussi enroula-t-elle son bras autour de son cou en l'invitant à se blottir contre elle l'espace d'un instant. Finalement, la mère sembla la convaincre de courir à perdre haleine, sans même savoir où elles allaient. Elles ne s'arrêtèrent qu'après avoir franchi un carrefour pour faire passer le point de côté qui leur coupait le souffle. Haletantes, elles s'engouffrèrent dans une clairière au milieu des broussailles d'ajoncs et de fougères, jusqu'à ne plus être visibles du sentier. Soudain, quelque chose céda au contrôle mental et elles se laissèrent tomber dans les feuilles sèches, sous l'odeur d'humus. La fatigue nerveuse leur brisait les jambes. Même Beata ne parlait plus. Sa mère réussit pourtant à chasser l'expression morose de son visage et à rallumer son œil brillant de curiosité en expulsant quelques châtaignes lustrées de leurs bogues qui jonchaient le sol. Eulalie avait en tête de patienter là en attendant l'heure du rendez-vous avec de Bireteau, et elle déploya avec efficacité des trésors d'imagination en racontant à sa fille qu'elles devaient construire une cabane avec des branchages afin d'y passer la nuit. Comme elle occupait le temps pour oublier les éventuels dangers, les heures défilèrent plus vite au rythme de leur jeu. Alors que le ciel se parait de ses couleurs vespérales, Eulalie sentit naître une victoire sur sa peur jugulée… Sous peu, elle en était certaine, elles verraient le bout du tunnel.

À la tombée de la nuit, Beata se colla contre sa mère. L'inquiétude réapparut. Chaque bruit paraissait suspect, les branches des arbres grinçaient, les oiseaux nocturnes, sortis de leur trou, débutaient leur concert. L'odeur de terre et de feuilles humides les enivrait davantage, mais le froid les gagna. Elles grignotèrent quelques châtaignes pour tromper la faim, les derniers biscuits secs contenus dans la valise, et Eulalie, véritable puits de subterfuges, dit à sa fille qui se montrait grognon :

— Maintenant, nous allons enfiler tous les vêtements contenus dans la valise pour nous déguiser !

La nervosité de Beata, excitée par le jeu, se dissipa comme sa mère se faisait rieuse. En prévision de la nuit mouvementée qui s'annonçait, Eulalie était bien décidée à se délester d'une valise trop encombrante. Il ne lui resterait que la besace et la poupée de chiffon de Beata dont elle ne se séparait jamais. Lorsqu'elles eurent superposé plusieurs strates de vêtements froissés ainsi que des lainages, la mère réprima un léger tremblement alors que ses pensées se tournaient résolument vers le rendez-vous. Puis, bien qu'elle eût volontiers retardé cet instant déterminant, elle captura la petite main de sa fille et se laissa guider par la nuit constellée d'étoiles, bientôt éclairée par la lumière camouflée des phares de la voiture d'Hubert de Bireteau qui venait au-devant d'elles. Le bon sens d'Eulalie balaya ses appréhensions lorsqu'il s'arrêta à sa hauteur.

— Montez ! Il n'y a pas de temps à perdre !

Elle eut peine à distinguer son visage noyé dans l'obscurité, pressée de glisser sur la banquette arrière dans une sorte de grâce juvénile. Le conducteur, qui n'avait pas coupé le moteur, accéléra dès la fermeture des portières. De vagues bouffées d'inquiétude embrumaient l'esprit d'Eulalie qui n'avait pas même la force de se faire confirmer leur destination. Elle passa la main sur la joue fraîche de sa fille, une main tendre et aimante, qui réclamait ce contact pour se rassurer. La voiture quitta le chemin dans un nuage de poussière, les pneus mordirent bientôt l'asphalte de la départementale, et une rangée de fermes fantomatiques défila sous les yeux inquiets d'Eulalie collés à la vitre. Ils roulèrent dans le silence et soudain, au détour d'un virage, un soldat allemand armé d'une mitraillette fit signe à la voiture de s'arrêter. Le conducteur jura, déboussolé, car aucun poste frontière n'avait été signalé sur cette portion de route. D'ordinaire, la ligne se matérialisait par des piquets de bois dont l'extrémité était peinte aux couleurs allemandes, et l'homme savait précisément où se trouvaient les postes ouverts.

Or, à quelques mètres devant la voiture, un barrage militaire était dressé, avec des sacs et des fûts d'huile. Hubert ralentit ; cela sentait l'embuscade, la battue à plein nez… Saisi d'une sorte de frayeur, comme son intelligence chavirait, il se mit à appuyer franchement sur l'accélérateur. Le soldat hurla, donnant ordre d'ouvrir le feu tandis que le véhicule forçait le barrage. Les rafales crépitèrent sur la carrosserie. La voiture finit par se déporter sur la droite pour s'encastrer dans un arbre.

Deuxième partie

I

Paris, août 1954

La ressemblance de Beata avec sa mère n'était pas frappante : plus petite, des yeux gris exprimant la rébellion, une chevelure auburn qui tombait en cascade sur ses épaules, le front haut que l'on devinait épris de liberté… c'était dans cette seule expression confondante qu'elle rejoignait sa défunte maman. Depuis qu'elle avait assisté à cet accident où sa mère, éjectée de la voiture une nuit d'octobre 1942, gisait sous les tirs des soldats allemands dans la campagne charentaise, Personne de son entourage à l'orphelinat n'avait trouvé grâce à ses yeux. Toute petite déjà, l'angoisse la disloquait. Suite à ce terrible événement, le chagrin et la colère avaient fait naître des fossettes qui lui creusaient tristement les joues. Comment se faire à l'indifférence qui semait l'effroi et au manque de tendresse, alors qu'elle avait vécu les six premières années de sa vie dans l'amour de sa mère ? À l'époque, elle s'était armée d'un sourire conspirateur qui ne la quittait jamais, sitôt que pleuvaient les lourdes réprimandes des religieuses de l'orphelinat

Saint-Joseph. Ces dernières lui répétaient qu'il convenait d'oublier son corps au profit du salut de l'âme, mais Beata n'y trouvait aucun sens. On lui reprochait le mélange d'arrogance et de mollesse de son caractère, qui servait d'ailleurs de référence négative aux autres pensionnaires pour lesquelles elle n'éprouvait aucune sympathie. Elle s'emmurait dans son mutisme et cette posture incarnait sa seule défense. Comme elle n'avait jamais eu la vocation de servir Dieu, sa vie n'avait été que lutte dans cet environnement désespérément gris, jusqu'au jour où la mère supérieure lui avait remis la poupée de chiffon qui avait bercé sa petite enfance ainsi que les derniers effets personnels de sa mère, miraculeusement rescapés. Cela se résumait à une gabardine qu'elle avait gardée envers et contre tout, qui lui remémorait avec une acuité étonnante l'odeur de sa défunte maman, ainsi qu'une trousse contenant des photos qu'elle supposa être celles de ses grands-parents, et une seule carte de visite d'un certain Atalis Dumont, papetier, domicilié à Angoulême. Ces souvenirs, conservés par ses soins dans un carnet, représentaient le dernier maillon d'une chaîne brisée.

Enfin, il fallut que Beata atteigne son dix-septième anniversaire pour qu'une étincelle anime son regard. Lazare Fontanel, son père, eut la bonne idée de se manifester ! N'y croyant pas vraiment, elle avait failli s'étouffer de stupéfaction lorsque la mère supérieure lui avait annoncé que ce dernier l'attendait au parloir : elle le croyait mort depuis des années. Elle avait observé Lazare, éberluée, un peu mal à l'aise, cherchant à lire quelque chose dans ses yeux malicieux tandis qu'il l'avait considérée d'un air attendri avant d'y aller de sa larme.

— Tu n'as pas idée combien je suis heureux, ma fille !

Ils s'étaient rapprochés autant que possible, malgré tout séparés par les barreaux en fer du parloir, prenant conscience du nouveau lien qui les unissait. Le père et la fille s'étaient soudain réchauffés et apaisés.

— Serais-tu prête à venir vivre à mes côtés ?

Le ton n'avait rien d'une plaisanterie. Cette vague de tendresse l'avait rendue toute chose. Bien qu'elle ne sût strictement rien de lui, la teinte délicieuse de ses yeux enrobés de bienveillance et la sincérité qui se dégageait de son père étaient gages d'espoir en l'avenir. Elle ne rêvait que de quitter les murs lugubres de l'orphelinat. Décidée à rejeter définitivement dans l'oubli tous ses souvenirs qui envahissaient inutilement son esprit, elle avait grimpé à l'avant de la Simca paternelle, déjà grisée par l'euphorie de la liberté qui s'échappait des odeurs de Paris. Le choc fut considérable pour celle qui n'avait encore rien vu de ces cafés de Saint-Germain, des luxueuses vitrines, des camelots des boulevards, des Vespa, des Solex qui défilaient devant les élégants immeubles de style haussmannien. Ce décor donnait à la vie une saveur nouvelle qui l'étourdissait déjà. Mais plus grande encore fut sa surprise en découvrant la chambre que son père avait aménagée rien que pour elle dans ce nid de la zone du front de Seine du XVe arrondissement, avec ses agréables points de vue sur un quartier regorgeant de vie.

Bien qu'elle se sentît en décalage avec cette modernité dont elle avait été exclue, elle, qui n'avait vécu que dans les craquements de bâtiments vieillots et déplaisants assortis des gargouillements de leurs canalisations, fut saisie d'un ravissement qui la gagna tout entière. « Tu es maintenant chez toi », lui avait-il dit, et elle avait frotté ses tempes pour reprendre ses esprits. Malgré la réalité sociale affligeante – il semblait si difficile de se loger à Paris –, l'appartement disposait d'un cabinet de toilette, d'un bel équipement pour cuisiner, de l'hygiène, ce qui paraissait formidable à une époque où couvait la tuberculose dans des bâtiments froids envahis de salpêtre. C'en était donc fini des conditions de vie humiliantes de l'orphelinat ! Et elle s'était ruée dans le fauteuil à bascule pour fêter l'événement. C'est alors qu'elle l'avait vue ! Trônant sur un coin du bureau, noire, rutilante, la machine à écrire Underwood, que son père avait achetée pour elle. Ce fut en quelque sorte le plus beau jour de sa vie, et elle avait observé Lazare, interloquée, tout en lui témoignant une admiration franche :

— Comment as-tu su ?

Les yeux de Lazare pétillèrent dans un clin d'œil complice, son émotion était palpable lorsqu'il lui fournit quelques explications : la mère supérieure n'avait pas caché les appétences de sa fille pour l'écriture, si bien qu'il avait voulu satisfaire ses goûts, plutôt que chercher à les influencer. Beata, stupéfaite, n'aurait jamais pu soupçonner que cette vieille bique parlât en sa faveur, dans la mesure où ses écrits, considérés comme profanes, l'avaient déjà conduite au cachot. Selon les dires de la religieuse, cette distance salutaire aurait dû lui permettre de *sauver son âme en perdition.* Pourtant, c'est au cours de cette période de réclusion que Beata s'était juré de tout mettre en œuvre dans son existence pour que le rêve y règne en maître.

Lazare s'approcha et prit sa fille par le poignet :

— Comme toute discipline, taper à la machine n'est valable qu'à une condition... Que tu te remplumes, ma chérie...

Bien que la remarque fût blessante, force était de constater que Beata tenait plutôt du poids plume. Enfant, elle refusait de s'alimenter, invoquant des nausées continuelles parce qu'elle voulait mourir pour rejoindre sa mère (ce qui arrangeait les religieuses dans la période de pénurie alimentaire de l'après-guerre). Ainsi avait-elle pris l'habitude de se nourrir en très petites quantités. Comme son père abordait le sujet de la nutrition, elle coupa court, ne voulant rien entendre, mais fit en sorte de rester calme pour ne pas gâcher une joie qui allait bien au-delà de ses espérances. Bientôt, elle pourrait se mettre à écrire vraiment, ce qui comblerait l'immense vide affectif qu'elle ressentait. Alors elle n'allait pas se perdre dans des conjectures sur son apparence, propos d'une futilité agaçante...

— La nourriture n'était vraiment pas bonne à la pension !

— Eh bien, nous allons rattraper ça, ma fille, dit-il avec une chaleur touchante, en se dirigeant vers la glacière dans laquelle il stockait le beurre, le fromage, la charcuterie, la viande, grâce à un pain de glace fraîchement acheté chez son épicier.

Lazare avait laissé derrière lui tant d'années de privation qu'il prenait plaisir à rattraper le temps perdu. Bien que la viande restât chère, elle figurait désormais au menu quotidien. Depuis le temps qu'il était célibataire, il faisait mijoter sans efforts de bons petits plats dans la cocotte Seb. Désormais, il travaillait dans un garage : il avait renoué avec sa passion des moteurs qu'il se plaisait à restaurer et à faire vrombir, car rien ne le rendait plus heureux qu'un empilement de ferraille ou une fosse à réparation dans laquelle il œuvrait, les mains dans le cambouis. C'était pour lui maintenant chose normale que d'assumer la charge de sa fille le temps qu'elle vole de ses propres ailes. Il considérait qu'il était beau d'avoir des rêves, et l'idée qu'elle eût des ressources imaginatives, et peut-être des dispositions pour l'écriture, l'incitait à l'encourager, même si sa démarche semblait un peu folle et qu'il ignorait où cela la conduirait. Lazare avait su que les religieuses avaient tenté de la placer comme bonne à tout faire un an plus tôt, dans une maison bourgeoise de Marly-le-Roi, mais elle n'avait pas su garder la place car ses patrons l'avaient congédiée au motif que son travail ne leur donnait pas satisfaction. Les dévotes ne s'étaient guère étendues sur la question. Plutôt que de la laisser à la rue, elles l'avaient reprise sous leur coupe, dans l'attente qu'une nouvelle place ne se présente. En quelque sorte, l'arrivée providentielle de son père les avait délestées d'un fardeau.

Ce fut suite à son court placement dans cette maison bourgeoise que les angoisses d'abandon de Beata s'étaient révélées les plus violentes, raison pour laquelle elle avait consigné sur des feuillets son désespoir et son manque d'appétit pour la vie, dissimulée dans un recoin du dortoir. Étrangement, son père était réapparu dans son existence quelques mois plus tard. Le besoin de l'interroger sur les raisons de son long silence s'était imposé sans tarder, mais, en dépit du fait qu'elle s'était engagée sur ce terrain avec prudence, Beata saisit tout de suite que la question n'était pas à son goût. Il lui répondit pourtant d'une voix affectueuse :

— Tu es en droit d'obtenir des explications, mais si tu es patiente, je briserai peu à peu cette carapace lorsque nous aurons appris à nous connaître. Tu sais, pendant ces années sombres, j'ai appartenu à un réseau de Résistance intégré à un puissant maquis charentais du nom de Bir-Hakeim. Nous avons enduré des épreuves terribles dont je te fais grâce. En août 1944, nous avions reçu mission d'attaquer les convois allemands qui quittaient Angoulême, histoire de débarrasser définitivement le territoire des Boches. J'ai été sérieusement amoché au dos au cours des affrontements. Une blessure qui m'a valu une longue invalidité. Pendant ce temps, je pensais à toi, à l'époque où ta mère te promenait en landau, où je te regardais dormir et téter. J'étais si heureux, mais la guerre fiche une vie en l'air.

Puis il avait eu cette façon de demeurer muet qui déroutait Beata. Elle comprenait sa réserve qui exprimait une pudeur sincère, bien qu'elle rêvât d'éclaircir tous les recoins de leur histoire. En attendant, elle devait se contenter de cette liberté nouvelle qui avait abrégé son calvaire. C'était déjà une promesse de bonheur. Lazare profita d'ailleurs de ses congés payés pour emmener sa fille en balade. Beata faisait plus que son âge dans sa nouvelle robe à pois ceinturée à la taille qui descendait à mi-mollet, si bien qu'elle aurait pu passer pour l'une des conquêtes de son père qui, de son côté, avait su garder son allure de jeune premier.

Ils gravirent ensemble les escaliers de la butte Montmartre qui menaient à la surprenante place du Tertre, où Lazare avait tenu à faire réaliser un portrait de sa fille par l'un de ces artistes de rue. Tandis qu'un accordéoniste à l'allure d'un Poulbot malicieux entonna « Le temps des cerises », Lazare semblait fier et satisfait de l'esquisse réalisée par le peintre, et il vanta le talent de tous ces artistes réunis. Ils firent ensuite un passage obligé devant le célèbre Moulin de la galette, en haut de la très pentue rue Lepic, et poussèrent même jusqu'à la guinguette voisine où l'air épais sentait l'alcool et les crêpes, pendant que se produisaient des chanteurs qu'elle découvrait comme dans un rêve… Ce lieu aux allures de village, paré de ses vieilles maisons, adoubé par la présence du Sacré-Cœur, lui plaisait vraiment. Bien qu'elle semblât épanouie et ressemblât aux filles de son âge avec sa nouvelle coiffure pin-up qui datait de la veille, ses pensées s'emmêlaient souvent. Heureusement que l'œil protecteur de Lazare la mettait à l'aise et la confortait dans ses certitudes. Elle se sentait impatiente, fourmillait de projets, ce qui l'incita à lui confier qu'elle envisageait de suivre des cours de secrétariat pour apprendre à taper à la machine.

— Tu ferais une jolie secrétaire ! s'enhardit son père entre deux tours de chant.

Bien qu'elle eût une autre idée derrière la tête, elle ne voulut pas le contrarier.

— Tu crois que maman m'y aurait encouragée ?

— C'est si loin tout ça, Beata... dit-il en sentant sa fille perdue dans ses pensées.

En réalité, son cœur se serrait. L'émotion l'étreignait systématiquement lorsque l'on évoquait sa mère. Dans sa tête, sa petite enfance n'avait pas pris une ride, et sa mère ne l'avait jamais vraiment quittée : le bleu très pur de ses yeux, ses gestes emplis de douceur, leur relation fusionnelle... elle avait vécu le doux enfer de la souffrance à travers ces petits détails qui n'avaient jamais cessé de la hanter depuis le drame. À l'orphelinat, elle avait recensé chacun de ses souvenirs, et s'était fait la promesse qu'elle reconstituerait son histoire pour l'écrire.

— Te reste-t-il une photo de maman ?

— Oui, celle-ci a survécu à tous nos malheurs, reconnut-il en dégageant de son portefeuille le petit portrait craquelé aux coins écornés d'une ravissante jeune femme, qu'il lui tendit.

Beata soupira en caressant l'image du visage de sa mère qui paraissait défier la vie. Elle y déposa un baiser les yeux fermés. Puis elle la détailla longuement pour se charger positivement de son énergie, avec cette secrète conviction que sa mère avait été admirable de bout en bout, et épanouie dans sa féminité en dépit de ses difficultés.

Tandis que Lazare portait un regard bienveillant sur sa fille, un silence entre eux se creusa, vite comblé par quelques notes de la guitare du jeune chanteur Moustaki qui entrait en scène.

— Puis-je la garder quelque temps, cette photo ? glissa-t-elle à l'oreille de son père

— Si cela peut t'aider à conserver son souvenir…

Ce cliché ne faisait que raviver la communion qu'elle avait connue avec sa mère, et elle le remercia alors qu'une sorte de pudeur l'empêchait encore de révéler la question lancinante qui la taraudait : pourquoi n'avait-il pas refait sa vie, depuis tout ce temps ? Il était plutôt bel homme et ne devait pas manquer de plaire aux dames si elle s'en fiait aux regards féminins qui s'attardaient volontiers sur son visage. Beata finit par ne plus y penser, profitant de l'instant, emportée par les textes grisants et la voix veloutée de l'artiste qu'elle applaudit avec enthousiasme. Plus tard, en redescendant la rue de Clignancourt sous les cris des marchands des quatre-saisons, son père lui décocha un sourire de connivence.

— Je suis soulagé de découvrir la jeune fille sensible que tu es devenue, murmura-t-il, les mains dans les poches.

Lazare était employé mécanicien dans un garage de la rue Lecourbe, un quartier situé dans le nouveau plan d'aménagement Maine-Montparnasse, qui s'était monté comme un vieux village de manière anarchique, couvert d'ateliers et de maisons vétustes. Beata suivait avec intérêt la métamorphose architecturale de ce coin de Paris au fil des promenades en bordure de chantiers qu'elle effectuait seule pendant que son père avait la tête dans les moteurs. Si la politique du logement était en marche à Paris, la liaison du métro de La Motte-Piquet-Grenelle à la station Boulogne-Pont de Saint-Cloud n'était pas en reste puisqu'elle s'effectuait en quelques minutes, aussi fut-il facile pour Beata de retourner à Boulogne-Billancourt afin de retrouver la trace de sa nourrice, Berthe, qui avait bercé ses jeunes années. Elle ne se souvenait que de son prénom, « Bete », comme elle l'appelait à l'époque du haut de ses cinq ans. Cela ne pouvait être que Berthe. Elle se rappelait le jour où elle avait entendu parler fort chez Bete. D'instinct, elle s'était ruée sous le lit pour ne pas être découverte. Une peur, sans doute acquise par mimétisme, puisque l'occupation allemande n'avait guère de sens pour une enfant de cinq ans.

Cette femme était-elle toujours en vie ?

Boulogne-Billancourt n'échappait pas à ce nouveau plan de modernisation où l'on faisait évoluer les capacités de logement. Le front de Seine, ce quartier où se tenait l'ancienne maison de ses parents, près des usines de construction automobile Renault, était en chantier. Tout entière occupée à traquer le souffle de sa lointaine enfance dont il ne lui restait que de vagues souvenirs, elle se rendit vite compte à quel point l'environnement lui paraissait étranger. Aussi prit-elle l'initiative de se rendre à la mairie. S'avançant sans ciller vers l'employée administrative pour obtenir quelques renseignements, Beata expliqua que sa maison familiale, rue de la Saussière, avait été bombardée en mars 1942 et que sa mère s'était relogée chez une amie dans les parages (la maison bombardée avait été notifiée dans son dossier à l'orphelinat Saint-Joseph).

— Pauv Mam'zelle ! soupira l'employée, vous pensez bien qu'avec aussi peu de données, au milieu des turpitudes des années 1940, autant chercher une aiguille… enfin, vous connaissez la suite.

— Bien sûr. Je comprends… concéda la jeune fille qui frisait le ridicule.

— Était-ce une nourrice agréée ?

— Je l'ignore.

— Vous pouvez toujours avoir recours à la liste des métiers si le cœur vous en dit, mais je doute fort que cette dame exerce toujours ses fonctions aujourd'hui, si tant est qu'elle soit encore de ce monde.

Beata haussa les épaules en signe d'impuissance. Cela aurait été trop simple…

Bien qu'elle eût préféré garder cette démarche secrète, elle dut se résoudre à en parler avec son père le soir même, puisqu'il demeurait finalement le seul susceptible de la renseigner sur l'identité de Berthe.

Lazare n'avait pas encore quitté sa combinaison bleu de Prusse puant le gas-oil, l'esprit à peine sorti des bielles et des pompes, les mains tout juste dégraissées, que sa fille rentra à l'appartement. Il grimaça, ne comprenant pas trop l'engouement soudain de Beata à propos de Berthe.

— Il serait plus judicieux que tu apprennes à taper sur cette machine ! dit-il en désignant du menton l'engin qui reposait sur le bureau.

— L'un n'empêche pas l'autre.

— Assurément. Je crois me souvenir que cette femme s'appelait Berthe Vandman, mais des strates de malheur ont entaché une bonne partie de notre vie, tu sais, et tout cela est tellement loin que, par moments, je ne sais plus discerner le rêve de la réalité. Après l'armistice, j'ai été captif en Allemagne, sous l'autorité d'un stalag, dans une usine de métallurgie, astreint à un travail pénible au laminoir, sous une discipline brutale et une surveillance rigoureuse. Tous les jours, certains d'entre nous subissaient des accidents, mains écrasées, fractures aux poignets, si bien qu'avec un autre camarade, pour échapper à cet enfer, nous avons fini par réussir notre évasion. En même temps, nous jetions les bases d'un réseau de Résistance. Ce n'était que pure folie, mais il faut croire que notre goût du risque nous a porté chance. Je te fais grâce du récit de nos nuits passées à marcher dans des directions incertaines, dans l'obsession de trouver de la nourriture. La rage au cœur, parfois dissimulés dans des wagons de marchandises, nous n'en menions pas large. Mon compagnon d'aventures, qui s'appelait Moïse Luther, a fini par être arrêté. Quant à moi, j'errais toujours comme un fugitif, et tu t'imagines bien qu'il m'était impossible de revenir à Boulogne. D'un noyau de résistants de stalag, on a abouti à la genèse d'un mouvement de Résistance des prisonniers de guerre et déportés. Plus tard, les mouvements ont fusionné. Quand il m'a enfin été possible de regagner Paris, vous aviez fui, toi et ta mère, loin de Boulogne.

Stupéfaite, elle considéra ce père en tenue de mécano. Il avait suffi qu'elle évoque Berthe pour lui délier la langue ! Une vraie formule magique... Son père était donc un véritable héros de guerre mais, visiblement, il n'en tirait aucune gloriole. Il faut croire que cette juste retenue le prémunissait de ses émotions encore trop vives.

Elle le supplia de poursuivre, mais Lazare s'était arrêté. Il s'avérait bien trop cruel d'évoquer son départ en Normandie avec Berthe, parce que cette dernière craignait la rafle policière de juillet 1942. D'autant plus qu'avec le recul, il s'était senti coupable de s'être aussi bêtement laissé influencer par les propos de mademoiselle Vandman. Alors il fit abstraction de cet épisode, tandis que sa fille se mit à le questionner de plus belle sur la mission qui l'avait occupé au sein de la Résistance.

— Grâce au soutien du réseau, j'ai réussi à supprimer toutes les listes des prisonniers évadés des stalags, ce qui, bien sûr, était considéré comme un crime, car les Allemands, à quelque titre que ce soit, auraient pu les utiliser afin de recapturer les fugitifs. Il a donc fallu contacter le centre mobilisateur de la préfecture de police de Paris, et nous encourions des risques énormes. Il fut long et délicat d'expliquer la situation à un membre important de l'état-major. Ce fut une mission extrêmement complexe pour laquelle il a fallu déployer des trésors d'ingéniosité afin de faire passer la supercherie comme une lettre à la boîte. Nous avons réussi... Ce qui m'a valu d'être traqué comme un animal par l'ennemi.

Beata se rembrunit sans oser soutenir son regard. Elle se demandait comment il avait pu déjouer un tel protocole de sécurité. Il lui paraissait incroyable que son père ait ainsi vécu dans la clandestinité jusqu'à la fin de la guerre, mais il n'en raconta pas davantage afin d'éviter que la conversation ne prenne un tour indésirable.

Finalement, la jeune fille bredouilla une autre question qui tomba dans l'oreille d'un sourd. Si son père détournait clairement les yeux de son passé, refusant d'ouvrir sa porte à la souffrance indélébile, c'était son droit le plus strict, mais sa mission n'en restait pas moins honorable au vu des nombreuses vies qu'il avait sans doute épargnées. Elle voyait bien qu'à présent, Lazare avait d'autres priorités, et qu'il ne s'en cachait pas. Son refus de poursuivre la conversation lui sauta au visage. Dans un premier temps, Beata devrait se contenter d'avoir retrouvé le nom de sa nourrice. Sa piste ne fut pas difficile à remonter. Elle apprit sans tarder qu'elle résidait encore dans son appartement du boulevard Jean-Jaurès, à Boulogne-Billancourt.

II

DANS LE BROUHAHA feutré de la cage d'escalier, Beata gravit d'un pas rapide les quelques marches qui la séparaient de l'appartement de Berthe. Elle s'immobilisa sur le palier afin de vérifier le nom qui figurait à côté de la sonnette, puis elle appuya d'un coup sec, le cœur battant. Une petite femme, d'abord un peu craintive, vint lui ouvrir.

— Je suis bien chez Berthe Vandman ?

— Oui, affirma-t-elle en la dévisageant avec stupéfaction.

Le visage un peu austère de Beata, avec sa frange désordonnée et ses mèches auburn tirées en arrière lui devint soudain familier, alors elle s'efforça de lutter contre le vertige qui la saisissait.

— Beata Fontanel ?

Elles se jetèrent dans les bras l'une de l'autre, renouant avec tout ce que leurs corps contenaient de souvenirs semi-éveillés.

— Je t'ai reconnue à l'instant même où mes yeux se sont posés sur toi, dit-elle en l'invitant à entrer.

Ces retrouvailles chargées d'émotion étaient marquées par tant d'épreuves que les deux femmes mirent un instant avant de reprendre leurs esprits.

La quarantaine, les traits marqués, la démarche traînante dans sa robe chemisier de coton défraîchi, Berthe avait vieilli, mais Beata le voyait à peine tant sa nourrice était physiquement proche du souvenir vertigineux qu'elle avait conservé. La jeune fille se souvenait également de l'agencement des pièces, même si la tapisserie damassée et les meubles en formica changeaient considérablement l'atmosphère des lieux qu'elle avait connus. Beata éprouva bien du mal à trier toutes les questions qui s'imposaient comme une pluie de grêlons... Son front était en sueur, trop d'émotions affluaient en même temps, et la citronnade que lui servit Berthe sur la nappe en lino fut vraiment la bienvenue. Au risque de paraître importune, elle s'efforça d'attendre que la conversation s'engage de manière naturelle.

— Et maintenant, que fais-tu, ma belle ?

— Mon père est venu me chercher à l'orphelinat Saint-Joseph où j'étais placée depuis le décès de ma mère, avoua-t-elle sans laisser transparaître d'émotion.

— Ta mère est décédée ? Je suis désolée de l'apprendre.

— Je n'ai su que ce que l'on a bien voulu me raconter au sujet de sa mort. À l'époque, j'étais une enfant de six ans, je n'ai pas la moindre idée de ce que nous faisions dans cette voiture, vraisemblablement tombée dans une embuscade en Charente, en octobre 1942.

Berthe hocha la tête en répétant tristement le prénom « Eulalie », comme si cette sonorité lui ouvrait un monde interdit revenu de l'oubli.

— J'ai peine à croire que ton père ait attendu toutes ces années avant de se manifester...

La jeune fille se mordit la lèvre. Cela avait été si compliqué pour lui, mais elle devinait que dorénavant, elle pouvait compter sur son soutien, et elle l'expliqua à Berthe dans un récit court et édulcoré.

— Tu as été une enfant si douce, si calme, assura l'ancienne nourrice en emprisonnant sa main dans les siennes. Je me souviens que tu avais toujours le sourire.

Soudain, son visage se crispa dans un plissement de sourcils. Le passé lui secouait les tripes. Beata profita du silence revenu pour lui demander :

— Et ma mère, quelles étaient ses occupations à l'époque ?

Un léger soupir s'échappa des lèvres de Berthe qui cherchait la manière de formuler les choses.

— Ce que tu ignores peut-être, ma chérie, c'est que ta mère était faite pour l'élégance de la danse classique. Enfant, elle avait fréquenté une école à Boulogne, et puis à ta naissance, elle s'est consacrée à sa famille, oubliant ce rêve de jeunesse. Un jour, à Paris, pendant l'Occupation, elle a rencontré un meneur de revues qui lui a fait passer une audition pour entrer aux Folies Bergère. Forcément, elle a été reçue. On ne voyait que cette insolente beauté qui vous aveuglait... Son corps élancé, son port de tête... Pour un peu, sa flamme me remettrait debout, quand j'y pense, dit-elle avec tendresse. Je crois qu'elle cachait un véritable volcan... Mais ne me dis pas que personne ne t'en a jamais parlé ?

— Non, fit-elle en éprouvant un vrai choc, qu'elle maquilla en posant une autre question. Que s'est-il passé ? Pourquoi sommes-nous parties loin de Paris ?

— Laisse-moi te raconter l'histoire par le commencement ! Malgré les bombes lâchées par la Luftwaffe en 1940, alors que le Tout-Paris plongeait dans la débâcle avec ses deux millions d'évacués, eh bien, ta mère et moi avions fait le choix délibéré de rester à Boulogne. Il était surprenant de constater combien notre force intérieure nous poussait à résister malgré cette pression morale. Finalement, c'est au milieu des décombres que nous nous sommes connues toutes les deux, sous le joug de la même détresse… dit-elle, rêveuse. Elle m'a parlé de toi, de ton père dont elle était sans nouvelle, j'ai compris l'immensité de l'inquiétude venue la surprendre… Notre amitié s'est tout de suite renforcée dans la solidarité. Lorsque la maison des Fontanel s'est écroulée sous les bombes en mars 1942, je vous ai hébergées chez moi. Nous nous arrangions équitablement. Bien que les rations de charbon étaient insuffisantes pour se chauffer, nous avons tenu bon. Outre les produits de première nécessité, son salaire nous permettait de nous offrir quelques denrées supplémentaires au marché noir. Toutefois, cette année 1942 et ces crimes de lèse-humanité nous ont été fatals. Je n'aime guère évoquer ces années de fuite, cela ne fait que raviver les crimes et ressurgir le malheur.

Berthe marqua un temps d'arrêt. Beata perçut sans difficulté à quel point ce récit l'éprouvait. Elle eut l'impression que ses yeux s'étaient humidifiés derrière ses lunettes à double foyer.

— Avec ta mère, vous êtes parties vous réfugier en Charente chez une cousine, à La Rochefoucauld, concéda-t-elle finalement.

Embarrassée, Berthe fouillait une mémoire défaillante en serrant ses paumes l'une contre l'autre, puis elle soupira profondément. La suite se refusait à elle. Beata la sentit réticente à déterrer tout ce qu'elle savait, comme si elle risquait de compliquer une situation ou d'aggraver une souffrance déjà latente.

— Attends-moi un instant… dit Berthe avant de quitter la pièce, pour reparaître trois minutes plus tard.

Elle tenait une robe fourreau noire retenue par de fines bretelles, qu'elle lui tendit aussitôt.

— Elle est à toi, Beata, prends-la, ma chérie, elle appartenait à ta maman.

Pendant que la jeune fille, émue, examinait cette magnifique pièce griffée d'un grand couturier parisien, qui devait mouler un corps à la manière d'une seconde peau, Berthe ajouta :

— Elle avait une allure folle lorsqu'elle la portait. Une telle beauté est une arme qui peut se retourner contre vous…

Dépassée par ses souvenirs, Berthe regretta immédiatement d'avoir été si vive en paroles, tandis que Beata portait sur elle un regard accusateur.

— Pourquoi ces mots ?

— Ma pauvre petite… Tu n'es plus une enfant. Ça te fait combien, dix-sept ans ?

— Oui.

— Il faut se rendre à l'évidence. Une robe de ce genre, symbole des chanteuses dont les voix prennent aux tripes, coûtait plusieurs mois de salaire pendant l'Occupation, ce qui, en cette période de tickets de rationnement et de récupération, doit te mettre la puce à l'oreille.

Le malaise de Beata ne sembla pas pour autant alarmer Berthe, évaporée dans sa rêverie.

— Est-ce une robe des Folies Bergère ?

Berthe la dévisagea. Beata faisait-elle exprès de ne pas avoir compris ce qu'elle avait tenté de lui expliquer subtilement ?

— Elle a dû l'oublier lorsque vous avez quitté Boulogne toutes les deux... minauda-t-elle en éludant la question.

— Mais je ne comprends toujours pas pourquoi ma mère a fait le choix de s'en aller, puisque tout semblait lui sourire dans sa vie professionnelle.

— Ta mère se confiait peu, même à moi, riposta Berthe qui jugeait la position intenable.

Beata se tut, persuadée que madame Vandman avait volontairement omis de lui livrer une information cruciale. Voyager sous l'Occupation présentait des risques énormes qui les mettaient en danger toutes les deux. Il fallait donc que sa mère ait eu suffisamment de raisons pour franchir ce cap avec une enfant de cinq ans. Quelque chose clochait, et elle songea que le théâtre des Folies Bergère pourrait peut-être l'aider à reconstituer la pièce manquante.

— Pourquoi ne sommes-nous pas parties ensemble ? s'enquit la fille d'Eulalie pendant que son regard évaluait celui de Berthe.

— J'ai quitté Paris plus tôt que vous en raison des rafles policières de juillet 1942, avoua-t-elle en remballant son malaise... Et il faut voir dans quel état j'ai retrouvé cet appartement après la guerre ! Les nazis avaient tout emporté : vaisselle, meubles, literie. Tout s'est opéré par le biais de sociétés de déménagement françaises qui mettaient leurs camions à disposition de l'occupant. Je disposais de quelques biens de valeur qui se sont retrouvés au musée du Jeu-de-Paume avant leur départ pour l'Est. Bien sûr, je n'ai jamais récupéré ces trésors familiaux.

— J'ai su qu'une conservatrice s'est donné beaucoup de mal pour réaliser clandestinement l'inventaire des biens volés, mais je crois que personne n'a fait suffisamment pression sur le gouvernement de Pétain pour empêcher le vol de notre patrimoine.

— Ma pauvre petite… Il y aurait beaucoup à dire sur le sujet.

Beata, perplexe, se sentait un peu honteuse des émotions qui la gagnaient, d'autant plus que Berthe se contredisait parfois. Elle ne voulut pas la heurter davantage, désemparée devant cette femme visiblement ratatinée par le malheur. La chaleur de l'appartement étriqué tout autant que le comportement parfois étrange de sa propriétaire finirent par la mettre mal à l'aise. Si Beata n'avait pas été autant obnubilée par sa propre histoire, peut-être aurait-elle été capable d'un peu d'empathie, mais elle ne songea qu'au bombardement de sa maison familiale rue de la Saussière, ainsi qu'à sa pauvre maman.

— Estimez-vous heureuse, Berthe, que votre maison ait été épargnée !

— Tu as raison, avança celle dont les yeux se perdaient dans le vague. Vois-tu, je ne pense pas que nous devions nous étendre sur le sujet. Le passé est trop violent.

Pourtant, si Berthe partageait avec Lazare le fait de ne pas vouloir parler de ces épisodes des années noires, elle avait pourtant intégré un réseau de Résistance sous l'identité de Marie Dulac. Elle y avait appris à se servir d'un poste émetteur, et transmis à Londres des messages sur les positions allemandes. Plus tard, dans un coin du Sud-Ouest, elle avait enroulé des messages codés autour de pattes de pigeons voyageurs gris et blanc, au cours d'une autre mission. Depuis l'une de ces fermes dédiées à l'élevage des oiseaux héroïques que dressaient des spécialistes dans des colombiers, elle avait lâché les volatiles qui acheminaient aux alliés des renseignements pour paralyser les lignes ennemies.

Beata aurait sans doute été intéressée à l'idée d'obtenir des détails sur ce genre de performance. Toutefois, elle n'en pipa mot et s'en tint à l'ordre du jour :

— Quand je vois qu'on nous impose ces tours d'habitation qui fleurissent sur les terrains bombardés, il me semble que c'est une autre forme de guerre qui s'annonce aujourd'hui.

Avant de quitter l'appartement, Beata dit à Berthe combien elle avait été ravie de la revoir. Qui sait, si leur relation se resserrait, d'autres confidences pourraient peut-être venir étayer les précédentes. En attendant, elle prit la direction des Folies Bergère, la robe sous le bras, tout en considérant qu'elle avait déjà collecté de précieuses informations qu'elle ne manquerait pas de consigner le soir même dans son carnet.

Quittant la bouche du métropolitain station Montmartre, le fourreau noir enveloppé dans une poche qu'elle avait achetée à la sauvette alors que les voitures défilaient à grand fracas sur les boulevards, Beata se rendit, bille en tête, au 32, rue Richer, à l'adresse du prestigieux théâtre. Ignorant le portier qui se tenait devant l'entrée, elle se fit apostropher au moment de pénétrer dans le hall. Comme elle insistait pour rencontrer le directeur, le groom la dévisagea en songeant qu'au siècle dernier, une femme de cette allure n'aurait pas même été sélectionnée pour le promenoir, cet espace circulaire situé derrière l'orchestre, où les dames de petite vertu venaient s'agglutiner dans l'espoir de tarifer leurs services. Ses cheveux en désordre, ses cernes et son physique banal lui donnaient un air un peu rebelle, bien éloigné des critères de séduction.

— Les contrôleurs et les ouvreuses ne sont pas encore en place, à cette heure-ci. Au mieux, vous verrez les concierges et les veilleurs…

Elle faillit rétorquer qu'elle s'en moquait éperdument puisqu'elle souhaitait parler avec le directeur, mais son intuition aiguisée l'aida à s'abstenir. Un mot de trop pouvait lui être fatal. Aussi se soumit-elle à la force du courant en patientant jusqu'au lendemain pour obtenir un rendez-vous.

Les régisseurs, en bons commandants du navire, étaient alors en plein recrutement pour la nouvelle revue à l'heure où elle se présenta. Un véritable vent d'effervescence soufflait sur le théâtre, où habilleuses et chapeliers modistes s'affairaient pour les préparatifs des répétitions. On ne jurait que par la nouvelle meneuse de revue fétiche, Yvonne Ménard, un vrai titi parisien, engagée comme mannequin nu. Dans ce monde façonné par le *show-business,* l'assurance de Beata disparut brusquement.

— Entrez ! lança Derval, après lui avoir adressé une chaleureuse poignée de main.

Habitué à voir défiler toutes sortes de visages auxquels il portait beaucoup d'attention, il nota l'attitude crispée de Beata lorsque cette dernière prit place dans son bureau, où un stock d'affiches de la nouvelle revue était prêt à être placardé. La jeune fille s'assit, les yeux à la hauteur d'une gravure représentant le fameux promenoir des Folies Bergère à la Belle Époque. La scène laissait imaginer les petites dames de quartier qui tenaient table ouverte.

— Que puis-je pour vous, Mademoiselle ?

Les jambes croisées, les mains posées l'une sur l'autre sur son genou, l'homme au visage sympathique la considéra avec attention.

— J'aimerais savoir si ma mère, Eulalie Fontanel, a été l'une de vos girls pendant la période de l'Occupation, demanda Beata avec une pointe d'appréhension.

Elle s'attira le regard surpris de Derval qui s'ancra au sien avec une intensité profonde. Elle y lut une forme de bienveillance qui fit tomber la barrière qu'elle avait dressée autour d'elle.

— Oui, votre mère... je me souviens de cette étoile filante... Elle s'est en réalité volatilisée du jour au lendemain, sans nous fournir la moindre explication. Songez au tort porté à l'établissement ! Les Folies, c'est pourtant un Graal à conquérir ! Beaucoup de danseuses envient nos conditions de travail ainsi que le montant des cachets perçus par nos artistes... Son attitude a d'autant plus jeté un froid qu'il a fallu la remplacer au pied levé en cette période critique, expliqua-t-il avec une moue d'incompréhension.

Puis il marqua volontairement un temps d'arrêt pour obtenir un maximum d'effet, tandis que Beata restait imperturbable.

— Que croyez-vous, Mademoiselle ? Lorsque j'ai repris les rênes des Folies, la cote de l'établissement n'était pas très bonne. Pour fonder un empire, j'ai pris des risques inouïs au fil de ma carrière. Dans les années 1920, il m'est arrivé de signer des reconnaissances de dettes pour lancer une revue. Deux actes, quarante-deux tableaux, juste ce qu'il faut de sel et de piment au music-hall traditionnel, le bon degré de démesure, de création artistique, beaucoup d'organisation, de mise en scène... Alors si tous mes artistes avaient manqué à leurs engagements comme l'a fait votre mère, je vous laisse imaginer la suite...

Le visage de Beata s'empourpra.

Puis Derval dévia. Il raconta quelques anecdotes sur l'homme au canotier, alias Maurice Chevalier, bifurqua sur Colette qu'il avait si bien connue :

— Elle s'enfermait dans sa loge pour écrire *La Vagabonde* ou *L'Envers du music-hall,* il faut bien gagner sa vie, Mademoiselle. D'ailleurs, en son temps, la belle Otero n'y trouvait rien de déshonorant lorsqu'elle apparaissait sur scène avec le boléro constellé de diamants que Cartier avait estimé la veille à trois millions de francs or. Le Tout-Paris était là !

Beata comprenait que, dans ce théâtre entré dans la légende, sa mère avait fait figure de dissidente. Derval, sans doute vexé par l'affront, ne semblait guère curieux de savoir ce qu'il était advenu d'Eulalie. Toutefois, Beata exhiba sans plus attendre le fourreau noir qu'elle tenait dans son sac pour tenter d'éclaircir cette zone d'ombre.

— Si je peux me permettre, Monsieur Derval, ma mère portait-elle cet écrin sur scène ?

Il examina méticuleusement cette pièce remarquable tout droit sortie d'un atelier de haute couture et si peu portée que le temps n'avait pu y inscrire sa marque. Il se souvint soudain de la liaison qu'avait entretenue la belle Eulalie avec ce colonel de l'Abwehr, et songea qu'elle devait porter cette robe à ravir. Il resta un instant silencieux en considérant la jeune fille, goguenard.

— Vous semblez mener une enquête, Mademoiselle… Qu'est-ce qui me prouve que vous êtes réellement la fille d'Eulalie Fontanel ?

— Loin de moi l'idée vous tromper ! s'insurgea Beata, prête à dégainer ses papiers d'identité.

— Cela dit, je n'ai pas besoin de présenter cette robe à une habilleuse pour vous confirmer qu'elle n'a jamais été exhibée au cours de nos revues, objecta-t-il. Une revue, cela sous-entend un millier de costumes, mais pas celui-ci ! Il est probable que votre mère l'ait portée en privé, où que sais-je ? Le mieux est encore de le lui demander !

— Je serais bien en peine, ma mère est décédée en 1942.

Cette phrase déclencha un malaise. Derval se laissa soudain submerger par le ressac des souvenirs douloureux qui avaient marqué les années d'Occupation. Les exactions, les déportations subies dans son voisinage tandis qu'il supervisait des salles de spectacle pleines à craquer où ses girls évoluaient sous la lumière des feux de la rampe, toute cette noirceur lui revenait au visage.

— Vous m'en voyez navré, rétorqua-t-il, gêné. En réalité, c'est André Dolitor qui l'avait engagée. Les mannequins, les show-girls, c'était son affaire, moins la mienne. Je fais passer les auditions aux artistes. André la connaissait mieux que moi. Il assurait que ses atouts auraient pu en faire une étoile, ce que je n'ai d'ailleurs jamais démenti...

— Alors je ne comprends toujours pas pourquoi elle a souhaité quitter Paris. Cela ne présentait aucun avantage pour elle, ajouta Beata, perplexe. J'en arrive à me demander si elle n'aurait pas été menacée. Mais par qui ? Monsieur Dolitor pourrait sans doute m'en dire davantage sur l'intimité de ma mère ?

— À l'époque, André était très énervé contre elle. Un régisseur efficace est soucieux de grandeur, de perfection, il tolère mal qu'on lui fasse faux bond...

— Je conçois qu'il ait été furieux, mais ce sont les raisons de ma mère que j'aimerais connaître avant tout, se rebiffa-t-elle. Si je me réfère à la législation en vigueur, aucun de vos spectacles n'était en mesure de se dérouler sans l'agrément de l'occupant. Vous mettiez un point d'honneur à paraître irréprochable à votre public, mais vous étiez probablement moins accommodant vis-à-vis de vos danseuses.

— Quel toupet !

— J'ai lu que le souhait de l'occupant était de détruire l'influence intellectuelle de la France en la dominant afin de mieux l'asservir. Le monde culturel parisien dans son ensemble s'est rué dans la servitude, avança Beata, elle-même surprise d'être capable d'autant d'audace, tandis que Derval la foudroyait du regard.

— Parce que vous croyez que nous avons eu le choix ! J'aurais voulu vous y voir, jeune fille ! Si j'avais abandonné mon théâtre, il m'aurait fallu émigrer. Cela dit, j'ai bien dû quitter Paris pendant la drôle de guerre, mais cela n'a pas duré longtemps. Je consacrais ma vie aux Folies depuis 1917. Ce théâtre est l'enfant que je n'ai jamais eu. Savez-vous qu'en 1940, Pétain fut l'homme que les Français attendaient, même si, par la suite, certains ont abusé de sa faiblesse ? Ceux qui, plus tard, ont acclamé de Gaulle avaient aussi encensé Pétain en 1940 ! Bien sûr, la conduite héroïque des Résistants a sauvé l'honneur de la France, mais en 1940, nous devions survivre, Mademoiselle !

Après un temps d'arrêt, il reprit :

— Paris était devenu la capitale allemande de la France. La Propagande Staffel, sous la férule de l'ambassade d'Allemagne, faisait la pluie et le beau temps. Le Paris de l'Opéra à l'Étoile a toujours été celui de la haute couture, des grands cafés, des danseuses et des bons restaurants, la nécessité étant de divertir l'armée. Je ne vais pas vous faire un dessin ? Domaine de prédilection de l'occupant : le cabaret ! Et peut-être que ce théâtre nous a sauvés. Toutefois, il fallait bien en fournir des danseuses ! Et on ne les trouvait pas sous le pied d'un cheval !

Une sorte de vertige monta au cerveau de Beata.

— Je conçois que vous ayez joué ce rôle de dérivatif des difficultés du quotidien, mais...

Elle s'arrêta net, déglutit péniblement, persuadée que sa mère s'était sentie en insécurité, peut-être menacée sous le joug d'une domination en cette année 1942. Elle imagina les salles pleines d'uniformes allemands où elle se produisait, fréquentant ceux qui menaient une vie luxueuse et sordide. Les traits de son visage se décomposèrent.

— Et puis, vous savez, reprit-il d'un ton aussi calme que possible, la période de délation qui a suivi la Libération n'a guère été plus glorieuse que celle de l'Occupation. Les accusations, les vengeances ont fait beaucoup de mal. Au nom de la justice, les règlements de compte ont eu bon dos.

Beata baissa les yeux. L'opacité de ces années-là, les brumes d'une enfance sacrifiée où elle n'avait guère mangé à sa faim, Paris devenu champ de bataille au moment de la Libération, les bombardements de 1944 lui donnaient du vague à l'âme. De la fenêtre du dortoir de l'orphelinat, elle avait vu les blessés s'acheminer par dizaines à l'Hôtel-Dieu. Les paroles du général, du haut du balcon de l'hôtel de ville : « Paris outragé, Paris brisé, martyrisé, mais Paris libéré ! », elle les avait en tête comme la plupart des Parisiens.

Cependant, Derval, en faisant allusion à toutes les tensions post-44, l'avait entraînée vers un terrain de discussion dont elle se sentait étrangère en raison de son jeune âge. Il le savait et en profitait sans doute pour affirmer la suprématie de son théâtre qui était également son « enfant ».

— Les Folies Bergère, sans doute la salle de music-hall qui a reçu le plus grand nombre de têtes couronnées de ce monde, n'ont pas de leçon de morale à recevoir ! rétorqua-t-il, agacé.

— Je veux voir ce Dolitor ! exigea-t-elle sur un ton venimeux.

— Ne mettez pas ma patience à l'épreuve. D'ailleurs, laissez-moi vous dire deux mots, Mademoiselle. La perfection n'est pas de ce monde et votre mère n'a pas échappé à la règle. Libre à vous de rencontrer André Dolitor, mais il y a belle lurette qu'il ne fait plus partie de notre personnel, et ne comptez pas sur moi pour vous communiquer son adresse.

Puis il se rencogna dans son siège et considéra Beata, le regard dur.

— Gamine ! Vous mériteriez qu'on vous botte les fesses !

Elle ne mordit pas à l'appât, mais elle fulminait...

— À présent, vous seriez gentille de vous retirer, jeune fille, j'honore chaque soir un flot de quelque deux mille spectateurs, j'ai à faire, dit-il en se redressant de toute sa hauteur.

Bien qu'il se fût assez gentiment prêté au jeu de ses questions, elle quitta le bureau en le saluant du bout des lèvres, assaillie par une profonde envie de pleurer.

Dans le couloir, la voix du régisseur commandait par le biais du haut-parleur d'allumer les projecteurs. Les artistes se préparaient. Bientôt, la lumière éclairerait une partie de la scène en vue de la prochaine répétition. Tout à ses pensées, Beata se trompa de direction. Elle longea les ateliers de couture avec ses machines à coudre électriques, à broder, où des petites mains expertes s'affairaient autour des essayages et ajustements, dans une souplesse de fabrication « maison », parmi des montagnes de soie et de mousseline. Une preuve, encore, que le fourreau noir de sa mère n'avait jamais été une tenue de scène, puisque les costumes provenaient tous de ces officines. Beata contourna le magasin des décors où peintres et cartonniers s'affairaient sur les nouvelles maquettes à construire, au moment où deux artistes de style French Cancan, les jambes gainées de soie, passèrent à sa hauteur. Les girls se ressemblaient comme des jumelles et Beata, perplexe et émue devant tant de beauté, se sentit soudain bien fade en comparaison de ces déesses qui la dépassaient d'une bonne tête. Sa mère détenait donc cette même prestance naturelle. Il n'était pas étonnant qu'elle ait attiré les hommages et suscité les phantasmes les plus fous.

La blonde, qui avait repéré le fourreau noir qu'elle tenait sur le bras, s'approcha de Beata et la regarda dans les yeux, cherchant à conquérir sa confiance :

— Vous permettez ?

Beata lui tendit spontanément la robe pour qu'elle l'examine. La danseuse s'adressa soudain à son acolyte :

— J'aimerais persuader qui tu sais de porter ce genre-là pour notre numéro…

L'affirmation tomba dans le vide et Beata en profita pour engager la conversation.

— Ma mère, Eulalie Fontanel, fut également girl dans ce théâtre pendant les années d'Occupation.

Ce fourreau lui appartenait. Vous auriez pu la connaître ?

Mais elle comprit vite à quel point sa question était stupide, ces danseuses n'étant guère plus âgées qu'elle.

Celle qui se présenta sous le prénom de Nina ne sembla pas vexée. Elle la suivit des yeux quelques secondes. Elle aurait pu décider de lui rendre la robe et de s'éloigner, mais les propos de Beata l'avaient intriguée.

— À quelle occasion votre maman la portait-elle ?

— C'est ce que j'aurais aimé savoir. Mais hélas, elle est décédée alors que je n'avais que six ans.

— J'en suis désolée, murmura la danseuse en baissant ses paupières festonnées de faux cils. Voulez-vous visiter notre loge ?

— Je ne voudrais pas vous embarrasser, Nina ! ajouta Beata qui, pour être agréable, lui proposa d'essayer la robe.

Mais Nina n'en fit rien.

Elles parvinrent à la loge, au bout d'un couloir étroit. Beata crut comprendre que les girls étaient toutes soumises aux strictes autorités anglaises d'un pasteur qui régentait les bataillons de jeunes filles sorties d'une école de girls… Des moniteurs spécialisés avaient pour mission de leur faire approcher la ligne idéale à coups de cours d'acrobatie, de danse, de régimes stricts. Beata s'étonna de toutes ces précisions que lui fournissait Nina dans un français très acceptable, alors qu'elle se tenait debout devant sa coiffeuse, dans cet environnement de peignoirs, de costumes et de faux cils posés sous une photo d'Édith Piaf dédicacée.

— Peut-être me jugerez-vous trop indiscrète, Nina, mais… devient-on girl par choix ? s'enquit la fille d'Eulalie qui ne comprenait toujours pas que l'on pût se dénuder chaque soir face au public en éprouvant du plaisir.

Nina hésita. Son regard, devenu fiévreux, désemparé, ne savait où se poser. Beata comprit sans mal le trouble dans lequel l'avait plongée cette question, et elle regretta de s'être montrée si curieuse.

— L'argent ne tombe pas du ciel, assura Nina en poussant un léger soupir résigné. Après tout, il n'y a pas de mal à procurer de la joie aux spectateurs. (La voix teintée d'amertume, elle poursuivit :) Il y a les prestigieux artistes et ceux qui resteront de simples figurants. Bien qu'appartenant à la seconde catégorie, j'ai pour modèle Jenny Golder. Elle a débuté comme figurante aux côtés de Mistinguett puis, la saison suivante, elle est devenue la vedette de la revue d'hiver…

Le brin de tristesse qui émanait de ses propos n'échappa pas à Beata qui n'était pas sans savoir que la Golder avait mis fin à ses jours d'un coup de revolver.

— Et je présume que vous cherchez à retracer le parcours de votre mère, c'est bien ça ?

— Vous êtes perspicace. C'est effectivement la raison qui me pousse à assouvir ma curiosité sur le métier, précisa-t-elle, alors qu'une moue amère s'était dessinée sur le visage de Nina.

— Perdre une mère est une blessure à jamais béante. Si je peux vous être utile en quoi que ce soit, n'hésitez pas.

— Auriez-vous connu un certain André Dolitor ?

— Moi non, mais la barmaid pourrait sans doute vous en parler.

— Merci, Nina, pour votre écoute. Il ne me reste plus qu'à vous souhaiter bonne chance pour la suite de votre carrière…

Beata songeait que cette jeune femme avait tout pour elle : une allure souveraine associée à l'intelligence du cœur, et elle s'orienta, pleine de courage, vers le bar de cette usine à plaisirs.

Cheveux frisottants, teint enfariné de poudre de riz, l'œil charbonneux sous la lumière crue d'un spot, la barmaid se tenait devant son comptoir de marbre où des générations de clients s'étaient succédé. Les yeux de Beata passaient en revue les marques des plus nobles champagnes et digestifs alignés dans le dressoir à bouteilles, lorsque la serveuse s'avança vers sa jeune cliente :

— Je suis une amie de monsieur Dolitor, mentit Beata, armée d'un large sourire.

— Ah Dédé ! Vous connaissez Dédé ? Un phénomène, celui-là, fit-elle, habituée à déverser son chapelet d'anecdotes sans se préoccuper de savoir à qui elle avait affaire.

Les beaux parleurs, les journalistes, elle les connaissait, et se croyait dans l'obligation de divertir la galerie. Il s'établit une sorte de malentendu dans la conversation, une aubaine pour Beata qui donnait le change en souriant beaucoup, sentant à juste titre qu'elle saurait en tirer avantage pour obtenir l'adresse de Dolitor.

III

C'EST UN VIEIL HOMME mondain, enveloppé dans un peignoir de soie violine, qui répondit au coup de sonnette de Beata. Cet André, qui avait nécessairement trinqué avec les vert-de-gris, était encore doté de suffisamment de lucidité et d'énergie pour renseigner Beata avec gentillesse lorsqu'elle lui eût résumé les raisons de sa visite. Il la reçut à la bonne franquette dans son grand séjour, où l'on sentait encore la férule nazie à plein nez : au-dessus du canapé où il l'invita à prendre place, trônait un portrait masculin de l'École italienne du XVIIe et des trésors d'ébénisterie baroque comme elle n'en avait encore jamais vus. L'homme avait le goût des belles choses hétéroclites, et bien que la culture artistique de Beata fût des plus limitées, elle reconnut des œuvres de belle facture. Mais, même si elle n'était pas venue jusqu'ici pour s'entretenir de la manière dont il avait acquis tous ces joyaux, elle n'en réprima pas moins un étrange frisson.

— Je me souviens bien de votre mère, Eulalie... Un joli prénom, et peu commun avec ça ! Elle faisait tourner les têtes sans aucune arrogance, une femme un peu désabusée, restée distante d'elle-même, dit-il entre ses dents... ce qui s'avère peu fréquent chez les jolies femmes.

— Pourquoi a-t-elle quitté Paris ? rétorqua froidement Beata qui ne se laissait pas intimider, bien qu'André se fût assis à ses côtés sur le canapé.

Cette expression butée, sur le visage de la jeune fille, révélant d'une souffrance, n'était hélas que trop familière à André qui avait à peu près tout vu et tout entendu au fil de sa si longue carrière de music-hall.

— Après tout, vous êtes sa fille, et donc en droit de le savoir... Mais s'il vous plaît, ne soyez pas amère, ne la condamnez pas, insista-t-il en refermant sa main sur le poignet de Beata.

Cette soudaine familiarité la toucha, et elle sentit combien ce qu'il avait à lui dire semblait délicat.

— À quoi bon protéger un secret ? Si vous le permettez, je vais entrer dans le vif du sujet : chaque soir, les hauts gradés des services de renseignement de l'état-major allemand fréquentaient notre établissement. Vous vous en doutiez ? Un soir, l'un d'entre eux, le colonel Lubin Von Baden, a eu le béguin pour votre mère. Elle était, sans conteste, la plus belle danseuse de notre établissement, ce qui lui a valu par ailleurs de nombreuses jalousies... Mais c'est un autre sujet. En réalité, elle était trop seule pour se débattre en eaux troubles. Je sais qu'elle a fréquenté cet officier de l'Abwehr...

Beata ne baissa pas la garde. Bien qu'elle eût envisagé quelque chose du genre, sa respiration s'était accélérée, tandis que des sensations nouvelles traversaient son corps. L'instant de sidération passé, elle allégua :

— Vous voulez parler d'une attraction charnelle qui aurait pris le pas sur ses valeurs morales ? C'est bien ça ? Ou alors voulez-vous dire que ma mère aurait été corrompue par un Allemand ? Ce n'est pas la même chose...

— Vous avez raison de le faire remarquer, soupira André Dolitor en se propulsant dix ans en arrière. Vous savez, dans la vie, il n'est pas exclu de se retrouver dans l'orbite d'un amour insensé.

— Et une fois sa vertu salie, ma mère ne l'aurait pas supporté ? C'est donc pour cette raison qu'elle aurait quitté Paris ?

— Je l'ai toujours pensé.

— Un départ n'est pas gage de faiblesse, au contraire... considéra Beata, toujours sous contrôle.

— Qui vous parle de faiblesse ?

— J'essaye de comprendre, c'est tout. Et cette robe, c'est donc lui ? s'enquit-elle.

Elle déplia le fourreau noir en songeant que sa mère aurait pu être tondue à la Libération.

— Sans doute. Ces propos vont vous paraître immoraux, mais votre mère qui, dans sa vie, avait déjà vécu des petites fins du monde, savait qu'une simple étincelle de bonheur ne se laisse pas passer. Parfois, nos démons sont plus forts que les règles, et c'est tant mieux. On peut être devancé par un sentiment plus costaud que la peur, je l'ai vécu moi aussi.

— Je ne la juge pas, reprit Beata qui sentait pourtant un horrible mal de tête la gagner...

André expliqua combien il aurait fallu qu'elle fût confrontée à la situation pour la comprendre. Lui, par exemple, sa vie avait été de tout temps indissociable du spectacle, tandis qu'Eulalie, au contraire, avait dû s'adapter au music-hall sans réelle gaîté de cœur : son seul rêve aurait été de devenir danseuse étoile à l'Opéra…

Elle avait déjà entendu ces mots de la bouche de Berthe et, soudain, la vie de sa mère lui parut compliquée.

— Voilà, Mademoiselle, le passé n'est plus en notre pouvoir, et je préfère garder le souvenir de ce jour où la 2e DB du général Leclerc est entrée dans la capitale. Dès le lendemain, le général Von Chotitz, gouverneur de Paris, a signé la réédition. De Gaulle acclamé par la foule, le retour du drapeau tricolore… C'est ce nouvel élan pour la France qui doit dorénavant nous porter.

Il faisait le fanfaron mais, au fond, son protégé Gabin avait dû rendre des comptes à la capitulation du Reich. Ce dernier avait été condamné à une lourde peine d'emprisonnement par le tribunal en charge de l'épuration pour « intelligence avec l'ennemi », un sujet qu'il ne lui serait jamais venu à l'esprit d'aborder avec sa visiteuse en raison des sombres implications de son ami dans la collaboration de la presse écrite. À l'heure qu'il était, Gabin avait trouvé refuge en Amérique du Sud.

Les idées ailleurs, André prêta une oreille distraite à Beata lorsqu'elle lui dit :

— Je garde le souvenir d'une mère confiante, qui m'a tellement protégée que je n'ai jamais eu l'impression de prendre le moindre risque à ses côtés. Elle embellissait la vie, sa diction claire était une vraie musique. Mon monde s'est écroulé du jour au lendemain au moment de cet accident. J'ai cru que ce cauchemar allait me consumer tout entière.

— Comme je vous comprends ! Avez-vous su ce qu'il s'était réellement passé ce jour-là ? demanda-t-il en la gratifiant d'un regard compatissant.

— J'ai su ce que les religieuses de l'orphelinat ont bien voulu dire à une fillette de six ans sans famille pendant l'Occupation ! Des mots d'une affligeante banalité, assenés sur un ton désolé, et les prières ne m'ont été d'aucune consolation. J'ai pris sur moi pendant des années en essayant de reconstituer des morceaux d'un puzzle qui ne s'emboîtaient pas. À présent que mon père me délivre des soucis matériels, il me tarde de retourner en Charente sur les pas de ma mère, car j'ai le sentiment que je n'y verrai clair que le jour où j'aurai compris toute son histoire. Sous cette unique condition, je pourrai accomplir mon propre chemin.

Il fit claquer sa langue, gêné de sentir ce trop-plein de nostalgie qui macérait dans le cœur de la jeune fille. André affecta de ne pas la regarder.

— C'est un poncif que d'affirmer que le passé n'est pas bon à ressasser. Et pourtant, s'il est vraiment douloureux, qu'y gagnerez-vous, à part de la tristesse ? Vous n'en tirerez aucun enseignement, juste la déconvenue de découvrir des choses déplaisantes. Les crimes, les conflits d'intérêts de la période de l'Occupation font partie d'un lointain passé que personne n'a envie de voir ressurgir, vous comprenez ?

Beata promena son regard sur le joli mobilier qui décorait la pièce, les idées ailleurs. Elle savait déjà combien la mélancolie augmente le poids des chagrins, mais cette quête intime entre elle et sa mère ne regardait personne d'autre qu'elle. En dépit du principe de fausseté qui devait être légion parmi les hommes au cours de ces années d'Occupation, son hôte était passé aux aveux, non sans une certaine franchise. Elle lui en fut reconnaissante et, pendant tout le trajet en métropolitain qui la ramenait chez son père, bien que livrée à la cohue des heures de pointe, elle imagina les rues vides de Paris livrées au couvre-feu, sa mère en compagnie de cet officier… L'Abwehr était bien connu pour le sabotage de l'effort de guerre allemand, pour ses projets de coup d'État et tentatives d'assassinat contre Hitler avant sa destitution en 1943… Enfin, c'était tout de même l'ennemi, et elle se mit à réfléchir à la manière dont elle allait transposer au plus juste ces éléments sur la feuille de papier, tant et si bien qu'elle faillit en oublier la station Vaugirard. Elle pensait toujours aux aveux d'André en tournant la clé dans la serrure de la porte de l'appartement, surprise qu'elle n'émette aucune résistance, avant de constater que son père était déjà rentré. Il avait visiblement débauché plus tôt que d'ordinaire pour bricoler, et sa fille fut étonnée de sa présence. Le regard de Lazare paraissait curieux, sans une once de reproche, lorsqu'il lui demanda :

— Où étais-tu ?

— Je cherche à me faire inscrire à une formation de dactylo, mais je ne me suis heurtée qu'à des refus, mentit-elle.

— Dis donc, j'espère que tu pardonneras mon indiscrétion, mais j'ai parcouru quelques lignes que tu as rédigées. Tu me sembles plutôt douée…

Le Paris des années 1940 suscite chez toi beaucoup d'intérêt, à ce que je vois ! Si ce n'est que ça, je peux te fournir quelques détails sur cette époque où la Gestapo s'acharnait à débusquer tous les réseaux de Résistance, dit-il, les mains dans la tuyauterie du lavabo qui faisait des siennes.

— Bah, je n'ai rien à te cacher, et puis, tu sais bien que tout cela m'intéresse !

— Voir ressurgir l'histoire de ces années sombres ? Les tortures, les meurtres, ce climat de suspicion permanente, le fossé entre la caste arrogante des profiteurs de guerre et les autres ? La ronde de police qui t'alpague entre minuit et 5 heures du matin… À quoi sert-il de se brûler les ailes au soleil de la vérité ?

— Vois comme tu es… Tu reviens sur tes paroles, et tu te contredis !

— Maintenant, c'est la guerre en terrain colonial. On va mourir pour l'Algérie française, abrégea-t-il en serrant les dents. Allez, parlons d'autre chose, ma fille ! Actionne plutôt la machine à écrire… Je préfère t'entendre travailler.

Pendant que Beata insérait une nouvelle page dans le chariot, Lazare marmonna :

— J'oubliais, il y a une lettre pour toi… Sur le buffet…

Bien que prêts à jouer avec le clavier de la machine à écrire, les doigts de Beata suspendirent leur vol. Intriguée, parce qu'elle ne voyait pas qui pouvait lui écrire chez son père, elle prit aussitôt connaissance du contenu de l'enveloppe oblitérée dans le XVIIIe arrondissement de Paris posée sur le buffet, alors que Lazare pestait contre les canalisations.

Mademoiselle Fontanel,

En agissant ainsi, vous risquez de vous attirer des ennuis. Aussi ne saurais-je que trop vous conseiller de mettre un terme à la dangereuse quête que vous avez entreprise.

Je ne le répéterai pas.

Les lettres, encore baveuses de colle, découpées dans du papier journal s'étalaient sur une page blanche. Une lettre anonyme ! Elle ne put cacher sa consternation.

— C'est qui ? fit Lazare en regardant dans le vide.

— Je n'en sais fichtre rien, se contenta-t-elle de répondre, déboussolée.

Puis elle orienta nerveusement le feuillet en direction de son père qui ne parvint pas à en déchiffrer un traître mot. Il lui demanda de lui lire le texte, ce qu'elle fit.

— Qu'est-ce que c'est que ces simagrées ? Un truc à dormir debout… J'en comprends à peine le sens.

— Quelqu'un verrait donc d'un sale œil que je m'intéresse au passé de ma mère ? laissa échapper Beata qui n'avait pas avoué à son père le quart de ses investigations.

Il abandonna son bricolage de fortune en bredouillant qu'il finirait cela plus tard. Une fois debout, il parcourut de nouveau le courrier des yeux et échangea un regard perplexe avec sa fille.

— Qui peut bien te harceler de la sorte ? Tu as une idée ?

— Quelqu'un qui a manifestement quelque chose à cacher, et qui me connaît mal ! Une stratégie d'intimidation, mais avec moi, ça ne marche pas !

Lazare ne prit pas la peine de contredire Beata, mais il la considéra avec inquiétude.

— Je n'ai pas l'intention de renoncer à quoi que ce soit. Quand j'ai vu ma mère mourir, j'étais terrifiée, l'horizon s'est effondré, et cette terrible image est restée gravée dans mon âme d'enfant. Si tu savais, j'en ai voulu à Dieu de m'avoir laissée en vie, cette nuit-là. J'aurais préféré mourir moi aussi. Dorénavant, ma seule consolation est de connaître la raison pour laquelle maman n'a pas été en mesure d'accomplir son destin.

— Mais ma pauvre petite... La guerre...

Lazare chavira lui aussi dans l'ivresse du passé, une sorte de recueillement dans lequel il percevait le souvenir de sa femme et sa beauté fragile. Sa fille perçut le tourment qui l'habitait, tout en se demandant s'il avait su, pour cette liaison avec Lubin Von Baden.

— J'aimerais que tu ailles à la rencontre de ta vraie vie, Beata, concéda-t-il après un silence. Je t'en donne les moyens, ne gâche pas cette chance.

— Je dois d'abord me rendre en Charente !

— Mais que veux-tu faire en Charente ?

— Essayer de comprendre l'infortune de maman... avança-t-elle avec conviction.

Il ouvrit de grands yeux stupéfaits, l'air de dire : « Tu n'as donc aucune conscience du danger ? », mais il se contenta d'ajouter qu'elle n'était pas encore majeure.

Beata refusa de se justifier ; elle savait ce qu'elle voulait et estimait qu'elle avait suffisamment perdu de temps. Fatiguée par cette journée riche en émotions, elle avait hâte à présent de se plonger dans la suite de sa lecture du *Deuxième Sexe* qui l'encourageait non seulement à prendre sa cause en main, mais également à se donner les moyens intellectuels d'affronter les réalités de son temps. À l'inverse, elle se serait allègrement dispensée de dîner pour ne pas avoir à prolonger le tête-à-tête avec son père. Il n'était bien sûr pas question de lui relater sa rencontre avec André Dolitor, parce qu'elle ne voulait pas risquer de le décevoir ou, pire, de souiller l'image qu'il conservait de son épouse.

— Tu dois me faire confiance, insista Beata dans une farouche détermination. Laisse-moi quelques jours pour y voir plus clair, je ne veux que la vérité…

*
* *

Le retour de l'automne, avec ses tailleurs prince de galles, ses photos de Brigitte Bardot sur les magazines, le succès insensé de *Bonjour tristesse* et la quête d'absolu qu'il propageait dans l'univers féminin, tout cela lui donnait l'esprit conquérant. Elle fit acquisition de son billet de train pour Angoulême, sacrifiant l'essentiel du petit budget dont elle disposait.

Pour entreprendre ce premier voyage seule, Beata avait refusé de céder aux injonctions de la publicité, en troquant sa silhouette virevoltante un peu guindée, comme le voulait la mode, contre un pantalon cigarette et un pull passe-partout, ainsi qu'une veste de baroudeur gris-kaki à multiples poches, qu'elle avait empruntée en douce à Lazare et qui lui donnait des allures de garçon manqué. La carte de visite du papetier d'Angoulême, qu'elle avait soigneusement conservée depuis le jour où elle l'avait découverte dans les affaires de sa mère, était rangée dans son sac. À présent, elle jugeait qu'il était préférable de passer à l'action sans se laisser influencer par des principes qui n'étaient pas les siens. Cette lettre anonyme reçue chez son père la veille lui donnait une raison supplémentaire de trouver des réponses à ses questions. Son goût de l'inconnu eut vite fait de ranimer son caractère intrépide et son excitation ne fit qu'augmenter dès qu'elle arriva en gare d'Angoulême. Quant au climat de nonchalance sympathique qui régnait dans la préfecture charentaise, elle en observa les travers, telle une gosse en colonie de vacances. Beata se fit indiquer avec précision l'adresse du papetier par le serveur du buffet de la gare, et elle s'élança, légère comme une plume, vers son but. Sous le charme des remparts de la ville aux contours imprécis, elle était restée longtemps immobile, le souffle court, en admiration devant la rivière dont les méandres s'écoulaient dans le lointain au cœur de vertes prairies, un peu émoustillée d'avoir osé prendre cette liberté du voyage et d'en être aussi vivement récompensée ! Surprise par l'élégance de l'hôtel de ville et de sa vieille tour, elle appréciait le caractère paisible des rues d'Angoulême. Grisée par sa propre audace, elle descendit les faubourgs vers le quartier de l'Houmeau, où se tenait l'usine Dumont, et se présenta sans rendez-vous, en déployant toute son amabilité envers la jeune employée chargée de l'accueil, qui l'accompagna spontanément jusqu'au bureau du patron.

La cinquantaine aux cheveux clairsemés, le sourire facile couronné d'une fine moustache, Dumont sembla ravi de recevoir cette visite qui venait rompre la monotonie de ses habitudes de travail. Cependant, le nombre de dossiers empilés sur son bureau augurait une activité débordante, tout comme les rangées d'étagères qui croulaient sous les chemises cartonnées. Cela incita Beata à entrer rapidement dans le vif du sujet : elle ne voulait pas abuser de son temps. Elle fit preuve d'une telle franchise en lui exposant qu'il avait dû connaître sa mère, Eulalie Fontanel, au cours de l'année 1942, qu'il en demeura tout ébaubi. En dépit du peu de temps qu'ils avaient passé ensemble, il n'eut pas à fouiller bien longtemps dans ses souvenirs pour se remémorer la visite de la belle brune dans son usine. L'air de rien, le propos de Beata avait atteint sa cible, et elle s'en félicita intérieurement, sans brusquer la marche naturelle de la conversation, tandis que surgit de dessous la table un bâtard qui s'approcha de son maître pour lui donner un coup de langue affectueux.

— Il vous ignore royalement… constata Atalis, un sourire moqueur aux lèvres, alors qu'il glissait les doigts sur le pelage soyeux de son fauve.

Attendrie par la connivence du chien, avec son maître, elle intervint :

— Je parie que c'est votre perle rare ?

— Si vous saviez ! Il peut traquer un gibier toute une journée sans lâcher prise !

Mais Beata n'était pas venue pour lui parler de son chien, et elle ressaisit vite son fil conducteur.

— J'aurais besoin de savoir quel genre de relations vous avez entretenu avec ma mère.

— En réalité, je n'ai pas su grand-chose sur elle à l'époque. Sans sombrer dans le mélodrame, elle semblait perdue lorsqu'elle a frappé à ma porte. Elle m'a fait l'effet d'être livrée à tous les dangers, vous n'étiez alors qu'une petite crevette échouée sur le sable mouvant… Votre maman craignait pour votre avenir et espérait trouver refuge chez ses cousins, les Chabert de La Rochefoucauld, autant dire qu'elle aurait pu se jeter dans la gueule d'un loup. Je l'ai informée que ces gens-là n'étaient guère fréquentables, des collabos de la pire espèce, et votre mère, qui l'ignorait, a vite pris conscience de la gravité de la situation. Aussi, je vous ai confié toutes les deux à l'un de ces passeurs qui conduisaient les clandestins en zone libre. J'aurais aimé la connaître vraiment si le contexte n'avait pas été aussi médiocre, ajouta-t-il sur le ton d'une rêverie amère.

— Le nom du passeur ? demanda-t-elle sans ciller.

— Je vois que les chiens ne font pas des chats ! dit-il en caressant le museau frémissant venu réclamer une caresse.

— Que voulez-vous dire ? Il faut que je sache, c'est tout, affirma-t-elle d'une voix tendue en soutenant le regard de Dumont.

Bien qu'il hésitât à se confier, la gamine exerçait sur lui une sorte de fascination tranquille dans sa détermination, et il compatissait à ses malheurs. Il repensa à sa mère, cette belle brune inaccessible du genre femme fatale, qui avait subi le sort de milliers de femmes sacrifiées. Physiquement, sa fille ne lui ressemblait pas, mais elle contre-attaquait avec vigueur en s'accrochant au jeu de piste…

— Le monde est moche, Mademoiselle, mais vous avez de la chance. Je suis plutôt de nature conciliante et je salue votre sensibilité et votre courage. À l'époque, La Rochefoucauld étant placée sur la ligne de démarcation, les passeurs se consacraient à plein temps à leurs occupations, ils bernaient les Allemands dans des conditions parfois rocambolesques et, en règle générale, les clandestins franchissaient cette frontière avec succès. Toutefois, à partir du printemps 1942, les rapports entre les deux bords se sont durcis, au point de devenir détestables jusqu'au 11 novembre 1942, date de l'invasion de la zone libre après le débarquement américain en Afrique du Nord. L'embuscade dans laquelle vous êtes tombée avec votre mère en octobre 1942 a fait grand bruit. Ce n'est pas le passeur qu'il vous faudrait contacter. Lui, il avait effectué sa mission depuis longtemps, puisque je vous ai laissées sous sa protection en juillet 1942. Il serait plus judicieux de contacter un certain Hubert de Bireteau. C'est lui qui conduisait la voiture qui fut criblée de balles cette fameuse nuit d'octobre 1942.

— Vraiment ? Voulez-vous dire que cet homme est encore vivant ?

Il opina.

— Étonnement, oui. Bien qu'il fût, pourquoi vous le cacher, pendant l'Occupation un commerçant peu recommandable. Telle une hyène, il flairait les proies faciles, s'attaquait aux faibles, obtenant bon prix des marchandises sur lesquelles il margeait sans vergogne pour le compte de l'administration allemande. Les résistants auraient pu, au moment des représailles, terminer le travail qu'ils avaient commencé, mais curieusement, ce salop est passé au travers des mailles du filet. À l'époque, il est même venu me démarcher, au cas où j'aurais voulu m'associer à ses petites affaires du bureau Otto, mais je n'ai jamais mangé de ce pain-là.

Cette tirade lui laissa un goût d'amertume, et les yeux de Beata se perdirent dans le vague. Elle frissonna, gagnée par la chair de poule. On avait toujours prétendu qu'elle était la seule survivante de cet accident, et Dumont affirmait le contraire. Le rapprochement avec la mystérieuse lettre qu'elle avait reçue chez son père allait sans dire. Quelqu'un n'avait visiblement pas intérêt à la voir revenir sur cette période trouble ! Que s'était-il passé entre juillet et octobre 1942 ? Pour quelles raisons sa mère entretenait-elle des relations avec ce personnage peu estimable ? Cela avait-il un rapport avec sa liaison avec ce colonel Von Baden de l'Abwehr ?

Le désarroi et l'incompréhension qu'il lut dans le regard de la jeune femme troublèrent Atalis qui regretta presque la liberté de confession qu'il s'était octroyée.

— À votre avis, que faisions-nous, ma mère et moi, dans cette voiture, cette nuit d'octobre 1942 ?

— Vous m'en demandez trop…

Beata soupira, encore plongée dans ses réflexions, tandis qu'Atalis, l'œil sur son bracelet-montre, fit remarquer qu'un dossier complexe l'attendait.

— Je n'ai que trop abusé de votre temps, mais croyez bien que je vous suis reconnaissante de m'avoir aiguillée vers cette réalité.

— Soyez prudente, je vous prie… Il est assez mal vu de déterrer ce genre de souvenir, croyez-moi. Personne ne souhaite aborder le sujet de ces années noires. Cependant, j'ai bien compris que vous étiez déterminée à connaître la vérité, n'est-ce pas ?

— Oui, j'ai même l'intention d'écrire l'histoire de ma mère, dit-elle en le gratifiant d'un chaleureux sourire.

Il s'était levé pour la raccompagner après avoir pris soin de noter sur un bout de papier le nom de Bireteau à La Rochefoucauld, au village du Péruzet…

— Allez-y en évitant de vous présenter de ma part, Mademoiselle…

— Rassurez-vous, je resterai discrète. Comment vous remercier de m'avoir accordé si spontanément votre confiance ? dit-elle en se dirigeant vers la sortie.

— Si ces éléments peuvent vous aider d'une manière ou d'une autre dans vos recherches, j'en serai ravi. Tenez-moi au courant, et bonne chance ! conclut Atalis pendant qu'ils échangeaient une chaleureuse poignée de main.

De nouveau dans les faubourgs industriels de l'Houmeau, alors qu'elle s'apprêtait à regagner la gare d'Angoulême, elle resta un peu étourdie, tant face à la clarté oblique du ciel qui soulignait avec élégance l'éperon rocheux de la ville haute que par la tournure de cet entretien avec ce papetier si accort. Une boule d'angoisse était pourtant venue se nicher dans sa gorge suite aux révélations de ce capitaine d'industrie vivant par la rivière… Grâce à la version de Dumont, et en captant les indices subtils de sa voix, elle avait senti combien la menace avait pu planer sur sa mère. On ne sort pas indemne de la fréquentation d'un colonel de l'Abwehr, et il est probable que cet officier ait eu un lien avec ce de Bireteau. Un nouveau personnage émergeait, tel un fantôme menaçant, et les questions s'accumulèrent pêle-mêle dans son esprit, alors qu'elle observait le petit trafic fluvial qui subsistait sur la Charente, après toutes ces années de florissantes traditions papetières. Puis elle se laissa guider par un clocher, visible du port de l'Houmeau, comme un unique point de repère qui lui aurait indiqué la direction de la gare.

Plus tard, au rythme du ballottement du train en partance pour La Rochefoucauld, Beata profita du calme relatif du wagon, pendant que la micheline roulait à faible allure, pour prendre quelques notes. Puis elle rêva un peu devant le défilé des feuillus de la forêt de la Braconne, face aux étendues d'eau libre où des oiseaux aux reflets métalliques jouaient sur la berge. Elle s'imagina, enfant, traversant ces prairies humides aux côtés de sa mère et, d'une écriture chevrotante, continua de consigner ses impressions jusqu'à ce que retentisse la voix du chef de gare.

« La Rochefoucauld, deux minutes d'arrêt… »

Les nuages glissaient avec lenteur dans un ciel si bleu qu'il tenait de la carte postale, lorsque le convoi s'ébranla dans un petit jet de vapeur. Beata quitta la gare, non sans croiser quelques regards de voyageurs qui déambulaient sur le quai sans précipitation. En ville, il régnait une ambiance plaisante. De ces auberges animées s'exhalaient des arômes de café et de spiritueux. Devant sa boutique, le tonnelier sertissait de cercles de tôle les douves de chêne sur un feu de bois, à même le sol, tandis qu'à quelques pas lui faisait écho un ferblantier travaillant dans le flamboiement de sa forge. Entre l'enclume qui résonnait à grand bruit et le spectacle du ferrage des chevaux, Beata croisa un marchand de charbon et sa charrette à bras. Au milieu de la foule bourdonnante, où elle saisissait quelques regards à la dérobée qui lui faisaient remarquer qu'elle était en *terra incognita,* elle se sentait comme un oiseau volant à l'aveuglette... La rue des Bans, celle des Tanneurs, la halle aux grains à deux pas du charmant pont sur la Tardoire auraient eu bien des secrets à lui révéler, mais le plus saisissant fut sans conteste sa rencontre avec le château en surplomb de la rivière, qui la projeta brutalement dans le passé. Il cautérisait ses doutes, tout en remuant des souvenirs indéfinissables. Mais pour l'heure, il était hors de question de laisser son esprit fantasque gagner du terrain, aussi s'enquit-elle de son chemin auprès d'une passante âgée, le visage plissé par les rides, qui l'observait depuis un instant :

— Pourriez-vous, s'il vous plaît, m'indiquer où se trouve le village du Péruzet ?

— Sur la route de Limoges ! Impossible de vous tromper, tout droit sur environ deux kilomètres, confirma-t-elle en pointant du doigt la direction, et vous bifurquerez sur votre gauche, comme indiqué sur le panneau.

Beata consulta sa montre. Elle y serait avant la nuit. Il ne manquait plus qu'à implorer la clémence du ciel pour que ce monsieur de Bireteau daigne la recevoir...

IV

— QU'EST-CE QUE vous lui voulez, à mon époux ? bredouilla Léonie de Bireteau d'un ton accusateur, plantée sur le perron de sa maison de maître.

La matrone, le visage sec, un pli amer au coin des lèvres, toisait la nouvelle venue.

— Je m'appelle Beata Fontanel, et ce que j'ai à dire à monsieur de Bireteau est assez personnel, répliqua la jeune femme en essuyant sur son front les quelques gouttes de sueur qu'avait fait perler la longue marche qu'elle venait d'effectuer.

— Personnel ? Hubert n'a aucun secret pour moi, insista la maîtresse de maison en agitant sa main droite, dont les veines saillaient sur la peau. Alors je vous écoute.

Bien entendu, cette vigilance compliquait la tâche de Beata, mais elle ferma les yeux le temps de prendre une longue inspiration, et se lança dans le vide :

— Je n'en doute pas, Madame, mais j'aurais besoin de recueillir le témoignage de votre époux sur le déroulement de cet accident survenu non loin d'ici, en octobre 1942, qui a coûté la vie à ma mère.

— Je crois que vous faites erreur sur la personne.

— Ce que j'avance repose sur un faisceau de preuves, souligna Beata qui n'avait pas l'intention de se retirer. Nous ne sommes plus en temps de guerre et les secrets ne sont pas sacrés. J'aurais vraiment besoin du récit complet de monsieur de Bireteau, supplia-t-elle, un peu maladroite.

— Vous pensez peut-être m'imposer vos règles ? Je n'ai que faire de votre arrogance. Partez et ne revenez jamais ici ! hurla la vieille dame en lui claquant la porte au nez.

Beata fit deux pas en arrière. C'est ainsi qu'elle constata que le rideau d'une fenêtre du premier étage de la maison avait bougé. Une ombre, qui se devinait dans la lumière, restait à l'observer. Excédée, elle s'éloigna lentement alors que le silence reprenait ses droits sous l'apaisante vertu des derniers rayons du soleil. Ses espoirs s'amenuisaient. Les membres lourds de fatigue, elle repensa à la colère rentrée de ce visage fermé qui avait délibérément refusé de coopérer. Les époux de Bireteau étaient-ils à l'origine de cette lettre anonyme, brève mais explicite, qu'elle avait reçue chez son père ? Avaient-ils peur de voir rejaillir des affaires compromettantes ? Beata était en droit de se le demander à l'heure où le crépuscule jetait son voile de feu sur la campagne. La fraîcheur inattendue la saisit de frissons au moment où elle reprit la direction du bourg, impatiente de trouver une auberge susceptible de l'accueillir pour la nuit. Les arbres projetaient leurs ombres de plus en plus rapprochées sur la route déserte, et elle arriva à point nommé avant la tombée de la nuit dans un ancien relais de poste qui louait des chambres et disposait d'écuries pour les chevaux.

Son sommeil fut réparateur. Au matin, les traits encore chiffonnés, elle s'aspergea le visage d'eau fraîche pour se donner du courage et enfila ses vêtements banals de la veille. Elle prit un solide petit déjeuner dans une pièce au décor rustique. Le silence fut rompu par la seule voix de la patronne qui lui affirma que, d'ordinaire, les voyageurs étaient plutôt des lève-tôt. Et pour cause ! La foire s'étendait un peu partout en ville, et lorsqu'elle fit quelques pas du côté de la halle aux grains sous un ciel balayé par la bise, elle aperçut un étal de légumes, tenu par la paysanne qui lui avait indiqué le village du Péruzet la veille. À peine Beata se fut-elle approchée du compartiment des choux fourragers et des navets, qu'une question à son intention fusa, à brûle-pourpoint :

— Qui allez-vous voir au Péruzet ?

— Les Bireteau ! affirma celle qui n'avait rien à cacher.

Le seul énoncé de ce patronyme provoqua des remous parmi la file d'attente. Deux clientes lui décochèrent un regard méprisant, lourd de sous-entendus, tandis que la commerçante haussa les épaules avant de s'approprier un panier pour le remplir de choux. Beata eut envie de leur dire qu'elles avaient tort d'imaginer de vilaines choses, mais elle essuya la rebuffade sans broncher, car elle ne se sentait pas de taille à les affronter, pas plus qu'à se lancer dans des explications scabreuses. Au moment où elle se retirait, on murmura dans son dos : « La de Bireteau, plutôt crever que de la servir, et tout le monde sait pourquoi ! »

Bien qu'un peu troublée de constater que les haches de guerre n'étaient pas enterrées, la jeune fille réfléchit ; elle ne voulait pas en rester là. Après avoir patienté jusqu'à la fin du marché, elle emboîta le pas de la paysanne à la silhouette décharnée, enveloppée dans son châle noir, les bras chargés de paniers. Lorsque cette dernière eut traversé le pont Saint-Florent, le martellement de ses galoches s'interrompit. Elle s'était arrêtée devant une maison qui donnait sur les bords de la rivière, et avait dû prendre conscience de la chaleur d'un corps derrière elle, puisqu'elle s'était retournée. Lorsqu'elle vit Beata, une expression de stupeur s'inscrivit sur son visage ; ses lèvres, telle une ligne glaciale s'assortirent à ses yeux menaçants.

— S'il vous plaît, ne vous méprenez pas ! Ce n'est pas par plaisir mais bien par nécessité que je me suis rendue chez les Bireteau hier. Laissez-moi au moins vous expliquer la raison de ma venue, s'empressa Beata, pleine de bonne foi, après avoir décliné son identité.

Les traits de la paysanne se détendirent un peu, et elle daigna l'observer plus franchement, bien que sa perplexité fût encore palpable. Cet infime dégel encouragea la jeune femme à poursuivre sur le même ton.

— Je ne voudrais pas vous importuner avec un événement qui s'est déroulé il y a maintenant douze ans, mais si je me suis déplacée jusqu'ici, c'est en réalité pour savoir ce qui a amené ma mère à voyager une nuit d'octobre 1942 aux côtés de ce monsieur de Bireteau, dans cette voiture qui est tombée dans une embuscade.

L'émoi s'afficha soudain sur le visage ridé de la paysanne, comme si les mots l'éclaboussaient avec force, et elle ne put que secouer la tête en signe d'assentiment.

— Entrez… Nous serons mieux à l'intérieur pour bavarder, dit-elle en introduisant la clé dans la serrure.

La porte s'ouvrit sur des caquètements de basse-cour. Il régnait une odeur suave de lait caillé mélangé à celle des légumes cuits. Deux poules perchées au bord de la grande table en chêne rectangulaire, visiblement dérangées par la visite, déguerpirent dans une envolée de plumes. La propriétaire les chassa en tapant dans ses mains. Beata, invitée à s'asseoir dans une chaise cannelée à côté de l'antique cuisinière à bois, suivit des yeux les gallinacées qui rejoignaient leurs comparses vers le jardinet donnant sur la rivière, en contrebas.

La paysanne lui tourna le dos le temps de se laver les mains en hâte, puis les essuya sur un torchon vite déposé sur le robinet.

Les poings sur les hanches, plantée devant la jeune fille, elle affirma gravement :

— Je m'appelle Germaine Caillaud. Pardonnez-moi, je me suis trompée sur votre compte… Mais voyez-vous, tout ce qui se rapporte à ces gens-là… Ça a fait du bruit, tous ces profits illicites durant cette sombre époque de l'Occupation. Ça méritait une punition sévère…

— Mais savez-vous ce qui s'est passé cette nuit-là ?

Elle soupira en donnant l'impression de rassembler ses souvenirs.

— L'opération avait été orchestrée pour la descente aux enfers de ce traître d'Hubert, mais le plan des maquisards a échoué. Nul ne pouvait prévoir qu'une petite fille et sa mère voyageraient à bord de cette voiture. Lorsque nous avons découvert que vous aviez été mortellement blessées dans cette embuscade alors que ce salaud courait toujours, cela nous en a fichu un sale coup.

— Qui ça, les maquisards ? balbutia Beata, interloquée.

— Je vois que j'ai beaucoup de choses à vous apprendre, reconnut-elle tristement. Un climat de tension permanente sévissait autour de La Rochefoucauld, avec ces postes frontières à chaque coin de rue. Bien que la maison mitoyenne à la mienne ait été réquisitionnée par les soldats allemands, et que la kommandantur se soit tenue place du Minage, mon époux œuvrait pour le maquis. On l'appelait Bir-Hakeim et il a organisé de grandes opérations aériennes à partir de 1943. Ce même maquis a par la suite participé à la libération d'Angoulême en août 1944, appuya-t-elle avec fierté. L'ambiance était aussi lourde qu'un jour d'orage en raison de cette ligne de démarcation qui nous encerclait. Pensez donc ! Une barrière soutenue par des caissons garnis de blocs de pierre peints en rouge avec croix gammées, placée après le chemin bordé de charmille en direction du Péruzet, non loin de chez les Bireteau, le tout infesté de Boches ! Mais pour Hubert... Tout était permis. C'est à croire qu'il les avait tous amadoués, les Boches de la commission de contrôle de la Wehrmacht, dans leurs limousines... Ah ça, il en a vendu, des Juifs, il en a fait, des affaires, à Paris ! Il détenait l'art et la manière de semer la terreur, alors on en a eu marre de voir les époux Bireteau se tailler la part du lion, et prospérer sur le dos de tisserands, de tanneurs, et autres honnêtes commerçants sous prétexte de leurs origines décriées par Vichy !

— Ma mère a donc payé de sa vie pour cette ordure ? s'affligea Beata, prête à s'effondrer.

— Mon petit, la guerre en soi est une injustice du destin. Il faut reconnaître que les maquisards ont involontairement été les maîtres d'œuvre de ce drame... Mais... Vous l'auriez appris tôt ou tard. Oh, je sais ce que vous éprouvez, dit-elle en lui caressant les cheveux d'un geste sincère, mais la guerre est un immense gâchis. J'ai moi aussi perdu mon époux dans des circonstances très injustes en 1944. Je vous passe les détails...

— Vous avez évoqué le maquis Bir-Hakeim, c'est bien cela ? se remémora Beata d'une voix hachée.

— Oui, des hommes libres emplis d'une volonté farouche de défendre leur pays. En 1942, l'action se limitait à quelques sabotages des installations allemandes, à des distributions de tracts, mais dès 1943, la Résistance a pris un nouveau tournant avec de vraies forces françaises de l'intérieur, grâce à tous les réfractaires au STO. Les liaisons avec Londres ont permis à ces maquis de recevoir des armes, des explosifs, des émetteurs radio...

— Mais enfin, que faisait ma mère dans cette voiture ? l'interrompit Beata qui suivait son idée.

Germaine sentit son désarroi. Elle n'allait pas lui expliquer comment le maquis avait détruit les équipements des nazis, sauvé des Juifs… au contraire, elle aurait voulu lui dire que l'on pansait les plaies en prenant ses distances avec toutes ces questions. Quant à la raison pour laquelle sa mère voyageait dans la voiture d'Hubert de Bireteau, elle n'en avait pas la moindre idée.

— Votre mère s'est défendue de son mieux, réconforta-t-elle en lui prenant la main avec gentillesse. Vous devriez agir de même que la plupart de ces jeunes qui se contentent de vivre leur vie du mieux qu'ils le peuvent, sans se retourner.

— J'ai le sentiment d'entendre Lazare, mon père…

— Lazare Fontanel ? questionna Germaine, visiblement émue.

— Vous connaissez mon père ?

« Jokel », murmura soudain Germaine… Puis elle s'interrompit un instant avant de poursuivre :

— Lazare Fontanel, alias Jokel. Il effectuait des missions spéciales parmi les groupes de sabotage basés dans la forêt de la Braconne, prenait part aux opérations d'atterrissages clandestins et de parachutages, bureau des opérations aériennes de la Charente… Ils ont été dénoncés à la Gestapo en février 1944. Jokel s'en est tiré, mon Jean-Adrien a été fusillé… hoqueta-t-elle, les yeux mouillés de larmes… Mon Jean, c'était un colombophile qui faisait circuler les messages par pigeon voyageur. Il a ainsi sauvé la vie de nombreuses personnes.

Un long silence s'ensuivit, à l'issue duquel Beata reprit la parole :

— Mon père était donc aux côtés de ceux qui ont dressé l'embuscade contre Hubert de Bireteau, c'est bien ça ?

Germaine se sentit acculée par le poids de cette terrible prise de conscience. À la fois submergée par le fardeau de ses révélations et déroutée par la question de Beata, elle souffrait que le malheur, encore vivace, l'ait entraînée trop loin dans ses confessions. Cette vérité n'aurait jamais dû sortir de sa bouche, mais il était trop tard. Tout en chassant son trouble, elle tenta de rattraper de son mieux la situation.

— Ce n'est pas à moi, mais à ton père, de t'expliquer les choses, se défendit-elle tandis que son bon sens lui ordonnait à présent de se taire.

Le corps de Beata était comme celui d'un boxeur qui vient d'encaisser un coup. Elle sentit les tremblements la gagner. Cette discussion avec Germaine venait donc de l'éclairer sur les raisons inavouables qui avaient poussé Lazare à éviter toute question relative à ces années noires. La souffrance revenait. La révélation ne faisait qu'aviver le feu dévastateur qui la rongeait. Comment imaginer que les maquisards avaient commis un tel acte ? Elle voulait hurler, mais les cris restaient coincés dans sa gorge. Elle voulait s'enfuir, sans doute pour effacer ses derniers repères familiaux, mais elle n'en eut pas la force, d'autant plus que Germaine essayait toujours de la ramener à la raison.

— Ne vous tourmentez pas toute seule, je vous assure, cela n'en vaut pas la peine… Et puis, il y a toujours un risque avec la vérité qui s'avère le plus souvent décevante, la consola-t-elle en entourant ses épaules de son bras, repoussant de son autre main les cheveux qui recouvraient le visage de Beata.

Accablée, la jeune fille resta silencieuse pendant un long moment, tandis que, sous ses apparences un peu rustres, Germaine se posait bien des questions sur l'enfance que la fille de Lazare avait connue.

— Tu n'as pas le droit d'en vouloir à ton père. Il a dû terriblement souffrir. Chaque jour, il fallait sauver sa peau tout en faisant justice…

— Taisez-vous ! s'écria-t-elle d'une voix tranchante, comme si les paroles de Germaine venaient de la sortir de sa torpeur. Je ne veux plus rien entendre ! Je vous en supplie, je n'aurais jamais dû revenir dans ce pays de malheur !

En quittant précipitamment les lieux, elle trébucha sur le seuil, au bord des larmes, laissant derrière elle Germaine dans sa robe de deuil. Rattrapée par les pensées qui tournaient en boucle dans sa tête, elle sentit sa vue se brouiller. Son père vivait avec ce drame depuis des années. Dans le fond, qui était-il ? L'attitude de Beata aurait dissuadé quiconque de l'approcher lorsqu'elle s'engouffra dans le wagon de queue en gare de La Rochefoucauld, à destination d'Angoulême où elle comptait passer la nuit.

V

DANS LA CLARTÉ du jour naissant, accoudée à la fenêtre de sa chambre d'hôtel avec vue sur les halles d'Angoulême, Beata scruta le ciel encore brumeux. Elle distinguait à peine les devantures en bois et les enseignes de commerce. Même si elle tenait bon, malgré la fatigue qui endolorissait ses dernières forces, les effluves de gauloise qu'un chaland fumait en contrebas irritèrent ses yeux déjà rougis par la nuit blanche. Ses lèvres ébauchèrent pourtant un léger sourire à la vue de ces commerçants de rue qui soignaient leurs vitrines pour attirer le client. Tandis que la ville s'animait, elle se sentait simplement vide, tel un coquillage échoué sur un banc de sable, mais enfin apaisée…

Sur la table de nuit, se tenait le cahier d'écolier qu'elle avait noirci la nuit durant. Armée de son stylo, elle s'y était astreinte sans voir les heures défiler, déroulant soigneusement le fil de l'histoire dans ses moindres détails. Toutefois mise à l'épreuve par la lenteur de ses doigts dans l'acte de retranscription, elle s'était vite laissé gagner par l'euphorie au fur et à mesure que les réflexions avaient fusé dans une cadence infernale.

Ce tour d'horizon l'avait rassérénée. Chaque phrase, comme une vague, venait recouvrir les traces d'un passé trop lourd. Le trop-plein d'émotions qui l'enserrait s'en était allé au fil des heures, avec la marée de l'écriture, la libérant de la violence du chagrin, mais l'amenant à s'interroger froidement sur la conduite de son père et des maquisards. Eulalie Fontanel avait sans doute fait naître la haine dans le cœur des Résistants, si tant est qu'ils aient appris la liaison que sa mère avait entretenue avec le colonel Von Baden.

Tout cela n'était que des suppositions, mais Beata ignorait toujours les raisons pour lesquelles sa chère maman se trouvait dans cette voiture cette nuit-là. Ayant fui Paris, il lui semblait logique qu'elle ait rejeté en bloc ce monde de la collaboration et qu'elle ait cherché à s'éloigner aux côtés de son unique enfant. Dans la lumière blafarde de ce passé, Atalis Dumont lui avait livré la pièce maîtresse : Hubert de Bireteau… Sans doute cet homme avait-il promis de les éloigner du danger, sa mère et elle ? Mais pourquoi ce type de si mauvaise réputation aurait-il fait acte de charité ? Au vu du tableau que lui en avaient dressé Atalis et Germaine, cela n'avait pas de sens… Beata méritait de savoir, et pour cela, il convenait de contraindre de Bireteau à passer aux aveux. Il en allait de la réhabilitation de son père à ses yeux, et la jeune fille se convainquit que l'étape suivante de sa mission consisterait à mettre fin à un terrible doute.

Toutefois, elle n'eut guère le temps de se préoccuper de la manière dont elle allait opérer pour qu'Hubert accepte de parler, car son esprit exténué finit par se perdre dans un sommeil bien mérité.

Le lendemain, elle n'attendit pas que le vague à l'âme l'envahisse comme à chaque fois qu'elle pensait à l'histoire de sa mère. Elle jeta un regard furtif sur sa tenue dans la glace de l'armoire. Son apparence laissait franchement à désirer et, mis à part sa chevelure auburn aux reflets qui chatoyaient dans la lumière du matin, elle se jugea laide et négligée. Toutefois, en détaillant plus attentivement son visage, elle se rendit compte qu'il reflétait ce qu'il faut de colère pour prendre sa revanche sur le destin. C'était plutôt un avantage à ses yeux, d'autant plus qu'elle se sentait prête à revenir à la charge. Le sommeil n'avait été qu'une étape nécessaire pour lui permettre de reprendre les choses en main.

À nous deux, Bireteau ! À moi aussi, tu dois rendre des comptes ! maugréa-t-elle en rangeant précieusement son cahier d'écolier dans son sac, avant de s'acheminer vers la gare, fermement décidée à retourner à La Rochefoucauld.

Alors que les paysans labouraient leurs parcelles sous un vent frisquet, de petits coins d'azur perçaient dans le ciel d'automne. Beata s'était engagée sur le chemin qui menait au lieu-dit Le Péruzet, enroulée dans un châle de laine qu'elle venait d'acheter à la foire traditionnelle du bourg qui déplaçait la moitié du canton. Sous l'emprise de ses émotions, les traits de la jeune femme étaient aussi changeants que le ciel. La bataille se préparait en coulisse, et il lui fallait l'esprit clair afin d'affronter

Léonie de Bireteau. Elle sentait l'énergie circuler dans ses veines, son cœur battit plus vite comme elle escaladait quelques branchages que les pluies de la nuit avaient éparpillés sur le sentier empli de feuilles. Elle n'avait pas d'alternative et, si le vieil adage disait que « le destin d'un homme tient dans sa force de caractère », elle s'efforça de le mettre en pratique au moment de frapper à la porte des époux.

Lorsque Léonie apparut sur le seuil, Beata ne lui laissa pas le temps d'ouvrir la bouche. Avec la violence d'une tempête qui s'abat sur la forêt, elle écarta de son chemin la vieille femme peu alerte au visage figé.

— Où est-il ? hurla-t-elle, laissant Léonie sans réaction.

Percevant un peu de bruit à l'étage au-dessus, Beata gravit l'escalier comme une furie, guidée par un timbre de voix puissant. Il émanait de son corps une force hypnotique et elle entra sans frapper. Elle resta ahurie devant le tableau qu'elle découvrit : la figure exsangue de l'homme assis, qu'elle supposa être Hubert de Bireteau, la sueur froide qui inondait son front dégarni qu'éclairait la lampe posée sur son bonheur-du-jour ; l'homme, visiblement interrompu dans son élan alors qu'il tentait de poursuivre l'écriture d'un texte, était mis en joue par Lazare Fontanel. Elle peina à reconnaître son père tant l'expression de son visage pâle était dure et fiévreuse, faisant ressortir ses mâchoires puissantes. Un gouffre s'ouvrit sous ses pieds…

— Bon sang ! laissa échapper Beata, sidérée, les yeux écarquillés.

Comme elle essayait de comprendre, se préparant à l'inévitable confrontation, Lazare lâcha, entre confusion et colère :

— Qu'est-ce que tu fiches là, toi ?

Beata soutint le regard de son géniteur où bouillonnait une rage inattendue. Elle se tut, saisissant l'impression de malaise qu'elle communiquait à son père dont les veines palpitaient au rythme de sa nervosité. L'une de ses mains manipulait l'arme avec fébrilité, tandis que de l'autre, il agrippait de Bireteau par le bras et le secouait sans ménagement. L'homme se crispa davantage sous l'emprise de son assaillant.

— Continue d'expliquer comment tu as connu Eulalie Fontanel ainsi que les raisons pour lesquelles ma femme et ma fille se trouvaient dans ta voiture, cette nuit d'octobre 1942, ou bien je te fais la peau ! Je suis bien certain que tout le monde me féliciterait de terminer le boulot. Pourtant, si tu coopères, je suis prêt à te laisser la vie sauve. J'ai juste besoin de ton témoignage pour nos affaires de famille.

Face à la voix directive de son père, Beata tentait de garder son sang-froid alors que son esprit s'affûtait comme une lame de couteau. Son père était en train d'accomplir un ultime tour de passe-passe.

La jeune fille se laissa glisser le long du mur et dissimula son visage derrière un pan de son châle.

— Grouille ! S'aplatir ne devrait pas poser de problème à un type qui a savamment encouragé la collaboration ! hurla Lazare comme de Bireteau renâclait à obéir.

Quand Hubert eut terminé de rédiger ses confessions, Lazare lui arracha le feuillet des mains et le tendit à sa fille, en la priant de le lire à haute voix.

Les mots étaient à peine lisibles et, sous le coup de l'émotion, Beata sentit sa tête flotter, ses membres échapper à son contrôle, lorsqu'elle débuta :

J'ai rencontré une première fois cette dame au bureau d'achats allemand Otto au square du Bois de Boulogne à Paris, où je me rendais pour affaires au cours de l'année 1942. Puis elle s'est présentée un après-midi chez nous, en Charente, quelques semaines plus tard, sous le prétexte que le pneu de sa bicyclette était à plat. Là, je l'ai immédiatement reconnue, d'autant plus que nous avions voyagé dans le même wagon au cours d'un trajet Paris-Angoulême. Impossible de s'en remettre au hasard, j'en ai déduit qu'elle nous cherchait des ennuis puisqu'elle avait été témoin de certaines conversations qu'elle aurait pu rapporter. Elle me persuada que c'était une pure coïncidence si elle avait frappé à notre porte, ajoutant qu'elle se trouvait en danger, menacée par la Gestapo, mais sans m'en dire davantage. J'ai eu pitié d'elle et lui ai proposé mon aide pour fuir loin d'ici. Cette nuit-là, je devais la confier à un réseau de passeurs qui partait pour les Pyrénées lorsque ma voiture est tombée dans une embuscade.

— Une embuscade montée par les maquisards, extrapola Beata sans lever les yeux du feuillet. Cette nuit-là, Bireteau aurait dû y passer, mais ma mère est morte à sa place, laissant sa petite fille sur le carreau. Cette enfant, vous l'avez devant les yeux. Les maquisards, en voulant être dignes du rôle qui leur était échu, ne pouvaient après coup qu'assumer leur responsabilité, poursuivit-elle avec amertume.

Lazare avait baissé son arme.

— Tu considères que je suis responsable de la mort de ta mère, n'est-ce pas ? balbutia-t-il d'une voix tremblante. Mais la réalité n'est pas nécessairement telle que tu l'imagines, Beata. Notre chef était censé évaluer les risques auxquels nous nous exposions en tendant cette embuscade. Les hommes étaient révoltés, à bout… et bien sûr, loin de s'imaginer que vous étiez à bord de cette voiture, toi et ta mère. Nous étions obnubilés par la fidélité à nos engagements, par notre volonté de tuer l'ennemi… Notre vie, c'était la France, soupira-t-il, sans lâcher sa fille des yeux.

Beata serrait les dents, prête à fondre en larmes.

— Je pourrais vous tuer, dit-il soudain en se tournant vers Bireteau. Je passerais sans doute pour un héros aux yeux des engagés du maquis, mais je ne veux plus alimenter la haine. Et puis, cela ne ferait pas revenir ma regrettée Eulalie Fontanel.

— Je n'ai jamais dénoncé qui que ce soit, se défendit l'accusé.

— Toi, ta gueule !

Et, comme il s'adressait de nouveau à sa fille, sa voix se brisa :

— Ta mère n'a pas toujours été un exemple de bonne conduite, je sais tout ça, mais je ne pense pas qu'elle ait mérité un châtiment. L'absence d'un époux est le pire fléau qu'ait produit la guerre. Livrée à elle-même, Eulalie a été condamnée à vivre aux enfers pendant cette période d'Occupation. Cela ne la dédouane pas de ses fautes, mais elle s'est défendue comme elle l'a pu, et je ne la juge pas. Nous étions liés, ta mère et moi, au point que je n'ai jamais pu refaire ma vie. Malgré cette avalanche de catastrophes, j'ai continué de me débattre seul aux lendemains de la Libération. Ces souffrances m'ont tenu éloigné de toi, et jusqu'à peu, j'ignorais toujours comment m'amender de ma faiblesse à ton égard. Ma lâcheté m'a longtemps poursuivi après la guerre, et j'ai enfin compris que si je voulais recouvrer un semblant de sérénité pour le temps qu'il me restait à vivre sur cette terre, même au risque de te perdre, je devais rendre les armes.

— La lettre anonyme, ne me dis pas que c'était toi ?

— Si, fit Lazare honteux, avouant combien il s'était senti désespéré qu'elle apprenne la vérité.

Beata, consternée, le teint pâle, des plis au coin des yeux, avait perdu la force de s'exprimer. Lazare se sentit tout chose devant son enfant qui, contrairement à la plupart des jeunes filles de son âge, impatientes de savourer leur jeunesse, ne pensait qu'à assouvir sa curiosité pour l'histoire de sa famille. Il aurait aimé qu'elle en finisse avec ce supplice, qu'elle accepte de laisser mourir les drames du passé, et il ne savait de quelle façon le lui faire comprendre.

De son côté, déjà résigné à l'idée d'une défaite à venir, Lazare s'autorisait à croire qu'il n'y avait plus qu'eux deux dans ce bureau, et il se rapprocha de Beata avec une légère appréhension, lui releva le menton pour la forcer à regarder vers lui alors que son arme glissa de sa poche sur la surface du tapis. Il considéra les yeux de sa fille, croyant revoir ceux de sa mère, dont la silhouette blanche planait, nimbée d'une aura éblouissante. Puis Lazare étreignit Beata de toutes ses forces. Comme elle ne le rejetait pas, il savoura cette demi-victoire à sa juste valeur. Tout à cette réconciliation qui le soulageait, le père murmura dans un souffle tiède :

— Jamais, je n'oublierai la seule femme qui a vraiment compté dans ma vie…

Les respirations désordonnées s'apaisèrent, leurs yeux restaient fermés pour mieux unir leurs forces, lorsqu'une détonation fracassante arracha des hurlements à Beata, soudain propulsée dans une autre réalité.

Le corps d'Hubert de Bireteau s'était écroulé sur le sol, projetant sur le papier peint des jets de sang. Le geste de ce dernier, de l'instant où il avait ramassé l'arme à celui où il avait pressé son index sur la détente, était complètement passé inaperçu. Le tir à bout portant lui avait transpercé le crâne, explosant en même temps un bibelot placé sur l'étagère de la bibliothèque. Le père et la fille restèrent un instant sous le choc. Horrifié, Lazare constata que son arme gisait à côté du cadavre.

— Il n'aurait pas pu choisir un autre moment pour faire ça ! grogna l'ancien résistant d'un air courroucé. Putain ! Un trou dans la cervelle ! enchaîna-t-il, s'en voulant de ne pas avoir pris le temps de replacer son revolver dans son étui de cuir.

Beata, livide, restait prostrée devant ce corps allongé qui se vidait de son sang, maculant le tapis d'une flaque grandissante. Alertée par le coup de feu, Léonie fit irruption dans le bureau.

— Mieux vaut appeler la police, bafouilla Beata en claquant des dents.

Prise de convulsions, la vieille femme voulut hurler d'épouvante, mais, trop sonnée, elle tomba à la renverse et s'évanouit.

— Et de deux ! cracha Lazare.

Beata s'approcha du téléphone. Ses mains tremblaient, le bruit de la détonation l'assourdissait encore. La tête lui tournait comme à la descente d'un manège, les forces lui manquaient…

VI

UN LÉGER VOILE de brume accentuait la magie des couleurs d'automne sur la campagne. Lazare et sa fille n'allaient pas partir sans se rendre dans la clairière de la Braconne pour se recueillir sur le monument des fusillés, inauguré en janvier 1946 par Maurice Thorez, ministre d'État au gouvernement du général de Gaulle. Même s'il tardait à Beata de rentrer à Paris, encore devait-elle s'estimer chanceuse de ne pas avoir eu trop longtemps affaire à la gendarmerie.

Suite au suicide d'Hubert de Bireteau, les interrogatoires s'étaient révélés de pures formalités, sans véritable souhait de la part des gendarmes de mener d'investigation. Ces derniers auraient pu se satisfaire à l'idée de tenir un coupable en la personne de Lazare Fontanel, mais rien n'avait été retenu contre lui. Beata, quant à elle, s'était contentée de formuler que son père avait contraint Bireteau à rédiger une lettre manuscrite qu'elle leur avait montrée. Avec sang-froid, elle avait répondu au plus juste aux questions pressantes des gendarmes, qui s'était chargés d'enregistrer sa déposition à l'issue de leurs entretiens.

À La Rochefoucauld, des témoignages amicaux pleuvaient au sujet de Lazare. L'ancien résistant faisait figure de héros. Il avait revu des compagnons de l'époque du maquis, ils s'étaient embrassés chaleureusement dès que le père et la fille avaient stationné leur Simca en face de la halle aux grains. Beata semblait à bout de forces, mais elle fit bonne figure lorsque l'on traita son père de justicier. Les rires et les larmes se mélangèrent, et devant de tels élans amicaux, elle ne sut plus que penser. Au bistro, en compagnie de deux ou trois copains de son père qui l'appelaient Jokel, le présent s'effaçait pour laisser place aux souvenirs. Même s'ils s'ouvraient à demi-mot, elle comprenait que la mort d'Hubert clôturait le cycle des règlements de comptes des derniers traîtres. Ils parlèrent de la justice expéditive que le maquis avait menée au lendemain de la Libération. La pitié n'avait pas été de mise envers les Chabert et quelques autres collaborationnistes qui avaient dénoncé trop d'innocents pour obtenir des primes pouvant aller jusqu'à cinq cents francs par arrestation, mille francs par fusillé ! La Cour de justice les avait condamnés à mort et fusillés.

Beata saisissait que la fraternité qui liait ces hommes n'avait pas disparu. La manière dont ils avaient interprété le message du général de Gaulle afin de lutter selon leurs méthodes clandestines lui donnait une valeur supérieure. Entre autres, l'événement du 13 août 1944, celui de l'attaque du camp militaire de la Braconne protégé par des champs de mine, revenait dans leurs propos avec une émotion non dissimulée. La peur au ventre, ils avaient coupé des dizaines de voies ferrées, réceptionné de gros parachutages envoyés de Londres et, par miracle, ce petit noyau d'hommes audacieux avait échappé aux rafles et aux dénonciations pour finir par entrer en apothéose dans la ville d'Angoulême, après avoir fusionné avec plusieurs compagnies de résistants pour œuvrer à la libération de la préfecture charentaise.

Aussi, avant que leur ami Jokel ne reparte vers Paris, et pour sceller l'amitié des copains retrouvés, ils finirent la soirée à la buvette d'un bal de campagne, alors que les ombres nocturnes se tapissaient sous les arbres. Lazare prit place, accoudé à une planche de bois rugueuse éclairée de lampions, pour refaire le monde dans des discussions enflammées avec ses copains, pendant que Beata, pour tuer le temps, se risqua dans ce dancing sombre, où les filles sur leur trente-et-un faisaient tapisserie. L'orchestre, du haut de son perchoir, entonnait pasodoble et java à l'attention des quelques couples qui gesticulaient en cadence sur la piste. Le regard de Beata croisa celui d'un garçon qui lui faisait de l'œil avec un petit sourire ironique, ce qui l'exaspéra :

— Laisse tomber, je n'ai pas l'intention de devenir paysanne ! lâcha-t-elle avec une moue désabusée.

Mais il y avait trop de bruit, et ses paroles tombèrent dans le vide, perdues dans le tournoiement des danseurs de la piste endiablée.

Pour éviter de s'exposer à des invitations trop pressantes – elle s'était vite rendu compte qu'elle n'était pas d'humeur –, elle rejoignit son père au bar, qui alignait les verres de blanc pendant que des garçons bécotaient des filles aux cheveux crantés, à l'allure aussi féminine que celle de Beata était proche du garçon manqué. Ce qui ne rebuta pas pour autant le garçon qu'elle avait éconduit au bal un peu plus tôt, puisqu'il revint à l'assaut et l'interpella à mi-voix, l'haleine un peu chargée :

— Tu bois un verre ?

— Ma parole, c'est une maladie ! Comment faut-il te le dire ? laissa-t-elle échapper avec une gêne soudaine. Tu crois que ça me fait rêver, de finir dans ce trou avec vous autres ? Regardez-vous, de quoi vous avez l'air ?

— Prends ça, pimbêche ! Ça te fera réfléchir avant de parler !

Une gifle sonore s'abattit sur la joue de Beata qui effectua deux pas en arrière.

Lazare, qui assistait à la scène, sentit une poussée d'agacement titiller ses neurones. Côté castagne, il n'était pas un débutant...

— C'est ta façon de parler aux femmes ? Je crois savoir lequel des deux aurait le plus besoin de réfléchir, rétorqua-t-il en allongeant une taloche retentissante au provocateur.

Les prunelles noires de colère, le garçon chercha à rétorquer avec les poings alors que Lazare évitait la trajectoire du coup parti en force. Des bras vigoureux s'interposèrent pour calmer le jeu, mais la violence verbale s'amplifia.

— Fontanel, tu peux jouer les héros, mais en attendant, on sait qu'il ne fallait pas t'en promettre pour calmer tes ardeurs pendant l'Occupation !

— Respecte au moins ma fille ! scanda Lazare, vexé, tandis que Beata frottait sa joue encore piquante. Morveux, voilà ce que tu es ! termina-t-il en jetant son mégot de cigarette à ses pieds, prêt à en découdre si un de ses copains ne l'avait écarté de la buvette de sa poigne ferme.

Le père et la fille regagnèrent finalement la Simca garée en lisière de forêt.

— On n'a vraiment pas besoin d'une visite à la gendarmerie ! s'insurgea la jeune fille. Les ennuis, ça suffit comme ça ! Il faut déguerpir, nous n'avons rien à faire dans ce trou…

Lazare suivit finalement le conseil de sa fille. Il fit démarrer fougueusement la voiture, hors de lui.

— C'est quoi, ces histoires de gonzesses ?

— Tu ne vas pas t'y mettre toi aussi ! Tu crois que je vais accepter que tu me parles sur ce ton ? Si tu avais fait preuve d'un peu de complaisance vis-à-vis de ce garçon, tout à l'heure, nous n'en serions pas là. Je croyais que ton éducation t'aurait au moins enseigné ce genre de chose, soutint-il pour tromper son malaise. Mais tu es incapable de t'intéresser à quiconque !

Cette fois-ci, elle se tut. Contrariée. Ils roulèrent une partie de la nuit vers Paris, tandis que Lazare fumait gauloise sur gauloise pour rester éveillé. La lune s'était levée. Ses reflets éclairaient l'horizon, mais Beata ne prêtait guère attention au paysage. Ses émotions se confondaient en raison de cette parole blessante venue de la bouche de son père. Peut-être se sentait-elle indigne d'être aimée parce que ses peurs d'abandon ne l'avaient jamais quittée ? Ou bien parce qu'elle nourrissait toujours cette obsession de comparaison avec sa mère, dont elle détenait une si haute opinion de la beauté et de l'esprit frondeur qu'elle ne pouvait s'en dépêtrer ? Bien qu'elle n'ait eu que cinq ou six ans à l'époque, elle gardait le souvenir des regards assoiffés de convoitise qui pleuvaient sur Eulalie, mais à défaut de lui avoir transmis sa grâce, peut-être lui avait-elle insufflé sa combativité ?

Beata préféra ne plus penser à la manière dont elle s'était comportée jusqu'ici. Seul l'avenir pourrait la réconcilier avec elle-même. Puisqu'elle s'était promis, à l'orphelinat, que le rêve allait diriger sa vie, elle se sentait plus que jamais prête à s'engager avec confiance dans l'écriture de l'histoire de sa mère.

De retour à Paris, les Fontanel firent en sorte de ne plus évoquer ces années noires. Bien que, dans sa tête, la question fût déjà résolue, Beata convainquit son père de la nécessité de terminer son manuscrit avant d'entreprendre une formation de secrétaire. Lazare, désireux de lui être agréable, accepta de soutenir son projet. Il s'habitua à ce que sa fille alternât travail d'écriture et flâneries régulières chez les bouquinistes des quais de Seine et autres lieux du Quartier latin. Elle veillait à se constituer une grâce un peu éthérée à l'instar des filles de son temps, avec ses robes cintrées à la taille vaporeuse, coiffant ses cheveux en « coque pin-up » ou en papillotes. Elle faisait de son mieux pour coller à l'image de la délicieuse créature parisienne qui délimite son périmètre entre les arènes de Lutèce et l'église Saint-Étienne-du-Mont. Elle se persuadait qu'en parcourant le Bottin mondain, elle finirait par provoquer la rencontre indispensable pour publier son livre. Dans sa quête du Saint-Graal, le quartier de Saint-Germain-des-Prés relevait de la plus haute importance : le café de Flore, celui des Deux-Magots et la brasserie Lipp où elle s'attablait, tendue d'espoir, reflétait une posture à laquelle il fallait résolument s'attacher... Victor Hugo, Émile Zola ou Rabelais n'avaient-ils pas puisé leur inspiration à Saint-Germain, bien avant l'ère insouciante de la fréquentation des cabarets existentialistes avec ses caves aux éclairages parcimonieux et provocateurs ? À partir des mots velours de la muse Juliette Gréco, journalistes, écrivains influents et artistes, écrivaient une nouvelle ère où la vie paraissait plus facile. Agiles et gracieux tels des poissons dans un aquarium, les jeunes gens de la Rive gauche, entre la rue des Saints-Pères et la Saint-Augustin, découvraient le sens de la déambulation sans but. Pourtant, parmi les silhouettes féminines frêles, un brin scandaleuses, où il faisait bon avouer avec une simplicité affectée que l'on connaissait des célébrités, Beata ne se sentait guère à sa place. Elle n'avait connu personne, elle, hormis l'ancien meneur de revue des Folies Bergère, ce qui ne faisait pas grand effet auprès des bellâtres verbeux, pour lesquels la Seine séparait deux univers : d'un côté, la Rive droite, avec son atmosphère luxueuse du spectacle, de l'autre, Saint-Germain-des-Prés et son esprit d'avant-garde.

Toutefois, dans ce périmètre réduit, les connivences établies prenaient le dessus et, la fille d'ouvrier avait bien du mal à montrer patte blanche parmi les m'as-tu-vu. Elle eut beau servir des histoires emberlificotées, elle resta en marge des cercles germanopratins. Sans doute ne savait-elle user des bons codes ? Peut-être lui manquait-il un poil de culture. Toujours est-il qu'on lui avait ri au nez les fois où elle s'était risquée à avouer qu'elle écrivait ce livre sur l'histoire de sa mère, amenée à fuir Paris pendant les années d'Occupation.

Un jour cependant, alors qu'elle estimait son projet d'écriture arrivé à son terme, elle fit la connaissance d'un binoclard tombé du siècle dernier, dans l'un de ces bars de la rue du Bac où l'on se donnait un peu moins en spectacle. Il se présenta sous le patronyme d'Edgard de La Rive, la redingote boutonnée, des traits à la froideur indécise, à la manière d'un échappé de la clientèle parlementaire de la voisine brasserie Lipp. Il prétendait assumer des fonctions de conseiller juridique au sein d'un groupement de coopération international, et se revendiquait plumitif à ses heures.

Beata remarqua aussitôt qu'elle lui avait tapé dans l'œil, aussi, lasse de nager dans le vide, elle se risqua à la confidence.

— Vous voulez publier ? lui lança, un brin bravache, cet Edgard avec qui elle venait d'accepter de prendre un café... Difficile pour une femme, à moins d'avoir une carte de visite longue comme le bras ! Mais vous n'êtes ni madame Sand, ni madame de Beauvoir...

— Sans doute ! rétorqua la jeune fille qui, bien qu'agacée par cette pointe d'ironie, ravala son orgueil. Le document sur lequel j'ai travaillé repose sur des témoignages qui permettront d'exposer des opinions auxquelles je suis attachée !

Cette arrogance de femme outragée ne fut pas pour lui déplaire.

— Avec des relations, tout peut s'arranger, Mademoiselle, s'adoucit-il d'un air entendu en lui citant le nom d'un éditeur ayant pignon sur rue qu'il prétendit bien connaître.

L'ambition de la jeune femme n'avait bien sûr pas échappé à Edgard, qui lui fit aussitôt la proposition d'étudier son manuscrit avant de le soumettre à un prestigieux directeur de collection.

— Cela exige bien évidemment que vous m'accordiez un minimum de confiance, et je m'engagerai, de mon côté, à évaluer avec franchise votre travail...

Bien que Beata fût sceptique sur les intentions de cet homme qu'elle connaissait à peine, chacun des arguments avancés par de La Rive fit l'objet d'une attention rigoureuse de sa part et, au vu du peu de mains qui s'étaient tendues vers elle jusqu'alors, elle jugea qu'il était temps de baisser sa garde. L'homme d'expérience assura qu'il veillerait au respect de ses intérêts et, dans cette impatience de consolider des alliances, elle se laissa séduire par sa faculté d'écoute qui l'encouragea à se livrer avec passion sur son histoire familiale. Il réagit avec empathie, visiblement séduit par son histoire. Edgard accepta sans hésitation de devenir son mentor. Puis, avec un sourire satisfait, il lui donna rendez-vous le lendemain à la même heure, pour la remise de l'intégralité du manuscrit.

Avec le recul qui sied à tout esprit réfléchi, elle aurait pu douter, se méfier, mais elle voulut croire à l'état de grâce lorsqu'elle lui confia fièrement son projet, ravie que quelqu'un s'intéressât enfin à son touchant récit.

Edgard, qui la rencontra quelques jours plus tard, porta un jugement mitigé sur le texte. Il assura qu'il faudrait en revoir certains aspects sur lesquels il s'engageait à la guider si elle en était d'accord. Elle accepta sans sourciller. Ils convinrent d'entamer leur collaboration dans ce café de la rue du Bac dès le lendemain... Malheureusement, le lendemain, pas plus que les jours suivants, Edgard de La Rive ne se présenta au rendez-vous. Pire encore, il s'avérait inconnu aux bataillons du groupement de collaboration international avec lequel il avait prétendu collaborer, et son téléphone était désormais aux abonnés absents. Humiliée et mortifiée de ne pas avoir su flairer la malhonnêteté, Beata s'en voulut de l'avoir jugé trop vite. Edgard de La Rive était bel et bien un imposteur doublé d'un usurpateur qui s'était joué d'elle afin de tourner la situation à son avantage. Elle en était d'autant plus peinée qu'elle avait tenu cette affaire secrète et qu'il était trop tard pour se confier à son père. Ce dernier l'aurait pointée du doigt comme une écervelée, assurant qu'elle avait bien eu tort de ne pas lui demander conseil avant de se lancer dans pareille entreprise. À présent, l'idée d'avoir été aussi malléable que la glaise entre les mains de cet homme lui donnait la nausée. Elle se traita de sotte, fit un effort surhumain pour se ressaisir et, partant du principe qu'il y a souvent quelque chose de vrai dans le faux, elle décida de se rendre chez l'éditeur que de La Rive avait prétendu connaître. Elle y fut reçue comme un chien dans un jeu de quilles. Aucun manuscrit au nom de Beata Fontanel n'y avait été déposé, pas plus que le dénommé Edgard de La Rive n'était connu de cette prestigieuse maison. Dépitée de s'être montrée si naïve, elle descendit l'escalier de l'immeuble cossu du VIe arrondissement, tête baissée, sans remarquer le regard insistant d'un homme qui arrivait en sens inverse. Ce dernier s'écarta pour la laisser passer :

— Mademoiselle ?

Peu d'humeur à être ainsi tirée de ses pensées, elle leva ses yeux tristes vers le visage volontaire qui ne lui était pas inconnu, bien qu'elle ne pût lui donner un nom.

— Vous ne vous souvenez donc pas de moi ? lança l'homme au regard incisif.

En faisant appel à sa mémoire visuelle, Beata fut soudain envahie par les sensations agréables auxquelles elle liait la face chaleureuse d'Atalis Dumont. D'un seul coup, tout lui revint ! Cet homme s'était avéré un précieux allié au cours de son voyage en Charente.

— Monsieur Dumont ? Mais que faites-vous ici ?

— Je pourrais vous retourner la question… La coïncidence est curieuse, de se retrouver dans cet escalier ! L'éditeur Jules Glinel est un client et ami de longue date. Il se fournit chez Dumont en papier velin et en cartes de visite, confia-t-il avec fierté. Quant à vous, laissez-moi deviner, poursuivit-il guilleret… Je parie que vous publiez ce livre qui vous tient tant à cœur ?

— Hélas, non…

Sur le moment, elle se contenta de lui dire combien elle aurait aimé qu'il vît juste.

— Si vous le voulez bien, retrouvons-nous d'ici une heure, dans ce bar, tout près de la fontaine Saint-Michel, pour bavarder un peu.

Elle accepta avec plaisir. En bas du boulevard Saint-Michel, à la lumière du soleil d'hiver, Beata s'installa en terrasse, parmi les étudiants, dont la plupart fumaient en chahutant. Elle imagina que cette vue sur la fontaine mythique flanquée de la majestueuse statue du saint terrassant le dragon faisait rêver bien des touristes, et elle décida d'attendre Atalis en sirotant une menthe à l'eau, déjà moins abattue à l'idée de pouvoir se confier à quelqu'un qui ne la jugerait pas.

Il arriva un peu en retard, essoufflé, mais ravi que la providence leur permît de se revoir. Le fait qu'il s'intéressât à la manière dont elle avait recueilli les éléments permettant de retracer l'histoire de sa mère la mit en confiance. Cette conversation assouplit la carapace de Beata qui évoqua les circonstances dans lesquelles elle avait remis son précieux manuscrit à un imposteur, disparu sans laisser d'adresse.

— A-t-on idée de se faire avoir de la sorte ! Je suis trop bête, soupira-t-elle tant et plus.

Dumont resta coi. Aussi gêné pour elle qu'il était possible de l'être. Toutefois, le paysage pouvait encore se dégager lorsqu'il émit l'hypothèse d'aborder le sujet avec Jules Glinel en personne, qui, il en était convaincu, accepterait de lui accorder un bref entretien avant son départ pour Angoulême.

Bien qu'Atalis obtînt ce rendez-vous sans difficulté, il sortit hélas plus embarrassé de chez l'éditeur qu'il n'y était entré ; il ne savait comment formuler à Beata les fâcheuses nouvelles qu'il y avait collectées. Il avait bien mentionné avec Jules Glinel le contenu du manuscrit de Beata Fontanel, en précisant que ce précieux texte contenait des écrits intimes, mais Jules n'avait jamais entendu parler de cette jeune femme. En revanche, l'éditeur avait reconnu trait pour trait, dans le récit de Dumont, les grandes lignes du prochain livre de la coqueluche de Saint-Germain-des-Prés, Stanislas Fenberg ! L'éditeur concéda qu'il s'agissait d'une troublante coïncidence, mais qu'il allait de soi que la sincérité et l'authenticité de la parole de Fenberg étaient irrécusables. Face à la déception qu'il lisait sur les traits du papetier, Jules ajouta que l'on pouvait chanter sur tous les toits ce que l'on voudrait, mais que cette Beata Fontanel, dont il n'avait encore jamais entendu parler, n'aurait probablement pas été adoubée par le milieu littéraire parisien, si tant est qu'elle eût déjà écrit une ligne dans sa vie… Bref, tout cela lui paraissait totalement farfelu…

— Encore une jeune écervelée de Saint-Germain qui, au cours d'une soirée trop arrosée, a soutiré des confessions à un écrivain, une fille qui a des rêves plus grands que la réalité… avait-il ajouté, laissant Atalis comme deux ronds de flan.

Ce dernier avait non seulement échoué dans sa mission, mais avait découvert un Glinel dans toute sa suffisance, ce qui l'avait profondément déçu. Lui qui gardait en tête l'idée que le métier d'éditeur était celui d'un découvreur de talents…

Patienter n'avait jamais été son fort, aussi Beata avait-elle tué le temps en se mêlant à la foule des promeneurs du jardin du Luxembourg, puis chez les libraires de la rue de Seine, en attendant l'heure du dîner au cours duquel Atalis devait lui relater son entrevue avec l'éditeur. Cependant, à la manière dont le regard du papetier croisa le sien lorsqu'ils se retrouvèrent dans ce petit restaurant près du pont des Arts, elle le sentit démuni, son pâle sourire ne reflétant guère l'optimisme.

— L'erreur est parfois chère payée… amorça-t-il en fronçant les sourcils, alors que, quelques minutes plus tôt, il se demandait encore s'il fallait lui dire la vérité.

— Dites-moi donc si monsieur Glinel a pris connaissance de mon texte, trépigna Beata.

— Oui, mais ne jubilez pas trop vite. Ce que j'ai à vous dire n'a rien de réjouissant.

Il marqua volontairement un silence afin qu'elle évite toute fausse joie.

— Que voulez-vous dire ? Qu'il ne juge pas mon manuscrit suffisamment digne d'intérêt pour le publier ? Ne craignez rien, je m'y suis préparée, anticipa-t-elle en pianotant du bout des doigts sur la jolie nappe blanche.

— C'est pire. Votre histoire a été exploitée à des fins malhonnêtes.

— Comment cela ?

— Elle sera publiée sous peu, sous le nom de Stanislas Fenberg, révéla-t-il nerveusement.

— Pardon ?

— Au cours de cet entretien avec Glinel, je n'ai pu vous défendre que bien mollement… Je suis au regret de vous dire que vous n'êtes qu'un minuscule grain de sable comparé à ce grand nom de la cacophonie littéraire qu'est Fenberg, concéda-t-il crûment.

Beata n'avait pas imaginé qu'une telle chose fût possible. Elle resta de longues secondes le regard ahuri, puis poussa un « oh ! », la main devant la bouche.

— Je suis désolé…

— Quelle escroquerie !

— Mais ma pauvre enfant ! Que vaut votre parole contre celle d'un prestigieux nom de la littérature ? Je suppose que votre usurpateur a vendu l'idée à Fenberg, et que ce dernier en a revu l'écriture à sa sauce. Je ne vois que ça… Je suis chagriné pour vous, Beata, mais je pense qu'il faut s'en tenir à l'aspect positif des choses : votre manuscrit est sans doute follement intéressant…

Beata jugea la remarque désobligeante, mais au final, elle ne pouvait s'en prendre qu'à son manque de discernement et à sa naïveté.

— Ce Fenberg doit sérieusement être en manque d'inspiration pour agir de la sorte… Quand on pense que la presse bêle qu'il fait corps avec son œuvre, déplora-t-elle, affligée. Quelle mascarade !

— Ah ça ! approuva le papetier qui, dans son for intérieur, non seulement condamnait toutes ces vilenies, mais déplorait son incapacité à rassurer sa protégée qui, par la force des choses, se trouvait bien vulnérable.

Il aurait aimé avoir vingt ans de moins pour jouer au joli cœur, mais la séduction ne figurait plus à son registre depuis longtemps. D'ici quelques heures, il retournerait à Angoulême. Après avoir défendu de son mieux la renommée du papier Dumont, il reprendrait le cours d'une vie charentaise agréable, loin de la folie parisienne, dont la plupart des codes lui échappaient.

— Je vais suivre le sage conseil de mon père, devenir secrétaire. C'est tout ce qu'il me reste à faire, se résigna tristement Beata, avant de se séparer de son ami.

— Surtout, n'abandonnez jamais la partie. Votre pouvoir de persévérance fera toute la différence. J'aurais aimé lire votre texte, mais le moment viendra, j'en suis certain et, cette fois-ci, nous penserons à la stratégie à adopter !

Elle fondit dans ses bras à l'instant de se séparer, la tête nichée au creux de son épaule. Elle avait l'impression que ses nerfs la lâchaient. De cet appui, surgit un peu de tendresse et de courage, et Atalis se défit avec peine de son étreinte.

— Les obstacles ne cèdent pas sans violence, Beata, et le jour viendra où vous écrirez un autre livre avec tout autant, sinon davantage de ferveur, assura-t-il en caressant son bras. (Et d'ajouter :) Je dois vous quitter pour attraper le dernier train du soir.

Et il disparut dans la nuit, se fondant dans le flot incessant de la circulation parisienne…

VII

LAZARE AVAIT COMPRIS combien sa fille avait porté un soin attentif à l'écriture de ce livre. Il considérait avec respect cette mission comparable à celle d'une mère qui aurait veillé sur son enfant, cependant, il n'avait pas souhaité lire l'histoire, afin de suivre sa logique qui consistait à refuser de voir le passé interférer dans son quotidien. Sans doute crut-il que sa publication restait suspendue au bon vouloir de quelque maison d'édition. Il n'avait toutefois posé aucune question, ce qui, par la suite, avait évité à Beata de commenter sa franche déception liée à sa déplaisante rencontre avec cet Edgard de La Rive. De toute façon, le père jugeait d'un mauvais œil le milieu littéraire sans même le connaître. Ainsi estimait-il que sa fille pourrait se laisser prendre à ses apparences trompeuses au point de se marginaliser et de renforcer ses difficultés à affronter les contraintes de la vie quotidienne si elle fréquentait ces sphères. Ce Saint-Germain-des-Prés adhérait aux forces souterraines de l'esprit de son temps, une faiblesse qui risquait d'effeuiller le sens des réalités de sa fille. Elle n'avait pas besoin de ça !

Il fut quand même rassuré d'apprendre qu'elle suivait ses cours de sténodactylographie avec assiduité, et elle ne mit d'ailleurs pas longtemps à obtenir son diplôme.

Quelques mois plus tard, Beata décrocha même un emploi administratif. Si elle en ressentit une certaine fierté et vit ses rapports avec son père s'en adoucir, son sentiment de paix fut hélas de courte durée. Elle rentrait tout de suite après le travail, comme si elle avait perdu son appétit de vivre, honteuse de mener une existence qui n'était pas vraiment la sienne au milieu de ses collègues féminines qui se passionnaient pour les arts ménagers à cette époque où l'on vantait les engins électriques de chez Moulinex ou Électrolux comme des figures évocatrices de l'âge d'or. Ces femmes modernes, qui avaient pour modèle la speakerine Catherine Langeais alors que Beata restait obnubilée par son échec, l'enfonçaient dans son abîme de solitude. Lazare, quant à lui, ne voyait rien. Peut-être parce qu'il représentait le seul lien affectif qui lui restait en ce bas monde, et qu'elle l'épargnait de ses maux en faisant bonne figure. De toute évidence, elle éprouvait pour lui une infinie tendresse qui agissait comme un tranquillisant, mais qui ne la mettait pas à l'abri de l'insatisfaction. Il voulait l'aider et la sauver de la cruauté de ce monde sur lequel il ne se faisait guère d'illusion, toutefois, il n'était pas dans le cerveau de sa fille ! Cette dernière savait qu'elle pourrait toujours compter sur lui, même s'il passait désormais le plus clair de son temps libre avec un nouvel ami, un appelé en Algérie de retour à Paris qu'il avait connu au garage. Ce mécano, un peu plus jeune que lui, lui donnait conscience de l'ampleur du conflit armé de l'autre côté de la Méditerranée, ce dont on parlait peu en France. Ensemble, ils évoquaient les opérations de maintien de l'ordre qui avaient entraîné tant de terreur dans leur sillage. Cette haine entre Français et Algériens réveillait le souvenir pénible de l'Occupation, les exécutions, les tortures, qui n'étaient que le retour des pratiques de la Gestapo. Non seulement Beata soupçonnait son père de parler avec lui de toutes ces injustices, ce qu'il n'avait jamais fait avec elle – sans doute pour la protéger de ces ombres malsaines qui lui avaient déjà trop volé sa jeunesse –, mais elle saisissait également qu'il existait en chaque homme des zones interdites.

Si elle s'appliquait au mieux à jouer les bonnes secrétaires auprès d'un patron de petite entreprise, elle n'en vivait pas moins sur les nerfs depuis la sortie du livre de Stanislas Fenberg qui faisait déjà un tabac auprès des connaisseurs du genre. Beata, qui en avait fait acquisition en librairie dès le lendemain de sa sortie, débordait d'appréhension lorsqu'elle débuta la lecture de *La Femme au cœur d'acier*. Si elle éprouva un sentiment de surprise face au style déconcertant avec lequel l'auteur dépeignait des personnages plus étayés que ceux qu'elle avait décrits dans son manuscrit initial, elle se sentit vite enivrée par la vigueur de l'écriture et se prit au jeu des jongleries littéraires de l'auteur qui lui remémoraient la poésie des troubadours. Il savait mener la comédie des mots et faire partager ses inépuisables connaissances du Paris occupé ! Il semblait tout savoir des secrets historiques enfouis sous les coupoles en cuivre et les toitures de zinc. Elle apprit même que l'on avait cultivé poireaux et pommes de terre autour du Louvre pendant les années noires ! L'impulsion nouvelle donnée à son récit en avait totalement bouleversé le contenu, la mettant face à la pauvreté de son travail initial. Traduit en plusieurs langues, *La Femme au cœur d'acier* devint bientôt son livre de chevet qu'elle lut et relut, avec la certitude que cette histoire allait bien au-delà de l'ébauche que son esprit avait conçue.

Si l'ouvrage avait déjà conquis des milliers de lecteurs et si la presse était dithyrambique à son sujet, Beata n'avait découvert que sur le tard le visage de Stanislas Fenberg, au cours d'une émission télévisée. Son regard émeraude volontaire, imperturbable, sa sagacité, tandis qu'il réussissait à instruire, plaire et émouvoir son public en s'appropriant cette histoire, lui laissèrent l'impression d'avoir affaire à un personnage à la mécanique bien rodée. L'orateur employait, pour se concilier son auditoire, des moyens auxquels elle n'aurait jamais été capable d'avoir recours, et elle ne l'en détesta pas moins. Du moment où les pensées de Beata se mirent à errer en silence, une idée ne tarda pas à germer dans son esprit.

Au fait de l'actualité littéraire de Fenberg, elle décida de se rendre à l'une des conférences qu'il donnait aux Folies Bergère. L'idée semblait inédite, mais après tout, Colette n'y avait-elle pas composé *La Vagabonde* ainsi que *L'Envers du décor* au temps où elle exhibait sa jeunesse sur scène ? Alors pourquoi le grand Fenberg se serait-il privé d'y présenter son œuvre ?

Dans le hall du prestigieux théâtre où le Tout-Paris intellectuel s'était précipité, Beata ressentit une émotion confuse couler dans ses veines. L'image de sa mère danseuse, prête à conquérir le monde, lui apparut telle une fulgurance, et elle mit quelques instants avant de se raccrocher à la réalité. Une salle, aménagée en un lieu intime, accueillait un public suspendu aux lèvres de l'écrivain lorsque Beata s'installa à l'une des dernières places vacantes. Elle se sentait sur des charbons ardents, des gouttes de sueur coulaient dans le creux de son dos. Fenberg livrait d'infimes détails qu'elle ignorait sur cette époque de l'Occupation, sans doute parce qu'il avait consacré sa thèse de doctorat à l'étude de la Seconde Guerre mondiale. Ses réflexions profondes et habiles, sans la moindre trace d'arrogance, énoncées d'une voix détendue et apaisante, parvenaient à capter son attention, tout en suscitant en elle de nouvelles émotions. Sa présence un peu surnaturelle au service de son engagement littéraire contrastait nettement avec l'idée qu'elle s'était faite de lui. Elle buvait ses mots sous une lumière intemporelle, à l'instar de l'assistance tout entière qui paraissait subjuguée. L'écrivain fut salué par une salve d'applaudissements et la séance de dédicaces put commencer. Beata attendit patiemment que la cohorte de courtisans se soit résorbée pour s'approcher de lui. Quand Stanislas leva les yeux vers elle, il remonta un épi rebelle qui lui barrait le visage. Lui, qui avait semblé si volubile quelques minutes plus tôt, se trouvait en panne sèche d'inspiration. Elle sentit son pouls s'accélérer comme si quelque chose d'anormal était en train de se produire, alors qu'il retirait du présentoir son dernier livre pour le poser devant lui et l'ouvrir à la page de garde.

— Vous êtes victime de votre succès ! dit-elle sans arrière-pensée.

Hésitant, il pinça sa lèvre supérieure entre le pouce et l'index, puis il observa fixement Beata et la gratifia d'un sourire sincère avant de lui demander son prénom.

— Beata.

Elle détourna soudain les yeux de son regard intense dans lequel elle décela une forme d'invitation, tandis que les notes musquées du parfum de Stanislas emportaient les derniers restes de son sang-froid.

Sans raison, Beata se mit à rougir comme une communiante, soulagée lorsqu'il baissa les yeux pour griffonner quelques mots à l'intention de sa lectrice. L'encre noire n'avait jamais été aussi luisante et veloutée que sous ses doigts. Il lui tendit le livre dans un sourire qui dessina une fossette, un sourire si attirant qu'elle en oublia combien elle l'avait détesté. Elle ne gardait pas souvenir d'avoir jamais été fascinée par un visage au cours de sa vie, mais celui-ci, avec ce léger pli à la commissure de ses lèvres fines, ses yeux à la couleur indéfinissable, lui était étrangement familier.

Lorsqu'il lui eût remis le livre, comme elle se sentait incapable de partir et que l'émotion lui tournait la tête, il lui suggéra de l'accompagner jusqu'au buffet dressé pour l'occasion, ce qu'elle accepta, traversée d'un spasme de fierté. Ils furent accueillis par l'attaché de presse de Stanislas et quelques journalistes, l'œil goguenard, habitués à le voir accompagné de jolies femmes. Il faut dire que ce soir-là, Beata avait particulièrement soigné son apparence avec la robe de satin noir de rigueur qui valorisait son teint diaphane ; elle baignait ainsi dans une sorte d'aura rayonnante qui dépassait sa nature. Pendant que les regards papillonnaient et que les mots se perdaient dans l'intense brouhaha, la présence de la jeune femme ne faisait qu'attiser la curiosité de Stanislas. Sous l'emprise de l'alcool, l'écrivain se fit plus grave et plus pressant. Il saisit la main de Beata et l'entraîna vers les coulisses du théâtre.

— Qui êtes-vous ? murmura-t-il, tiraillé par une étrange sensation d'incompréhension, indifférent aux étrangers du music-hall qui bafouillaient leurs réparties à quelques mètres d'eux.

— Rencontrons-nous dans un lieu calme et je vous le dirai, ânonna-t-elle, prête à lui révéler toute l'histoire.

— Vous avez raison, toutes ces dorures sur les murs sont d'un mauvais goût démesuré. Ce lieu n'est fréquenté que par les étrangers et les provinciaux qui raffolent des strass, plumes, paillettes...

— Dans ce cas, pourquoi votre conférence s'est-elle déroulée aux Folies Bergère... ?

— Chut... murmura-t-il en l'embrassant sur les lèvres tandis que la lumière et l'obscurité s'entrelaçaient près des vestiaires du music-hall.

Beata ne s'appartenait plus tout à fait lorsqu'ils arpentèrent la rue Richer jusqu'au croisement de la rue du Faubourg-Montmartre. Le macadam encore luisant de la dernière averse renvoyait la lumière jaunâtre des phares des voitures. Un clochard remplissait son cabas crasseux de légumes avariés puisés dans une poubelle ; les stations de métro n'allaient pas tarder à tirer leurs grilles. Toutes ces ombres fantomatiques de la nuit parisienne, elle ne les voyait plus vraiment. Le piège d'amour se refermait inexorablement lorsque Stanislas poussa la porte vitrée d'une brasserie enfumée éclairée de globes bleutés. Ces lumières poussiéreuses étourdissaient Beata, surprise que l'écrivain vînt se commettre en un tel lieu, mais elle l'avait suivi sans hésiter, muée par une attirance inexpliquée.

— Vous ressemblez étrangement au personnage de Sylvania, murmura-t-il.

Sylvania, c'est ma mère, songea-t-elle alors que le frisson la prenait.

— Vous trouvez ? Je dois tout vous dire, essaya-t-elle, courageuse, en sentant que le moment était venu de marcher au-devant de la vérité.

Tout à coup, la figure de Stanislas changea. Il se raidit, intrigué. Tandis qu'il lui saisissait la main, ses intentions fondirent comme neige au soleil.

Le brouhaha de l'arrière-salle se détachait de temps à autre, le serveur passait, les mains chargées de verres ballon. Derrière le comptoir, une femme en gros chandail, les cheveux en crinière, tapait sur une caisse enregistreuse.

— Je vous écoute…

L'attitude de Stanislas écarta résolument Beata de son objectif. Vulnérable, elle respira soudain par petites saccades, comme si son avenir se jouait dans cette torpeur. C'en était touchant de la voir essayer de parler alors que ses forces et son courage s'étaient évaporés. Il prit ce comportement pour de la timidité, dans un monde qui n'appartenait qu'à eux. Elle se sentait déjà succomber à un amour qui la perdrait peut-être, mais qu'importe, puisqu'il était plus fort qu'elle…

*

* *

Ce n'était pas tout à fait le jeu de l'amour et du hasard, quoique. Rien n'aurait pu préparer Beata à ressentir ce tremblement intérieur. Jamais auparavant elle n'avait passé une nuit aussi incroyable, oubliant au fil des étreintes amoureuses les cicatrices qu'elle croyait éternelles. Leurs ombres avaient vacillé, dansé, elle ne s'était jamais sentie aussi vivante et comblée qu'auprès de Stanislas, car au fond, elle apprenait tout du miracle de l'amour. Elle qui croyait la veille encore avoir des motifs suffisants pour le rejeter en bloc !

Le lendemain matin, au cours du petit déjeuner qu'ils prirent dans l'appartement de Stanislas, Beata chassa vite de son esprit le remords de n'avoir pas encore trouvé l'occasion de lui dire ce qu'elle souhaitait. L'ivresse de leur nuit torride la rendait prête à l'affronter. Alors que les yeux de son amoureux se baladaient sur les manchettes des journaux posés sur la sellette en merisier, elle engagea :

— Avoue que l'histoire de Sylvania, dans *La Femme au cœur d'acier,* t'a été soufflée à l'oreille…

Cette phrase eut l'effet d'un coup de tonnerre. Il se demanda si elle plaisantait ou s'il n'avait pas su déceler plus tôt les intentions douteuses qui auraient animé sa partenaire.

— Est-ce que tu peux reformuler ta phrase ?

— Oui. Je vais même être plus explicite. J'ai mis quelques mois à écrire l'histoire de la dérive de ma mère avant de chercher à publier ce manuscrit, et il présente d'étranges points communs avec *La Femme au cœur d'acier,* c'est pourquoi il me semble légitime de te demander si le thème de ton roman ne t'aurait pas été soufflé à l'oreille.

Stanislas ne s'attendait pas le moins du monde à voir évoquer les coulisses de son livre. Son regard s'était indigné, sa bouche avait pris un pli déterminé et tous ses traits s'étaient durcis.

— Je pourrais te dire que cela ne te regarde pas, mais je reconnais que ce serait un peu facile et désinvolte de ma part. L'idée, inspirée par des faits réels, m'a effectivement été suggérée au cours d'un dîner, et j'ai pensé qu'il était dommage de sacrifier si bel héritage. S'offrait un véritable sujet pour l'écriture d'un roman, et l'éditeur m'a aussitôt approuvé et soutenu dans cette démarche. La réussite tient à la détermination et à l'angle sous lequel l'intrigue est abordée, il va sans dire… je ne compte plus mes heures de travail depuis longtemps, souligna-t-il calmement.

Beata déglutit avec peine. À entendre Stanislas, ce parcours aurait pu être qualifié d'ordinaire. Il avait probablement dédommagé Edgard de La Rive pour l'idée que ce dernier lui avait inspirée, et s'était ensuite cru libre d'exploiter cette mine d'or.

— Connais-tu Edgard de La Rive ?

Bien sûr, il n'en avait jamais entendu parler. D'ailleurs, si l'homme affichait un air détaché qui l'agaça un peu parce qu'elle aurait aimé qu'il s'intéresse au manuscrit qu'elle avait achevé, elle s'efforça de ne pas relever et mordit rageusement dans sa brioche.

Tandis que, d'un geste lent et délicat, Stanislas servait le café, leurs regards s'affrontèrent un bref instant. Ses qualités de discernement et son esprit de répartie l'avaient sans doute fait sortir major de sa promotion, mais de son côté, Beata n'en cultivait pas moins une blessure d'humiliation qui mettrait du temps à s'estomper. Il lui faudrait de la patience et de l'amour, mais également apprendre à ne plus considérer cet événement comme une défaite, mais plutôt comme un apprentissage. Lorsqu'elle sentit la main de Stanislas effleurer son cou, elle accepta l'invite de ses yeux à l'emporter dans une autre dimension de la vie. Une dimension inconnue où l'amour vengerait tous les outrages.

Épilogue

BEATA NE SUT JAMAIS que Berthe l'avait oubliée dans son appartement de Boulogne-Billancourt ce jour de la rafle parisienne de juillet 1942. Elle n'eut pas davantage connaissance de la fuite en Normandie de sa nourrice avec Lazare Fontanel. Pourtant, cet événement avait été à l'origine du départ de sa mère en Charente.

Absorbée par toutes sortes de considérations, Beata avait finalement laissé évoluer son écriture en marge de certains éléments fondamentaux, puisqu'elle n'avait pas su non plus que Moïse Luther, qui s'était évadé des stalags allemands en même temps que son père, avait été capturé par l'ennemi et contraint d'intégrer les services de renseignements de l'état-major ennemi. Le hasard des circonstances ou l'ironie du sort avaient amené le colonel Von Baden à lancer cet agent aux trousses d'Eulalie Fontanel pour la persécuter…

Cette rencontre avec la guerre devait s'achever, emportant dans son sillage grand nombre de secrets, et Beata n'avait fait qu'effleurer la vérité.

Un an plus tard, le passé de Beata était devenu ce minuscule point sur l'océan qui tend à s'effacer sous l'effet des premiers bonheurs de sa vie de femme. Sa relation avec Stanislas lui donnait de nouveaux moyens d'exister. Elle se découvrait des perspectives et finit par écrire une histoire qui n'était plus celle d'Eulalie Fontanel, mais une autofiction qui lui valut un franc succès. Ce portrait de femme, nourri des expériences et enseignements qu'elle avait tirés de toutes ses épreuves, révélait la force reconvertie d'une femme qui avait eu la chance d'être aimée par un talentueux écrivain… Et peut-être cet amour ne s'arrêterait-il jamais…

Dans la même collection

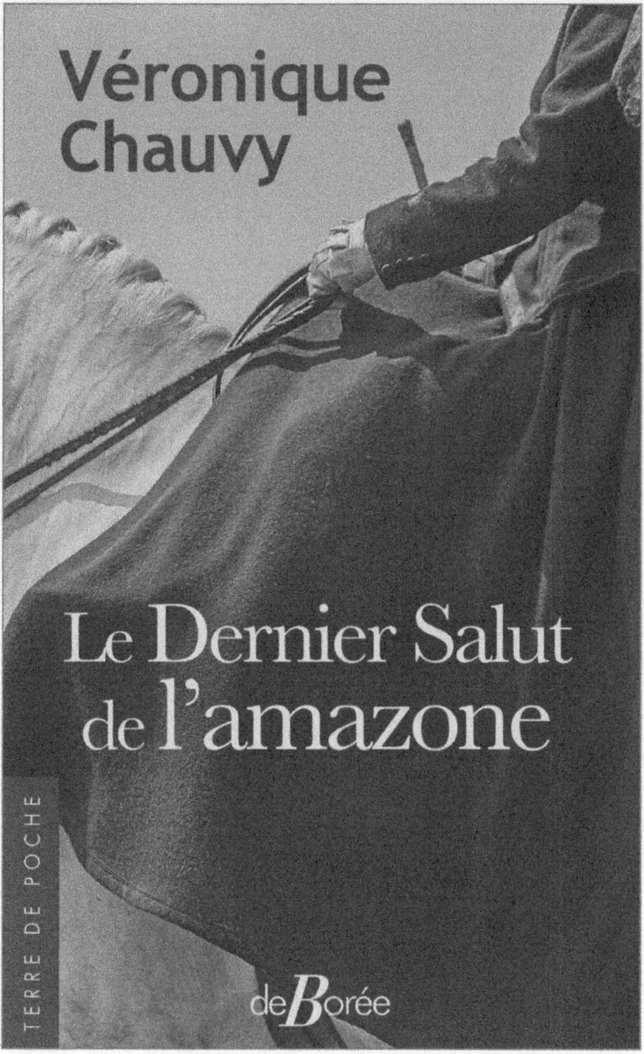

Dans la même collection

www.deboree.com
livres@centrefrance.com

Imprimé en France par CPI
en février 2022
N° d'impression : 2063565
Dépôt légal : mai 2022
ISBN : 978-2-8129-2850-5
ISSN : 1627-6779